Oorspronklike titel: *The Ickabog*

Eerste Afrikaanse uitgawe in 2020 deur LAPA Uitgewers
in samewerking met Hachette UK

'n afdeling van Penguin Random House Suid-Afrika (Edms.) Bpk.
Bosmanstraat 380, Pretoria
Tel.: 012 401 0700
E-pos: lapa@lapa.co.za

Afrikaans deur Kobus Geldenhuys
Proeflees: Jackie Pienaar-Brink

Geset in 11,5 pt op 15,3 pt Baskerville
Grafiese uitleg deur Full Circle

Gedruk deur ABC Press

ISBN 978 0 6396 0408 4

J.K. ROWLING

DIE ICKABOG

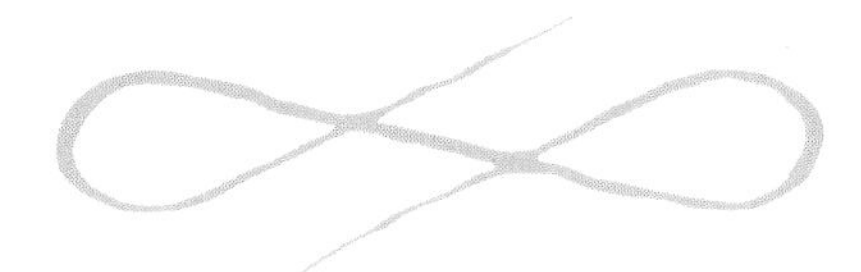

Met illustrasies deur die wenners van
Die Ickabog-illustrasiekompetisie

LAPA Uitgewers
www.lapa.co.za

Die Ickabog word opgedra aan:

Mackenzie Jean

want dit was nog altyd haar gunstelingstorie en sy het my ’n dekade lank aangemoedig om dit te voltooi;

Megan Barnes
en
Patrick Barnes,

in ewige herinnering aan
Lisa Cheesecake en die Llama;

En, natuurlik, aan twee wonderlike Daisies,

Daisy Goodwin
en
Daisy Murray,

trotse dogters van die QSC

VOORWOORD

Ek het lank gelede op die idee vir Die Ickabog gekom. Die woord "Ickabog" is ontleen aan die woord "Ikabod", wat "eerloos" of "verlore eer" beteken. Ek dink jy sal verstaan hoekom ek daardie naam gekies het wanneer jy hierdie storie gelees het; dit handel oor temas wat my nog altyd geïnteresseer het. Wat vertel die monsters wat ons in ons verbeelding oproep vir ons van onsself? Wat moet gebeur voordat die bose iemand, of 'n land, in sy greep kry, en wat verg dit om dit te bowe te kom? Hoekom glo mense leuens, selfs al is dit gebaseer op beswaarlik enige of glad geen bewyse nie?

Die Ickabog is met horte en stote geskryf, tussen die Harry Potter-boeke deur. Ek het nooit juis drasties aan die storie verander nie. Dit het altyd met mevrou Duiwendyk se dood begin en geëindig met – Wag, ek gaan liewer niks verder sê nie, ingeval jy dit nou die eerste keer gaan lees!

Ek het die storie vir my twee jongste kinders voorgelees toe hulle baie klein was, maar dit nooit klaargemaak nie, tot groot frustrasie van Mackenzie, want dit was haar gunstelingstorie. Nadat ek die Harry Potter-boeke voltooi het, het ek vir vyf jaar net gerus, en toe ek besluit het om nie weer 'n kinderboek te publiseer nie, het *Die Ickabog* op my solder beland, steeds onvoltooid. Dit het meer as 'n dekade lank daar gelê en sou waarskynlik steeds daar gelê het as die COVID-19-pandemie ons nie getref het en miljoene kinders by die huis moes bly en nie skool toe kon gaan of by hulle vriende kon gaan kuier het nie. Dit was toe dat ek op die idee gekom het om die storie gratis aanlyn beskikbaar te stel en kinders te vra om dit te illustreer.

Ek het die stowwerige boks vol getikte en handgeskrewe bladsye uit die solder gaan haal en aan die werk gespring. My kinders, reeds tieners, het weer saans gesit en luister hoe ek 'n amper voltooide hoofstuk voorlees. Hulle het dikwels gevra hoekom ek iets waarvan hulle gehou het, uitgehaal het. Ek was verbaas oor hoeveel hulle van die storie onthou het, en het alles waarvan hulle destyds gehou het natuurlik weer teruggesit.

Afgesien van my familie wat my geweldig ondersteun, wil ek graag dankie sê aan die mense wat my gehelp het om *Die Ickabog* binne so 'n kort tydjie aanlyn te plaas: my redigeerders, Arthur Levine en Ruth Alltimes, James McKnight van die Blair Partnership, my bestuurspan, Rebecca Salt, Nicky Stonehill en Mark Hutchinson, en my agent, Neil Blair. Dit was werklik 'n reusetaak en ek wil almal wat daarby betrokke was, verseker van my diepe dankbaarheid. Ek wil graag ook elke enkele kind (en soms ook volwassene!) wat prente vir die illustrasiekompetisie voorgelê het hartlik bedank. Dit was 'n vreugde om deur die kunswerke te kyk en ek weet dat ek geensins die enigste een is wat verstom was oor hoe talentvol almal is nie. Ek hoop werklik dat *Die Ickabog* dalk 'n paar toekomstige kunstenaars en illustreerders 'n eerste kans op gepubliseerde blootstelling gebied het.

Om terug te keer na die koninkryk van Kornukopië en die storie waarmee ek so lank gelede begin het klaar te maak, was een van die bevredigendste ervarings in my skryfloopbaan. Al wat nou oorbly, is om te sê dat ek hoop jy dit net so baie sal geniet om die storie te lees as wat ek dit geniet het om dit te skryf!

J.K. Rowling
Julie 2020

Koning Fred die Vreeslose.

Casper du Plooy (12)

HOOFSTUK 1

Koning Fred die Vreeslose

Eendag was daar 'n landjie genaamd Kornukopië, wat al eeue lank deur ligtekop-konings geregeer is. Die koning gedurende die tyd waarvan ek skryf, se naam was Fred die Vreeslose. Hy het die "Vreeslose" self aangelas die oggend toe hy gekroon is. Dit was deels omdat dit goed by "Fred" gepas het, maar ook omdat hy dit reggekry het om 'n perdeby dood te maak – dis nou as jy nie die vyf lakeie en die skoenpoetser wat hom gehelp het, bytel nie.

Koning Fred die Vreeslose was geweldig gewild toe hy die kroon bestyg het. Hy het lieflike blonde krulle en wapperende snorpunte gehad en manjifiek gelyk in die stywe kuitbroek, fluweelbaadjie en hemp met 'n plooikraag wat die ryk mans van daardie tyd gedra het. Koning Fred was goedgeaard, hy het vir almal wat hy teëgekom het vriendelik geglimlag en gewaai, en baie aantreklik gelyk op die portrette van hom wat regdeur die koninkryk versprei is sodat dit in stadsale opgehang kon word. Die mense van Kornukopië was regtig in hulle skik met hulle nuwe koning en baie het gedink hy gaan selfs 'n beter heerser wees as sy pa, Richard die Regverdige, wie se tande (hoewel niemand destyds daaroor wou praat nie) taamlik skeef was.

Koning Fred was nogal verlig toe hy uitvind hoe maklik dit is om oor Kornukopië te regeer. Dit was in werklikheid asof die land homself regeer. Amper almal het oorgenoeg kos gehad, die handelaars het sakke vol geld gemaak, en koning Fred se raadgewers het probleempies wat opduik sommer self opgelos. Al wat koning Fred moes doen, was om breed vir sy onderdane te glimlag wanneer hy vyf keer 'n week in sy koets weggery het om saam met sy twee beste vriende, lord Spoegmann en lord Flapmann, te gaan jag.

Lord Spoegmann en lord Flapmann het elkeen sy eie groot landgoed besit, maar dit was vir hulle baie goedkoper en lekkerder om saam met die koning in die paleis te woon, sy kos te eet en sy herte te gaan jag, en ook seker te maak dat die koning nie te veel van een van die mooi dames aan die hof begin hou nie. Hulle wou nie hê koning Fred moes trou nie, want 'n koningin kon dalk al hulle pret bederf. Daar was 'n tyd toe dit gelyk het of koning Fred nogal van lady Eslander hou. Sy was so donker en beeldskoon as wat koning Fred lig en aantreklik was, maar lord Spoegmann het koning Fred oortuig dat sy gans te ernstig en geleerd is, en dat die land se burgers nie so iemand as koningin sou wou hê nie. Koning Fred het nie geweet dat lord Spoegmann 'n wrok teen lady Eslander het nie. Hy het haar eenkeer gevra om met hóm te trou, maar sy het nee gesê.

Lord Spoegmann was baie maer, slinks en slim. Sy vriend lord Flapmann was rooi in die gesig, en so geweldig groot dat hy ses mans nodig gehad het om hom op sy massiewe vosperd te help klim. Al was hy nie so slim soos lord Spoegmann nie, was lord Flapmann baie slimmer as die koning.

Albei lords was meesterlike vleiers en het gemaak asof hulle verstom is oor hoe goed koning Fred met alles van perdry tot vlooiespel is. Lord Spoegmann se spesiale talent was om die koning te oortuig om goed te doen wat lord Spoegmann pas, en lord Flapmann se spesiale talent was om die koning te laat glo dat niemand op aarde so lojaal soos sy twee beste vriende aan hom is nie.

Koning Fred het gedink lord Spoegmann en lord Flapmann is twee goeie en gawe kêrels. Hulle het hom aangemoedig om uitspattige partytjies, oordadige piekmieks en feestelike bankette te hou, want Kornukopië was tot ver buitekant die landsgrense bekend vir sy kos. Elke stad in die koninkryk was bekend vir 'n ander kossoort, en elkeen was die heel beste ter wêreld.

Kornukopië se hoofstad, Chouxville, was in die suide van die land en omring deur uitgestrekte wingerde, landerye vol glinsterende goue koring, en smaraggroen gras waarop spierwit melkkoeie gewei het. Die room, meel en vrugte wat die boere hier geproduseer het, is verkoop aan Chouxville se briljante bakkers, wat in fyngebak gespesialiseer het.

Dink 'n bietjie aan die heerlikste groot koek of koekie wat jy nog ooit geproe het. Glo my, hulle sou te skaam gewees het om dit in Chouxville te bedien. As 'n volwasse man se oë nie vol trane van genot geskiet het wanneer hy 'n nuwe soort Chouxville-soetgebak proe nie, is dit as 'n mislukking beskou en nooit weer gemaak nie. In Chouxville was die bakkerye se vensters hoog gestapel met fyngebak soos Dagdroompies, Feetjievlerkies en die beroemdste van almal, Hemelhartjies, wat so verruklik, pynlik heerlik was dat dit slegs by spesiale geleenthede voorgesit is en almal dan van genot laat huil het terwyl hulle dit eet. Koning Porfirio van die buurland Pluritanië het al vir koning Fred 'n brief geskryf waarin hy aangebied het om die koning met enige van sy dogters te laat trou in ruil vir 'n lewenslange voorraad Hemelhartjies, maar lord Spoegmann het koning Fred aangeraai om die Pluritaanse ambassadeur in sy gesig uit te lag.

"Sy dogters is nie naastenby mooi genoeg om vir Hemelhartjies te verruil nie, U Hoogheid!" het hy gesê.

Noord van Chouxville was daar nóg landerye en groen weivelde en helder, kabbelende riviere waar pikswart koeie en vrolike pienk varke aangehou is. Hulle het op hul beurt voorraad verskaf aan die tweelingstede Suiwelstad en Baronsburg, wat van mekaar geskei was deur 'n geboë klipbrug oor Kornukopië se hoofrivier, die Floema, waar helderkleurige vragbote goedere van een punt van die koninkryk na die ander vervoer het.

Suiwelstad was beroemd vir sy kase: yslike wit wiele, digte oranje kanonkoeëls, groot, krummelrige blouaarvaatjies en babaroomkasies wat gladder as fluweel was.

Baronsburg was beroemd vir sy gerookte en heuninghamme, hompe spek, gekruide worse, biefstukke wat in jou mond smelt, en wildpasteie. Die kruiegeure wat uit Baronsburg se rooibaksteenstowe opgewarrel het, het gemeng met die welriekende aromas van die kaasmakers van Suiwelstad en as jy binne 'n omtrek van veertig myl daarvandaan was, was dit onmoontlik om nie te begin kwyl wanneer jy die heerlike lug inasem nie.

'n Paar uur noord van Suiwelstad en Baronsburg was daar akkers wingerd wat druiwe so groot soos eiers gedra het, en elke korrel was ryp en soet en sappig. As jy vir die res van die dag verder gereis het, het jy by die granietstad Jeroboam, bekend vir sy wyne, uitgekom. Die mense het geglo dat jy aangeklam raak as jy net in hierdie stad se strate loop. Die beste wyne is vir derduisende goue munte verkoop, en Jeroboam se wynhandelaars was van die rykste mense in die koninkryk.

Maar 'n entjie noord van Jeroboam het daar iets vreemds gebeur. Dit was asof die magiese, ryk land Kornukopië se voorraad van die beste gras, die beste vrugte en die beste koring ter wêreld skielik opgeraak het. Heel bo aan die noordelike punt van die koninkryk was die gebied bekend as die Moerasland, en al wat daar gegroei het, was smaaklose, rubberige sampioene en yl, droë gras wat die mense net vir hulle maer, brandsiek skape kon voer.

Die Moeraslanders wat die skape aangehou het, was nie so goed versorg, goed gevoed en goed geklee soos die inwoners van Jeroboam, Baronsburg, Suiwelstad of Chouxville nie. Hulle was uitgeteer en verslons. Hulle ondervoede skape het nooit goeie pryse gehaal nie, nie in

Kornukopië of in die buiteland nie, daarom het min Moeraslanders al ooit Kornukopië se heerlike wyne, kase, vleise of fyngebak geproe. Almal in die Moerasland moes maar tevrede wees met 'n dun, vetterige sopbrousel wat gemaak is van die skape wat te oud was om te verkoop.

Die res van Kornukopië het gedink die Moeraslanders is 'n vreemde spul – nors, vuil en beduiweld. Hulle het growwe stemme gehad; die Kornukopiërs het dit nageaap en hulle soos hees ou skape laat klink. Almal het grappe gemaak oor die Moeraslanders se maniere en oor hoe eenvoudig hulle was. Sover dit die res van Kornukopië aangegaan het, was die enigste noemenswaardige ding wat ooit uit die Moerasland gekom het die legende van die Ickabog.

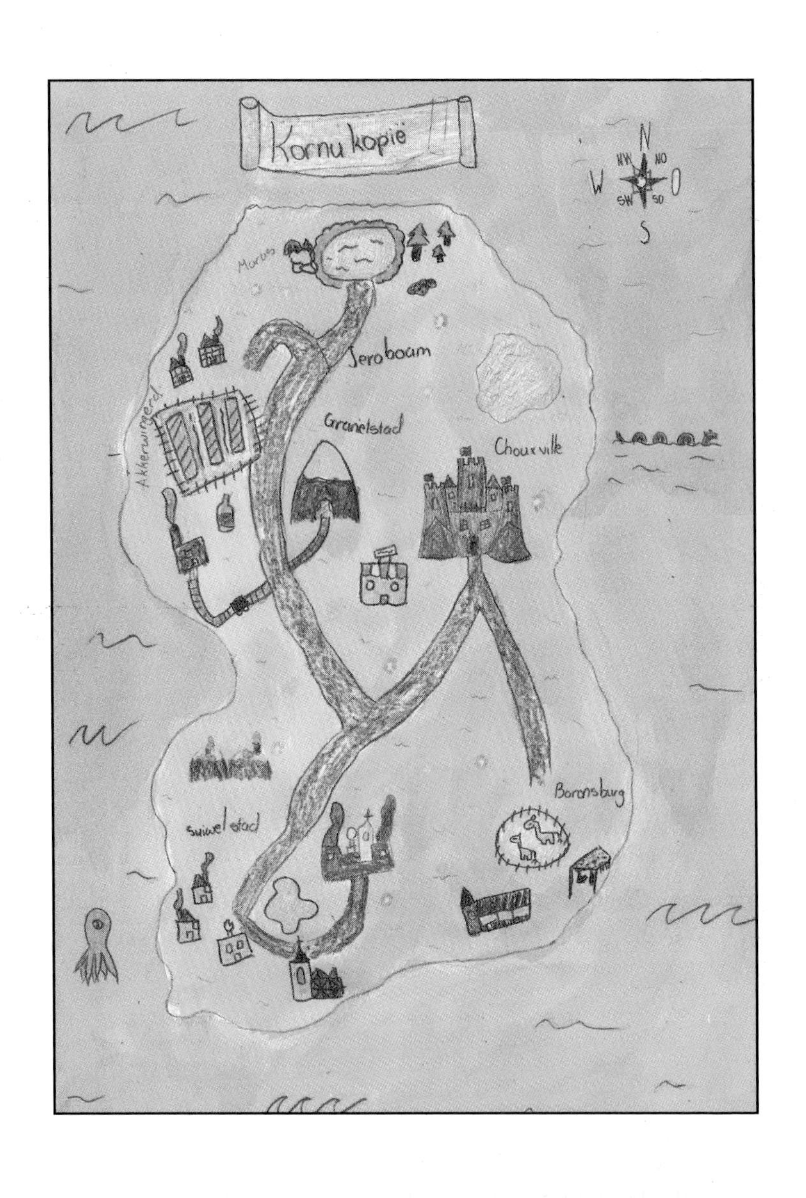

Die kaart van Kornukopië.

Elsabé Scholtz (11), Laerskool Jan van Riebeeck

HOOFSTUK 2

Die Ickabog

Die Moeraslanders het die legende van die Ickabog van een geslag na die volgende oorgedra, en dit het mondelings tot doer ver in Chouxville versprei. Later het almal die storie geken. Soos met alle legendes het dit elke keer effens verander, afhangend van wie dit vertel het. Maar in elke storie het daar 'n monster aan die heel noordelikste punt van die land gewoon, in 'n groot donker en dikwels mistige moeras wat so gevaarlik was dat mense dit nie daar naby kon waag nie. Die monster het glo kinders en skape opgevreet. Soms het hy ook volwasse mans en vroue wat in die nag verdwaal en te naby aan die moeras beland het, aangeval.

Die Ickabog se gewoontes en voorkoms het verander na gelang van wie hom beskryf het. Party mense het gesê hy lyk soos 'n slang, ander het gesê soos 'n draak of 'n wolf. Party het gesê hy brul, ander het gesê hy sis, en nóg ander het gesê hy dryf so stil soos die mis wat sonder waarskuwing oor die moeras toesak, rond.

Almal het beweer die Ickabog het bonatuurlike kragte. Hy kan 'n mens se stem namaak om reisigers met sy kloue beet te kry. As jy dink jy het hom doodgemaak, word hy magies weer lewend, of anders verdeel hy in twee Ickabogs; hy kan vlieg, vuur blaas, gif spoeg – die Ickabog se kragte was elke keer so groot soos die verteller se verbeelding.

"Speel net in die tuin en moenie by die hekkie uitgaan terwyl ek by die werk is nie," het ouers oral in die koninkryk hulle kinders altyd gewaarsku, "anders gaan die Ickabog julle vang en almal opvreet!" En oral in die land het seuns en meisies gespeel hulle veg teen die Ickabog en mekaar probeer bang maak met die storie van die monster, en wanneer die storie té werklik begin klink het, het hulle boonop nagmerries oor die Ickabog gekry.

Bert Blinkenaar was so 'n seun. Toe die Duiwendyk-gesin een aand oorkom vir ete, het meneer Duiwendyk almal vermaak met wat hy beweer het die jongste nuus oor die Ickabog was. Daardie nag het Bert huilend en angsbevange wakker geskrik uit 'n droom waarin die monster se yslike wit oë hom glimmend dopgehou het terwyl hy stadig in die mistige moeras weggesak het.

"Toemaar," het sy ma, wat op haar tone met 'n kers by sy kamer ingekom het, gefluister terwyl sy hom heen en weer in haar skoot gesus het. "Daar is nie iets soos 'n Ickabog nie, Bertie. Dis net 'n simpel storie."

"M-maar meneer Duiwendyk het gesê daar het skape weggeraak!" het Bertie gehyg.

"Dis reg, ja," het sy ma gesê, "maar dit was nie omdat 'n monster hulle opgevreet het nie. Skape is dom diere. Hulle dwaal af van die trop en verdwaal in die moeras."

"M-maar meneer Duiwendyk het gesê daar het m-mense ook verdwyn!"

"Net mense wat dom genoeg was om in die nag daar by die moeras te gaan rondloop," het mevrou Blinkenaar gesê. "Slaap nou, Bertie, daar is nie 'n monster nie."

"Maar meneer D-Duiwendyk het gesê mense het stemme buite hulle vensters gehoor en die volgende oggend was hulle hoenders weg!"

Mevrou Blinkenaar kon nie help om te lag nie.

"Die stemme wat hulle gehoor het, was gewone diewe s'n, Bertie. Daar bo in die Moerasland steel hulle die hele tyd by mekaar. Dis makliker om die Ickabog te blameer as om te erken dat die bure by hulle steel!"

"Steel?" het Bert gesnak en regop gesit in sy ma se skoot

en haar met groot oë aangekyk. "Dis baie stout om te steel, nè, Mamma?"

"Ja, dis baie stout," het mevrou Blinkenaar gesê en Bert opgelig en hom liefdevol terug in sy warm bed gesit en toegewikkel. "Maar gelukkig woon ons nie naby daardie wettelose Moeraslanders nie."

Sy het haar kers opgetel en op haar tone terug na die kamerdeur geloop.

"Nag, skat," het sy van die deur af gefluister. Daarna het sy gewoonlik gesê: "En moenie dat die Ickabog jou vang nie," want dis wat al die ouers in Kornukopië met bedtyd vir hulle kinders gesê het, maar in plaas daarvan het sy dié aand net gesê: "Lekker slaap."

Bert het aan die slaap geraak en nie meer van monsters gedroom nie.

Meneer Duiwendyk en mevrou Blinkenaar was groot vriende. Hulle was op skool in dieselfde klas, en het mekaar al hulle lewe lank geken. Toe meneer Duiwendyk hoor dat hy vir Bertie nagmerries laat kry het, het hy skuldig gevoel. Omdat hy die beste skrynwerker in Chouxville was, het hy besluit om vir die seun 'n Ickabog te kerf. Die beeldjie het 'n breë, glimlaggende mond vol tande gehad, en groot voete met kloue, en dit was dadelik Bertie se gunstelingspeelding.

As iemand vir Bert of sy ouers, of die Duiwendyk-gesin van langsaan, of enigiemand anders in die hele koninkryk van Kornukopië sou vertel het watter verskriklike teëspoed die land binnekort sou oorval, alles as gevolg van die mite van die Ickabog, sou hulle gelag het. Hulle het in die gelukkigste koninkryk in die hele wêreld gewoon. Watter skade kon die Ickabog hulle aandoen?

HOOFSTUK 3

Die dood van 'n naaldwerkster

Die Blinkenaar- en Duiwendyk-gesinne het albei in 'n plek genaamd die Stad-in-die-Stad gewoon. Dit was die deel van Chouxville waar al die mense wat vir koning Fred gewerk het huise gehad het. Tuiniers, kokke, kleremakers, hofknapies, klipmesselaars, stalknegte, skrynwerkers, diensmeisies en lakeie: Almal het in netjiese klein kothuise net buitekant die paleisgrond gewoon.

Die Stad-in-die-Stad is van die res van Chouxville geskei deur 'n hoë wit muur, en die poorte in die muur het bedags oopgestaan sodat die inwoners vir vriende en familie in die res van Chouxville kon gaan kuier, en na die markte toe kon gaan. Snags is die stewige poorte toegemaak, en almal in die Stad-in-die-Stad het net soos die koning onder beskerming van die koninklike wag geslaap.

Majoor Blinkenaar, Bert se pa, was die hoof van die koninklike wag. Die aantreklike, vrolike man het op 'n staalgrys perd gery en koning Fred, lord Spoegmann en lord Flapmann begelei op hulle jagtogte, wat gewoonlik vyf keer 'n week plaasgevind het. Die koning het van majoor Blinkenaar gehou, en hy het ook van Bert se ma gehou, want Berta Blinkenaar was die koning se private fyngebaksjef, wat 'n groot eer in daardie stad van wêreldklasbakkers was. As gevolg van Berta se gewoonte om al die spogkoeke wat nie absoluut eksie-perfeksie was nie huis toe te bring, was Bert 'n mollige seun, en soms, ek is jammer om dit te sê, het die ander kinders hom "Botterbal" genoem en hom laat huil.

Bert se beste vriend was Daisy Duiwendyk. Die twee kinders is net 'n paar dae uit mekaar gebore, en was meer soos broer en suster as speelmaats. Daisy het Bert teen die boelies verdedig. Sy was maer, maar rats, en meer as gereed om te baklei met enigiemand wat vir Bert "Botterbal" genoem het.

Daisy se pa, Daniël Duiwendyk, was die koning se skrynwerker; hy het al die koetse se wiele en disselbome reggemaak. Omdat meneer Duiwendyk so goed met houtkerf was, het hy ook meubels vir die paleis gemaak.

Daisy se ma, Dora Duiwendyk, was die paleis se hoofnaaldwerkster – nog 'n gesogte posisie, want koning Fred het gehou van klere, en het 'n hele span kleremakers besig gehou, want hy wou elke maand nuwe kostuums dra.

Dit was die koning se groot liefde vir swierige klere wat gelei het tot 'n onaangename insident wat in geskiedenisboeke oor Kornukopië later die begin genoem sou word van al die teëspoed wat daardie gelukkige klein koninkryk oorval het. Destyds toe dit gebeur het, het net 'n paar mense in die Stad-in-die-Stad daarvan geweet, maar vir party was dit 'n afgryslike tragedie.

Dis wat gebeur het.

Die koning van Pluritanië wou 'n formele besoek by koning Fred kom aflê (miskien steeds met die hoop om een van sy dogters te verruil vir 'n lewenslange voorraad Hemelhartjies) en koning Fred het besluit dat hy 'n splinternuwe uitrusting vir die okkasie wou hê: 'n kostuum in dowwe pers met silwer kant bo-oor, met ametisblou knope en grys pels om die mouboordjies.

Koning Fred het iets gehoor van die hoofnaaldwerkster wat nie te goed voel nie, maar nie veel aandag daaraan gegee nie. Hy het niemand behalwe Daisy se ma vertrou om die silwer kant ordentlik aan te werk nie, en het beveel dat niemand anders toegelaat word om dit te doen nie. Gevolglik moes Daisy se ma drie nagte ná mekaar wakker bly en jaag om die pers uitrusting betyds vir die koning van Pluritanië se besoek gereed te hê, en met dagbreek die vierde dag het haar assistent haar dood op die grond aangetref, met die heel laaste ametisblou knoop in haar hand.

Die koning se hoofraadgewer het die nuus gebring terwyl koning Fred nog besig was om ontbyt te eet. Die hoofraadgewer was 'n wyse ou man genaamd Haringgraat, met 'n silwer baard wat amper tot op sy knieë gehang het. Nadat hy verduidelik het dat die hoofnaaldwerkster dood was, het hy gesê:

"Maar ek is seker een van die ander dames sal die laaste knoop vir U Majesteit kan aanwerk."

Daar was 'n kyk in Haringgraat se oë waarvan koning Fred nie gehou het nie. Dit het hom 'n nare krieweling op die krop van sy maag gegee.

Later die oggend, terwyl sy kamerbediendes hom help om die nuwe pers uitrusting aan te trek, probeer koning Fred om homself minder skuldig te laat voel deur die saak met lord Spoegmann en lord Flapmann te bespreek.

"As ek geweet het dat sy ernstig siek was," hyg koning Fred, want die bediendes probeer hom by sy nousluitende kardoesbroek van satyn inwurm, "sou ek natuurlik iemand anders beveel het om die kostuum te maak."

"U Majesteit is so dierbaar," sê lord Spoegmann toe terwyl hy sy bleek gesig in die spieël bokant die kaggel bekyk. "Daar was nog nooit 'n goedhartiger monarg as u nie."

"Die vrou moes iets gesê het as sy nie goed gevoel het nie," snork lord Flapmann, wat op 'n gepofte stoel naby die venster sit. "As sy te siek was om te werk, moes sy so gesê het. Sy was in werklikheid ontrou aan die koning. Of in elk geval aan u nuwe uitrusting."

"Lord Flapmann is reg," sê lord Spoegmann, en draai

weg van die spieël af. "Niemand behandel sy bediendes beter as u nie, U Hoogheid."

"Ja, ek behandel hulle inderdaad goed, of hoe?" sê koning Fred angstig en trek sy maag in terwyl die bediendes sy ametisblou knope vasmaak. "En per slot van rekening moet ek vandag op my allerbeste lyk, of hoe, kêrels? Julle weet mos hoe windmakerig die koning van Pluritanië altyd lyk!"

"Dit sal 'n nasionale skande wees as u minder windmakerig as die koning van Pluritanië aangetrek is," sê lord Spoegmann.

"Vergeet nou van hierdie ongelukkige voorval, U Hoogheid," paai lord Flapmann. "Moenie dat 'n ontroue naaldwerkster hierdie sonnige dag vir u bederf nie."

Maar ten spyte van die twee lords se raad het die tragedie swaar op koning Fred se gemoed gerus. Miskien het hy hom dit verbeel, maar dit het vir hom gelyk asof lady Eslander daardie dag ekstra ernstig lyk. Die bediendes se glimlagte was koeler, en die diensmeisies se kniebuigings was nie so diep nie. Terwyl sy hof daardie aand saam met die koning van Pluritanië feesgevier het, het koning Fred se gedagtes teruggedwaal na die naaldwerkster wat dood op die vloer gelê het, met die ametisblou knoop in haar hand vasgeklem.

Voordat koning Fred daardie aand bed toe is, het Haringgraat aan sy deur geklop. Nadat hy diep gebuig het, het die hoofraadgewer gevra of die koning van plan was om blomme na mevrou Duiwendyk se begrafnis te stuur.

"O – o ja!" het koning Fred ontsteld gesê. "Ja, stuur 'n groot krans met 'n boodskap wat sê hoe jammer ek is, ensovoorts. Jy kan dit mos reël, nie waar nie, Haringgraat?"

"Sekerlik, U Hoogheid," het die hoofraadgewer gesê. "En – as ek mag vra – beplan u enigsins om die naaldwerkster se gesin te gaan besoek? Soos u weet, woon hulle net 'n kort entjie se stap van die paleis se poorte af."

"Hulle besoek?" het die koning ingedagte gesê. "O nee, Haringgraat, ek dink nie ek wil – ek bedoel, ek's seker hulle verwag dit nie."

Haringgraat en die koning het mekaar 'n oomblik lank aangekyk, en toe het die hoofraadgewer gebuig en die vertrek verlaat.

Omdat koning Fred gewoond daaraan was dat almal vir hom vertel wat 'n agtermekaar kêrel hy is, het hy niks gehou van die frons waarmee die hoofraadgewer uitgeloop het nie. Hy het kwaad begin raak, eerder as skaam.

"Dit is 'n dekselse jammerte," het hy vir sy weerkaatsing gesê toe hy terugdraai na die spieël waarin hy sy snor altyd kam voordat hy gaan slaap, "maar ek is per slot van rekening die koning en sy was 'n naaldwerkster. As ék doodgegaan het, sou ek nie van háár verwag het om –"

Maar toe val dit hom by dat as hy doodgegaan het, sou hy verwag het dat die hele Kornukopië moes ophou met waarmee hulle ook al besig was, almal swart klere sou moes dra en 'n week lank sou moes ween, net soos toe sy pa, Richard die Regverdige, oorlede is.

"Ag, nou ja, toe," het hy ongeduldig vir sy weerkaatsing gesê, "die lewe gaan aan."

Hy het sy slaapmus van sy opgesit, in sy hemelbed geklim, die kers doodgeblaas en aan die slaap geraak.

HOOFSTUK 4

Die stil huis

Mevrou Duiwendyk is begrawe in die begraafplaas in die Stad-in-die-Stad, waar geslagte van koninklike bediendes gelê het. Daisy en haar pa het hand aan hand gestaan en stip na die graf gestaar. Bert het aanhoudend na Daisy omgekyk terwyl sy betraande ma en somber pa hom stadig weggelei het. Bert wou iets vir sy beste vriend sê, maar wat gebeur het, was te geweldig en afgryslik vir woorde. Bert kon dit skaars verdra om te probeer dink hoe hy sou gevoel het as sy ma vir ewig in die koue aarde verdwyn het.

Toe al hulle vriende weg was, het meneer Duiwendyk die pers krans wat die koning gestuur het by mevrou Duiwendyk se kopsteen weggevat en 'n klein bossie sneeuklokkies wat Daisy die oggend gepluk het daar neergesit. Daarna het die pa en sy dogter stadig teruggeloop na 'n huis wat hulle geweet het nooit weer dieselfde sou wees nie.

'n Week ná die begrafnis het die koning saam met die koninklike wag by die paleis se grond uitgery om te gaan jag. Soos gewoonlik het almal langs die pad in hulle tuine uitgekom om te buig en hom toe te juig. Terwyl die koning gebuig en teruggewaai het, het hy agtergekom dat een kothuis se voortuin leeg gebly het. Daar het swart lanferlappe voor die vensters en teen die voordeur gehang.

"Wie woon in daardie kothuis?" vra hy toe vir majoor Blinkenaar.

"Dis – dis die Duiwendyk-gesin se huis, U Majesteit," sê majoor Blinkenaar.

"Duiwendyk, Duiwendyk," sê die koning en frons. "Ek het daardie naam al gehoor, het ek nie?"

"Eh – ja, ek glo so, U Hoogheid," sê majoor Blinkenaar. "Meneer Duiwendyk is U Majesteit se skrynwerker en mevrou Duiwendyk is – was – U Majesteit se hoofnaaldwerkster."

"O ja," sê koning Fred vinnig, "ek – ek onthou."

En toe skop hy sy melkwit perd in die lies en jaag vinnig verby die Duiwendyk-gesin se vensters met die swart lappe en probeer om aan niks anders te dink as die dag se jag wat voorlê nie.

Maar ná daardie dag kon die koning elke keer wanneer hy verby die leë tuin ry nie help om te staar na die leë tuin en die swart lap wat teen Daisy en haar pa se voordeur hang nie, en elke keer wanneer hy die kothuis sien, het die beeld van die dooie naaldwerkster wat daardie ametisblou knoop vasklou weer voor hom opgedoem. Uiteindelik kon hy dit nie meer verdra nie en het hy die hoofraadgewer ontbied.

"Haringgraat," sê hy toe sonder om die ou man in die oë te kyk, "daar's 'n huis op die hoek, op pad na die park. Nogal 'n skaflike kothuis. Groterige tuin."

"Die Duiwendyk-gesin se huis, U Majesteit?"

"O, is dit wie daar woon?" sê koning Fred kastig ongeërg. "Dis nogal 'n groot plek vir 'n klein gesin. Ek dink daar is net twee van hulle, is dit korrek?"

"Dis absoluut korrek, U Majesteit. Net twee, vandat die ma –"

"Dit voel nie regtig regverdig nie, Haringgraat," praat koning Fred hom hard dood, "om daardie gerieflike, ruim kothuis vir net twee mense te gee terwyl daar gesinne van vyf of ses is wat volgens my maar te dankbaar vir 'n bietjie meer ruimte sal wees."

"Wil U Majesteit hê ek moet Duiwendyk en sy dogter daar laat verwyder?"

"Ja, ek dink so," sê koning Fred en maak of hy baie in die punt van sy satynskoen belangstel.

"Dit is reg so, U Majesteit," sê die hoofraadgewer toe en buig diep. "Ek sal hulle vra om huise te ruil met Rommel se gesin, wat dankbaar vir ekstra ruimte sal wees, en ek sal die Rommels se huis vir Duiwendyk-hulle gee."

"En waar presies is dit?" vra die koning gespanne, want die laaste ding wat hy wou hê, was om daardie swart lappe nader aan die paleis se poorte te sien.

"Reg op die rand van die Stad-in-die-Stad," sê die hoofraadgewer. "Baie naby aan die begraafplaas, om die waarheid te –"

"Dit klink geskik," val die koning hom in die rede en spring op sy voete. "Ek wil nie verdere inligting oor die saak hê nie. Laat dit net gebeur, Haringgraat, ek maak staat op jou."

En so het dit gebeur dat Daisy en haar pa aangesê is om huise te ruil met kaptein Rommel, wat net soos Bert se pa 'n lid van die koninklike wag was. Toe koning Fred die volgende keer verby die huis ry, was die swart lappe weg en die Rommel-kinders – vier frisgeboude seuns, die klomp wat Bert Blinkenaar die eerste keer "Botterbal" genoem het – het by die voortuin ingehardloop en op en af gespring en gejuig en Kornukopië se vlae gewaai. Koning Fred het stralend vir die seuns teruggewaai. Weke het verbygegaan, en koning Fred het heeltemal van die Duiwendyk-gesin vergeet en was weer gelukkig.

Daisy Duiwendyk.

Ethan Oosthuizen (10)

HOOFSTUK 5

Daisy Duiwendyk

Ná mevrou Duiwendyk se skokkende dood was die koning se bediendes 'n hele paar maande lank in twee groepe verdeel. Die eerste groep het gefluister dat dit koning Fred se skuld was dat sy haar oorwerk het en toe dood is. Die tweede groep het verkies om te glo dat daar 'n fout ingesluip het en dat die koning nie kon geweet het hoe siek mevrou Duiwendyk was toe hy haar beveel het om sy uitrusting betyds klaar te maak nie.

Mevrou Blinkenaar, die fyngebaksjef, het aan die tweede groep behoort. Die koning was nog altyd baie vriendelik met mevrou Blinkenaar: Hy het haar soms na die eetkamer laat kom om haar geluk te wens met besonder smullekker baksels Hertoghappies of Troeteltertjies, daarom was sy seker dat hy 'n vriendelike, groothartige man is.

"Ek sê jou, iemand het vergeet om die boodskap vir die koning te gee," het sy vir haar man, majoor Blinkenaar, gesê. "Hy sal nóóit 'n siek bediende dwing om te werk nie. Ek weet hy voel absoluut verskriklik oor wat gebeur het."

"Ja," het majoor Blinkenaar geantwoord, "ek is seker daarvan."

Net soos sy vrou wou majoor Blinkenaar net die beste van die koning dink, want hy, sy pa en sy oupa voor hom het almal lojaal in die koninklike wag gedien. Al het majoor Blinkenaar opgemerk dat koning Fred ná mevrou Duiwendyk se dood heel opgeruimd was en soos gewoonlik gaan jag het, en al het majoor Blinkenaar geweet dat meneer Duiwendyk en sy dogter uit hulle ou huis gesit is en nou onder by die begraafplaas bly, het hy probeer glo dat die koning jammer was oor wat met sy naaldwerkster gebeur het, en dat dit nie sy besluit was om haar man en dogter na 'n ander huis te verskuif nie.

Daisy en haar pa se nuwe kothuis was 'n mistroostige plek. Die hoë taksisbome rondom die begraafplaas het al die sonlig uitgehou, maar Daisy kon haar ma se graf duidelik van haar kamervenster af deur 'n gaping tussen die donker takke sien. Omdat sy nie meer langsaan Bert gewoon het nie het Daisy hom baie minder in hulle vrye tyd gesien, al het Bert so gereeld as moontlik by haar gaan kuier. Daar was baie minder speelplek in haar nuwe tuin, maar die twee het hulle speletjies daarby aangepas.

Niemand het geweet wat meneer Duiwendyk van sy nuwe huis óf die koning dink nie. Hy het hierdie sake nooit met die ander bediendes bespreek nie, maar stil met sy werk aangegaan om die geld te verdien wat hy nodig gehad het om sy dogter so goed moontlik sonder haar ma groot te maak.

Daisy het daarvan gehou om haar pa met sy skrynwerk in sy werkswinkel te help en was op haar gelukkigste wanneer sy 'n oorpak gedra het. Sy was die soort mens wat nie omgegee het om vuil te raak nie en sy het nie juis in klere belanggestel nie. Maar die eerste paar dae ná die begrafnis het sy elke dag 'n ander rok aangetrek en 'n vars bossie blomme op haar ma se graf gaan neersit. Toe mevrou Duiwendyk nog gelewe het, het sy altyd probeer om haar dogter, soos sy dit gestel het, "soos 'n dametjie" te laat lyk en vir haar baie pragtige rokkies gemaak, soms van die oorskietmateriaal wat koning Fred so vriendelik was om vir haar te gee nadat sy vir hom 'n nuwe spoggerige uitrusting gemaak het.

En só is 'n week verby, toe 'n maand, en toe 'n jaar, totdat die rokke wat haar ma gemaak het almal te klein vir Daisy was, maar sy het hulle steeds netjies in haar hangkas gehou. Dit was asof die ander mense vergeet het wat met Daisy gebeur het, of gewoond geraak het aan die idee van haar ma wat weg is. Daisy het gemaak asof sy ook al gewoond daaraan was. Op die oppervlak het haar lewe weer normaal aangegaan. Sy het haar pa in die werkswinkel gehelp, haar skoolwerk gedoen en met haar beste vriend, Bert, gespeel, maar hulle het nooit oor haar ma gepraat nie, en ook nie oor die koning nie. Daisy het elke aand in die bed gelê met haar oë vasgenael op die grafsteen in die verte wat wit in die maanlig geglim het.

Die pou.

Tehilla Annah Meyer (12)

HOOFSTUK 6

Die geveg in die binnehof

Agter die paleis was daar 'n binnehof waar poue gepronk het, fonteine vrolik gespuit het, en die standbeelde van vorige konings en koninginne waggehou het. Solank hulle nie die poue se stertvere uittrek, in die fonteine spring of teen die standbeelde opklim nie, is die paleisbediendes se kinders toegelaat om ná skool in die binnehof te speel. Soms het lady Eslander, wat baie van kinders gehou het, kettings van madeliefies saam met hulle gemaak, maar die opwindendste van alles was wanneer koning Fred op die balkon kom staan en gewuif het. Dan het al die kinders gejuig en diep gebuig soos hulle ouers hulle geleer het.

Die enigste keer wanneer die kinders stil geraak het en opgehou eenbeentjie speel het en kamma teen die Ickabog baklei het, was wanneer lord Spoegmann en lord Flapmann in die binnehof verskyn het. Die twee lords het glad nie van kinders gehou nie. Volgens hulle het die snuiters laatmiddag gans te veel geraas, want dit was wanneer lord Spoegmann en lord Flapmann tussen hulle jagtog en aandete 'n uiltjie wou knip.

Op 'n dag, kort ná Bert en Daisy se sewende verjaardag, terwyl almal soos gewoonlik tussen die fonteine en poue speel, sê die dogter van die nuwe hoofnaaldwerkster, wat 'n pragtige rok van roospienk brokaat dra, skielik:

"Oe, ek hoop die koning gaan vandag weer vir ons waai!"

"Ek hoop nie so nie." Daisy kon haarself nie keer nie en het nie besef hoe hard sy gepraat het nie.

Die kinders snak almal na asem en draai na haar. Daisy voel warm en koud tegelyk toe sy sien hoe almal haar aangluur.

"Jy moes dit nie gesê het nie," fluister Bert. Omdat hy reg langsaan Daisy staan, staar die ander kinders hom ook aan.

"Ek gee nie om nie," sê Daisy en word rooi in die gesig. Sy het nou begin, sy kan maar net sowel klaarmaak. "As hy my ma nie so hard laat werk het nie, sou sy nou nog gelewe het."

Dit voel vir Daisy asof sy al baie lank wag om dit hardop te sê.

Die kinders rondom haar snak weer hard, en 'n diensmeisie se dogter gee 'n gilletjie van vrees.

"Hy's die beste koning wat ons nog ooit in Kornukopië gehad het," sê Bert, want hy het sy ma dit al soveel keer gehoor sê.

"Nee, hy is nie," sê Daisy hard. "Hy is selfsugtig, verwaand en wreed!"

"Daisy!" fluister Bert verskrik. "Moenie – moenie simpel wees nie!"

Dit was die woord "simpel" wat dit veroorsaak het. "Simpel", terwyl die nuwe hoofkleremaakster se dogter giggel en agter haar hand vir haar vriende fluister en na Daisy se oorpak wys. "Simpel", terwyl haar pa saans sy trane wegvee wanneer hy dink dat Daisy dit nie sien nie. "Simpel", terwyl sy by 'n koue wit grafsteen moet gaan staan wanneer sy met haar ma wil praat?

Daisy trek haar hand terug en klap Bert deur die gesig.

Toe skree die oudste Rommel-seun, wie se naam Rod is en wat Daisy se ou slaapkamer gekry het: "Moenie haar daarmee laat wegkom nie, Botterbal!" en por die seuns aan om saam met hom "Baklei! Baklei! Baklei!" te skree.

Bert stamp Daisy halfhartig teen die skouer. Dit lyk vir Daisy asof sy net een ding kan doen: Sy gaan Bert te lyf, en toe sien jy net stof en elmboë totdat Bert se pa, majoor Blinkenaar, wat die lawaai gehoor het, by die paleis uitstorm en die twee uitmekaarpluk.

"Sulke skokkende gedrag," brom lord Spoegmann toe hy verby die majoor en die twee huilende, bakleiende kinders loop.

Maar toe hy wegdraai, het daar 'n gemene glimlag op lord Spoegmann se gesig verskyn. Hy was 'n man wat geweet het hoe om 'n situasie uit te buit, en hy het besluit dis sy kans om te sorg dat kinders – of ten minste party van hulle – uit die paleis se binnehof verban word.

HOOFSTUK 7

Lord Spoegmann dra stories aan

Daardie aand het die twee lords soos gewoonlik saam met koning Fred geëet.

Ná 'n koninklike maaltyd van Baronsburg se beste wildvleis, Jeroboam se beste wyn, gevolg deur 'n versameling van Suiwelstad se kase en 'n paar van mevrou Blinkenaar se veerligte Feetjievlerkies, het lord Spoegmann besluit die regte oomblik het aangebreek. Hy het keel skoongemaak en toe sê hy:

"Ek hoop die kinders se barbaarse bakleiery vanmiddag in die binnehof het U Majesteit nie gesteur nie?"

"Bakleiery?" herhaal koning Fred. Hy was besig om die ontwerp vir sy nuwe mantel met sy kleremaker te bespreek en het niks gehoor nie. "Watter bakleiery?"

"O, liewe land – ek het gedink U Majesteit weet daarvan," sê lord Spoegmann kastig verbaas. "Miskien moet majoor Blinkenaar u daarvan vertel."

Maar koning Fred is geamuseer, eerder as omgekrap.

"O, ek dink dis normaal dat kinders mekaar karnuffel, lord Spoegmann."

Lord Spoegmann en lord Flapmann loer agter die koning se rug vir mekaar.

Lord Spoegmann probeer weer. "U Majesteit is soos altyd 'n absolute toonbeeld van welwillendheid," sê hy.

"Party konings sal natuurlik aanstoot neem," brom lord Flapmann en vee die krummels van die voorkant van sy onderbaadjie af, "as hulle hoor dat 'n kind so oneerbiedig van die kroon praat –"

"Wat bedoel jy?" roep koning Fred uit en die glimlag op sy gesig verdwyn. "'n Kind het van my gepraat en was – oneerbiedig?" Koning Fred kan dit nie glo nie. Hy is gewoond daaraan dat kinders gil van opwinding wanneer hy vir hulle van die balkon af wuif.

"Ek is bevrees dis reg, U Majesteit," sê lord Spoegmann en staar na sy vingernaels, "maar, soos ek reeds genoem het, was majoor Blinkenaar die een wat die bakleiery stopgesit het – Hy kan vir u alles vertel."

Die kerse sputter effens in hulle silwer kandelare.

"Kinders sê allerhande dinge, net vir die pret," sê koning Fred toe. "Die kind het dit beslis nie sleg bedoel nie."

"Dit het vir my soos verraad geklink," snork lord Flapmann verontwaardig.

"Maar," voeg lord Spoegmann vinnig by, "majoor Blinkenaar kan u beter oor die saak inlig. Ek en lord Flapmann het miskien verkeerd gehoor."

Koning Fred teug aan sy wyn. Op daardie oomblik kom 'n lakei by die vertrek in om die poedingbakkies weg te neem.

"Pester," sê koning Fred, want dit was die lakei se naam, "gaan haal majoor Blinkenaar vir my."

Anders as die koning en die twee lords het majoor Blinkenaar nie elke aand aan 'n sewegangmaaltyd weggelê nie. Hy het al ure gelede klaar geëet en was gereed om te gaan slaap toe die boodskap kom dat die koning hom ontbied het. Die majoor het sy pajamas vinnig uitgetrek en sy uniform weer aangetrek en haastig spore gemaak na die paleis. Teen daardie tyd het koning Fred, lord Spoegmann en lord Flapmann al in die geel salon gaan ontspan. Hulle het gesit op gemakstoele wat met satyn oorgetrek was, nóg wyn van Jeroboam gedrink, en in lord Flapmann se geval aan 'n tweede bordjie Feetjievlerkies gesmul.

"A, Blinkenaar," sê koning Fred toe die majoor diep voor hom buig. "Ek het gehoor van die petalje vanmiddag in die binnehof."

Die majoor se hart sak in sy stewels. Hy het gehoop dat die nuus van Bert en Daisy se bakleiery nie die koning se ore sou bereik nie.

Toe sê majoor Blinkenaar: "Og, dit was eintlik niks nie, U Majesteit."

"Kom, kom, Blinkenaar," keer lord Flapmann vinnig. "Jy behoort trots te wees dat jy jou seun geleer het om nie 'n verraaier te duld nie."

"Ek – Dit was nie 'n kwessie van verraad nie," sê majoor Blinkenaar. "Hulle's maar net kinders, my heer."

"Verstaan ek reg dat jou seun my verdedig het, Blinkenaar?" vra koning Fred.

Majoor Blinkenaar was in 'n baie ongemaklike posisie. Hy wou nie vir die koning vertel wat Daisy gesê het nie. Al was hy ook so lojaal aan die koning kon hy verstaan hoekom die moederlose meisietjie so oor koning Fred gevoel het, en hy wou keer dat sy in die moeilikheid kom. Terselfdertyd was hy baie bewus van die feit dat daar twintig getuies was wat vir die koning kon sê wat presies Daisy gesê het, en hy was seker dat as hy lieg, lord Spoegmann en lord Flapmann vir die koning sou sê dat hy, majoor Blinkenaar, ook 'n ontroue verraaier is.

"Ek – U Majesteit, dis waar dat my seun Bert u verdedig het," sê majoor Blinkenaar toe. "Maar 'n mens moet tog seker in ag neem hoekom die meisietjie daardie – dwase uitlating oor U Majesteit gemaak het. Sy is deur diep waters, U Majesteit, en selfs ongelukkige volwassenes raak soms onvergeeflike dinge kwyt."

Toe vra koning Fred: "Deur watter diep waters is die meisie?" Hy kan nie dink dat enige onderdaan rede kon hê om oneerbiedig van hom te praat nie.

"Sy – haar naam is Daisy Duiwendyk, U Majesteit," sê

majoor Blinkenaar en kyk op na 'n portret van koning Fred se pa, koning Richard die Regverdige, wat bokant hulle heerser se kop hang. "Haar moeder was die naald-werkster wat –"

"Ja, ja, ek onthou," onderbreek koning Fred die majoor hard. "Nou goed dan, dis al, Blinkenaar. Weg is jy."

Die effens verligte majoor Blinkenaar buig weer diep, maar toe hy byna by die deur is, hoor hy weer die koning se stem.

"Wat presies het die meisie gesê, Blinkenaar?"

Majoor Blinkenaar steek met sy hand op die deurknop vas. Daar is net een genade: Hy moet die waarheid praat.

"Sy't gesê U Majesteit is selfsugtig, verwaand en wreed," sê majoor Blinkenaar.

Toe loop hy by die vertrek uit sonder om dit te waag om na die koning te kyk.

HOOFSTUK 8

Die Dag van Versoeke

Selfsugtig, verwaand en wreed. Selfsugtig, verwaand en wreed.

Die woorde het in die koning se kop weergalm terwyl hy sy nagmus van sy opsit. Dit kon tog nie waar wees nie, kon dit? Dit het lank geneem voordat koning Fred aan die slaap kon raak en toe hy die volgende oggend wakker word, het hy selfs nog erger gevoel.

Hy het besluit om iets groothartigs te doen en die eerste ding waaraan hy kon dink, was om majoor Blinkenaar se seun te vergoed omdat hy hom teen daardie nare meisie verdedig het. Toe het hy 'n klein penning wat gewoonlik om sy gunstelingjaghond se nek gehang het, geneem, 'n bediende gevra om 'n lint daardeur te ryg, en die Blinkenaars na die paleis ontbied. Bert, wie se ma hom by die skool kom haal en haastig vir hom 'n blou fluweelpak aangetrek het, het sprakeloos voor die koning vasgenael gestaan. Koning Fred het dit geniet en 'n hele paar minute lank vriendelik met die seun gesels terwyl majoor en mevrou Blinkenaar wou bars van trots oor hulle seun. Bert is uiteindelik met die klein goue medalje om sy nek terug skool toe, en daardie middag op die speelgrond het Rod Rommel, wat hom gewoonlik die meeste geboelie het, 'n groot ophef van hom gemaak. Daisy het nie 'n woord gesê nie en toe Bert sien hoe sy vir hom kyk, het hy warm en ongemaklik gevoel en die medalje onder sy hemp ingeglip.

Intussen was die koning steeds nie heeltemal gelukkig nie. 'n Ongemaklike gevoel het hom bygebly, soos sooibrand, en daardie nag het hy weer gesukkel om te slaap.

Toe hy die volgende dag wakker word, het hy onthou dat dit die Dag van Versoeke was.

Die Dag van Versoeke was 'n spesiale dag, een keer elke jaar, wanneer die koning onderdane van Kornukopië te woord gestaan het. Koning Fred se raadgewers het daardie mense natuurlik sorgvuldig gekeur voordat hulle toegelaat is om voor hom te verskyn. Koning Fred het hom nooit met groot probleme bemoei nie. Hy het mense gespreek wat sorge gehad het wat met 'n paar goue munte en 'n paar vriendelike woorde opgelos kon word: soos 'n boer wie se ploeg gebreek het, of 'n ou vroutjie wie se kat dood is. Koning Fred het altyd uitgesien na die Dag van Versoeke. Dit was 'n kans om in sy spoggerigste klere te pronk, en dit was vir hom aandoenlik om te sien hoeveel hy vir die gewone mense van Kornukopië beteken het.

Ná ontbyt het die kamerbediendes wat koning Fred aantrek vir hom gewag met 'n nuwe uitrusting wat hy net die vorige maand versoek het: 'n wit kardoesbroek van satyn en 'n bypassende baadjie met goue en pêrelknope, 'n mantel met 'n wynrooi voering wat met hermelynpels omsoom is, en wit satynskoene met gespes van goud en pêrels.

Sy lakei het gewag met die goue tang om sy snorpunte te krul, en 'n hofknaap het gereed gestaan met 'n verskeidenheid ringe met kosbare stene op 'n fluweelkussing sodat koning Fred kon kies wat hy wou dra.

"Vat dit alles weg, ek wil dit nie aantrek nie," het koning Fred vies gesê en 'n gebaar gemaak om te wys hy wil nie die nuwe uitrusting dra nie. Die kamerbediendes het versteen. Hulle was nie seker of hulle reg gehoor het nie. Koning Fred het meer as gewoonlik belanggestel in hoe die kostuum vorder en het persoonlik gevra dat die wynrooi voering en windmaker gespes bygevoeg word. "Ek het gesê vat dit weg!" het hy geblaf toe niemand beweeg nie. "Gaan haal vir my iets eenvoudigs! Gaan haal vir my die uitrusting wat ek by my vader se begrafnis gedra het!"

"Is – is daar iets verkeerd, U Majesteit?" het sy lakei gevra terwyl die verstomde kamerbediendes buig en met die wit uitrusting wegskarrel en binne 'n rekordtyd met 'n swart een terugkom.

"Nee, niks is verkeerd nie," het koning Fred gesnou. "Maar ek's 'n man, nie 'n ligsinnige pierewaaier nie."

Hy het die swart uitrusting vererg aangetrek. Dit was die eenvoudigste een in sy klerekaste, maar steeds indrukwekkend met silwer omboorsels aan die mouboordjies en die kraag, en oniks- en diamantknope. En toe, tot sy lakei se verbasing, het hy die man toegelaat om slegs die punte van sy snorbaarde te krul voordat hy hom en die hofknaap met die kussing vol ringe laat verdaag het.

So ja, het koning Fred gedink terwyl hy homself in die spieël bestudeer het. *Hoe kan enigiemand my nou verwaand noem? Swart is beslis nie 'n kleur waarin ek goed lyk nie.*

Koning Fred het só vinnig klaar aangetrek dat lord Spoegmann, wat een van die bediendes aangesê het om was uit sy ore te haal, en lord Flapmann, wat besig was om 'n bordjie Hertoghappies wat hy uit die kombuis bestel het te verslind, onkant gevang is en by hulle slaapkamers uitgestorm het terwyl hulle nog hulle onderbaadjies aangepluk en rondgehop het soos hulle hul stewels aantrek.

"Opskud, julle lui lummels!" roep koning Fred terwyl die twee lords in die gang af agter hom aangehardloop kom. "Daar is mense wat wag vir my hulp!"

En sal 'n selfsugtige koning jaag om eenvoudige mense wat gunste en gawes kom vra te woord te staan? dink koning Fred. *Nee, hy sal nie!*

Koning Fred se raadgewers is geskok toe hy so stiptelik opdaag, en boonop so eenvoudig aangetrek, vir sy standaarde. Haringgraat, die hoofraadgewer, glimlag goedkeurend terwyl hy buig.

"U Majesteit is vroeg," sê hy. "Die mense sal verheug wees. Hulle staan reeds van dagbreek af tou."

"Laat hulle binnekom, Haringgraat," sê die koning. Hy gaan sit op sy troon en beduie vir lord Spoegmann en lord Flapmann om weerskante van hom plaas te neem.

Die deure word oopgemaak en die mense met versoeke begin een vir een inkom.

Koning Fred se onderdane het dikwels net met 'n mond vol tande gestaan wanneer hulle van aangesig tot aangesig kom met die regte, lewende koning. Party het begin giggel, of vergeet wat hulle wou vra, en een of twee mense het flou geraak. Koning Fred was daardie dag besonder grootmoedig en elke gesprek het geëindig met die koning wat vir iemand 'n paar goue munte gee, of 'n baba seën, of 'n ou vroutjie toelaat om sy hand te soen.

Maar terwyl hy so glimlag en goue munte uitdeel en beloftes maak, het Daisy Duiwendyk se woorde in sy kop bly weergalm. *Selfsugtig, verwaand en wreed.* Hy wou iets spesiaals doen om te wys wat 'n wonderlike man hy is – en om te wys dat hy bereid was om homself vir ander op te offer. Al Kornukopië se konings het op die Dag van Versoeke goue munte uitgedeel en nietige versoeke toegestaan; koning Fred wou iets doen wat so wonderlik was dat dit hom deur die eeue heen beroemd sou maak, en jou naam kom nie in die geskiedenisboeke as jy vir 'n vrugteboer wat sy gunstelinghoed verloor het 'n nuwe een gee nie.

Die twee lords aan weerskante van koning Fred het verveeld begin raak. Hulle sou baie eerder tot middagete in hulle slaapkamers wou rondlê as om daar te sit en luister na sukkelende boere wat oor hulle onbenullige probleme kla. Baie ure later het die laaste een met 'n versoek dankbaar by die troonsaal uitgestap, en lord Flapmann, wie se maag al byna 'n uur lank onophoudelik gegor het, het homself met 'n sug van verligting uit sy stoel opgehys.

"Middagete!" het lord Flapmann gebulder, maar net toe die wagte die deure probeer toemaak, het hulle harde stemme gehoor en die deure het weer oopgevlieg.

HOOFSTUK 9

Die skaapwagter se storie

"U Majesteit," het Haringgraat gesê terwyl hy hom haas na koning Fred, wat so pas van die troon af opgestaan het. "Daar is 'n skaapwagter uit die Moerasland wat 'n versoek aan U Hoogheid wil rig. Hy is effens laat – as U Majesteit eers middagete wil geniet, kan ek hom wegstuur."

"'n Moeraslander!" het lord Spoegmann gesê en sy geparfumeerde sakdoek onder sy neus gewaai. "Bid u dit aan, U Hoogheid!"

"Sulke vervlakste vermetelheid! Om laat vir die koning op te daag," het lord Flapmann gesê.

"Nee," het koning Fred besluit nadat hy 'n oomblik gehuiwer het. "Nee – as die arme kêrel so ver gereis het, sal ons hom te woord staan. Stuur hom in, Haringgraat."

Die hoofraadgewer was verheug oor hierdie verdere teken van 'n nuwe, goedhartige en bedagsame koning, en het haastig na die dubbeldeure geloop om vir die wagte te sê om die skaapwagter in te laat. Die koning het weer op sy troon plaasgeneem, en lord Spoegmann en lord Flapmann het weer met suur gesigte op hulle stoele gaan sit.

Die ou man wat sukkelend by die lang rooi tapyt afgekom het, was windverweer en vuil, met 'n yl baard en toiingrige, gelapte klere. Toe hy naby die koning kom, het hy sy hoed afgehaal en verskrik gekniel by die plek waar mense gewoonlik 'n buiging maak of hulle knieë knak.

"U Majesteit!" groet hy toe aamborstig.

"U Maaaaaaa-jesteit," aap lord Spoegmann hom sag na en laat die ou skaapwagter soos 'n skaap klink.

Lord Flapmann se kenne bewe soos hy sy lag inhou.

"U Majesteit," gaan die skaapwagter verder, "ek het vyf volle dae gestap om hier by u uit te kom. Dit was 'n moeilike reis. Ek het op hooiwaens gereis waar ek kon, en geloop waar ek nie kon nie, en my stewels is vol gate –"

"Ag, kry tog klaar," brom lord Spoegmann en begrawe sy lang neus nog dieper in sy sakdoek.

"– maar terwyl ek so op reis was, het ek gedink aan ou Slapoor, U Hoogsteheid, en hoe u my sal help as ek betyds by die paleis kan kom –"

"Wie of wat is 'ou Slapoor'?" vra die koning toe terwyl hy hom verkyk aan die skaapwagter se broek wat al herhaaldelik gelap is.

"Dit is my ou brak, U Hoogsteheid – of was, moet ek seker sê," antwoord die skaapwagter en sy oë skiet vol trane.

"Aha," sê koning Fred en vroetel met die geldsakkie aan sy gordel. "Hier is 'n paar goue munte, arme skaapwagter, gaan koop vir jou 'n nuwe –"

"Nee, U Hoogsteheid, dankie, maar ek is nie hier om geld by u te kom vra nie," sê die skaapwagter. "Ek kan maklik vir my 'n ander hond kry, maar hy sal nie naby aan ou Slapoor kom nie." Die skaapwagter vee sy neus aan sy mou af. Lord Spoegmann ril.

"Nou hoekom is jy dan hier?" vra koning Fred so vriendelik as wat hy moontlik kan.

"Om vir U Hoogsteheid te vertel hoe Slapoor aan sy einde gekom het."

"Aha," sê koning Fred en sy oë dwaal na die goue staanhorlosie op die kaggelrak. "Ons wil baie graag na jou storie luister, maar ons middagete wag –"

"Dis die Ickabog wat hom opgevreet het, U Hoogsteheid," sê die skaapwagter.

Daar is 'n verstomde stilte, en toe bars lord Spoegmann en lord Flapmann uit van die lag.

Die skaapwagter se oë swem nou in trane en die druppels val op die rooi tapyt.

"Almal het vir my gelag toe ek gesê het ek kom na U Hoogsteheid toe, almal van Jeroboam tot in Chouxville. Die mense het hulle oor 'n mik gelag en vir my gesê ek is van lotjie getik. Maar ek het die monster met my eie oë gesien, en arme Slapoor het ook, voor hy opgevreet is."

Koning Fred het 'n dringende behoefte om saam met die twee lords te lag. Hy wil gaan eet en hy wil van die ou skaapwagter ontslae raak, maar terselfdertyd fluister daardie aaklige stemmetjie in sy kop: *Selfsugtig, verwaand en wreed.*

"Hoekom vertel jy my nie wat gebeur het nie?" vra koning Fred toe vir die skaapwagter, en lord Spoegmann en lord Flapmann hou dadelik op met lag.

"Wel, U Hoogsteheid," sê die skaapwagter en vee sy neus weer aan sy mou af, "dit was so teen skemer en baie mistig. Ek en Slapoor het al met die rand van die moeras langs huis toe gestap, toe sien Slapoor 'n moeraskroggel –"

"Toe sien hy 'n wat?" vra koning Fred.

"'n Moeraskroggel, U Hoogsteheid. Sulke bles rotterige goed wat in die moeras bly. Smaak nie sleg in pasteie as jy nie omgee vir die stert nie."

Dit lyk of lord Flapmann naar gaan word.

"Toe sien Slapoor die moeraskroggel," gaan die skaapwagter verder, "en sit hom agterna. Ek het op Slapoor geskree en geskree, U Hoogsteheid, maar hy was te opgewonde om terug te kom. En toe, U Hoogsteheid, toe hoor ek hom tjank. 'Slapoor!' skree ek toe. 'Slapoor! Wat's fout, my honne?' Maar Slapoor het nie teruggekom nie, U Hoogsteheid. En toe sien ek dit, daar in die mis," sê die skaapwagter met 'n hees stem. "Yslik groot, sowaar, met oë soos lanterns en 'n mond so breed soos u troon, en bose tande wat blink. En toe vergeet ek van ou Slapoor, U Hoogsteheid, en ek hol en hol en hol heelpad huis toe. En die volgende dag het ek in die pad geval na U Hoogsteheid toe. Die Ickabog het my hond opgevreet, u Hoogsteheid, en ek wil hê hy moet gestraf word!"

Die koning kyk 'n paar oomblikke lank af na die skaapwagter. Toe kom hy baie stadig op die been.

"Skaapwagter," sê die koning, "ons sal vandag nog noordwaarts reis om die saak van die Ickabog eens en vir altyd te ondersoek. As ons enige spoor van die ongedierte kry, verseker ek jou dat ons die ding tot by sy lêplek sal volg en hom sal straf omdat hy so vermetel was om jou hond dood te maak. Hier, vat 'n paar goue munte saam en huur vir jou 'n geleentheid huis toe op 'n hooiwa."

"Vriende," sê die koning en draai na die stomgeslaande lord Spoegmann en lord Flapmann, "gaan trek julle krygsmondering aan en volg my na die stalle. Ons gaan op jag!"

Lady Eslander saam met die ander dames aan die hof op 'n balkon.

Lika Claassens (9)

HOOFSTUK 10

Koning Fred se soektog

Koning Fred stap ingenome met homself by die troonsaal uit. Niemand sal ooit weer sê hy is selfsugtig, verwaand en wreed nie! Hy, koning Fred die Vreeslose, vertrek ter wille van 'n onwelriekende, eenvoudige skaapwagter en sy niks-werd ou brak om jag te maak op die Ickabog! Daar bestaan beslis nie so iets nie, maar dis nietemin deksels indruk-wekkend en edel van hom om persoonlik tot aan die ander kant van die land te ry om dit te bewys!

Die koning vergeet heeltemal van middagete en haas hom op na sy slaapkamer, skree vir sy lakei om hom te kom help om die somber swart uitrusting uit te trek en sy krygsmondering, wat hy nog nooit kans gehad het om te dra nie, aan te trek. Die baadjie is wynrooi met knope van goud. 'n Pers lyfband is om die baadjie gedrapeer, en op die linkerbors hang rye en rye medaljes wat hy mag dra omdat hy die koning is. Toe koning Fred in die spieël kyk en sien hoe goed hy in die krygsmondering lyk, wonder hy hoekom hy dit nie elke dag dra nie. En toe die lakei die koning se gepluimde helm op sy goue krulle neersit, sien koning Fred voor sy geestesoog 'n skildery van hom in hierdie uitrusting en op sy gunstelingperd, met sy lans wat 'n slangagtige monster deurboor. Lank lewe koning Fred die Vreeslose! Hy wens nou amper dat daar regtig iets soos 'n Ickabog bestaan.

Intussen het die hoofraadgewer 'n boodskap deur die Stad-in-die-Stad versprei dat die koning 'n reis deur die land beplan en dat almal gereed moet wees om hom toe te juig wanneer hy vertrek. Haringgraat het niks van die Ickabog genoem nie want, as hy enigsins kon, wou hy keer dat die mense moet dink die koning is verspot.

Ongelukkig het die lakei genaamd Pester twee raadgewers onder mekaar oor die koning se vreemde plan hoor fluister. Pester het dit onmiddellik vir die hulpmeisie vertel wat die nuus versprei het in die kombuis, waar 'n worsverkoper van Baronsburg met die kok gestaan en skinder het. Kortom, teen die tyd dat die koning vertrek het om in die noorde op die Ickabog te gaan jag maak, het die nuus al deur die hele Stad-in-die-Stad versprei, en ook tot aan die buitewyke van Chouxville uitgelek.

"Is dit 'n grap?" het die inwoners van die hoofstad vir mekaar gevra terwyl hulle op die sypaadjies saamdrom om die koning toe te juig. "Wat beteken dit?"

Party mense het hulle skouers opgetrek en gesê dat die koning dit net vir die pret doen. Ander het hulle koppe geskud en gesê daar moet meer in hierdie reis steek. Geen koning sal sonder rede gewapen na die noorde van die land toe opry nie. "Wat weet die koning wat ons nie weet nie?" het die mense bekommerd vir mekaar gevra.

Lady Eslander het saam met die ander dames aan die hof op 'n balkon gaan staan en kyk hoe die soldate gereed maak om te vertrek.

Kom ek vertel vir jou 'n geheim waarvan niemand weet nie. Lady Eslander sou nooit met die koning getrou het nie, selfs al sou hy haar gevra het. Jy sien, sy was in die geheim verlief op 'n man genaamd kaptein Goedaard, wat nou met sy goeie vriend majoor Blinkenaar in die binnehof onder hulle gestaan en lag en gesels het. Lady Eslander was baie skaam en kon haarself nog nooit sover kry om te gesels met kaptein Goedaard, wat geen benul gehad het dat die mooiste vrou aan die hof op hom verlief was nie. Albei kaptein Goedaard se ouers, wat reeds oorlede was, was kaasmakers in Suiwelstad. Al was kaptein Goedaard slim en dapper, kon 'n kaasmaker se seun nie in daardie dae met 'n dame uit die adelstand trou nie.

Intussen het die skool vroeg toegemaak sodat die bediendes se kinders kon sien hoe die koning en sy manne vertrek. Mevrou Blinkenaar, die fyngebaksjef, het natuurlik gejaag om Bert te gaan haal sodat hulle op 'n goeie plek kon staan om te kyk hoe sy pa verbyry.

Toe die paleis se poorte uiteindelik oopgemaak word en die kavalkade uitgery kom, het Bert en mevrou Blinkenaar hulle luidkeels toegejuig. Die mense het jare laas manne in krygsmondering gesien. Dit was so opwindend, en so wonderlik! Die sonlig het op die goue knope en silwer swaarde geskitter en bo-op die paleis se balkon het die dames se handskoene soos duiwe gefladder om totsiens te sê.

Koning Fred het voor in die optog op sy melkwit perd gery, met een hand wat die wynrooi teuels vashou en die ander hand wat vir die skare wuif. Reg agter hom, op 'n maer geel perd en met 'n verveelde uitdrukking, het lord Spoegmann gery en ná hom was dit lord Flapmann, wat woedend was omdat hy middagete misgeloop het, op sy olifantagtige vosperd.

Agter die koning en die twee lords het die koninklike wag op 'n drafstap gevolg, almal op gespikkelde grys perde, behalwe majoor Blinkenaar, wat op sy staalgrys hings gery het. Mevrou Blinkenaar se hart het gebokspring toe sy sien hoe aantreklik haar man lyk.

"Voorspoed, Pappa!" het Bert geskree, en majoor Blinkenaar het vir sy seun gewaai (al was hy nie eintlik veronderstel om dit te doen nie).

Die optog het by die heuwel afgery en vir die juigende skare in die Stad-in-die-Stad geglimlag totdat hulle die poort bereik het wat na Chouxville se buitewyke lei. Daar, weggesteek agter die skare, was meneer Duiwendyk en Daisy se kothuisie. Hulle het in die tuin gestaan en kon netnet die pluime in die helms van die koninklike wag sien.

Daisy het nie eintlik in die soldate belanggestel nie. Sy en Bert het nog steeds nie met mekaar gepraat nie. Om die waarheid te sê het hy die oggend met pouse heeltyd gesels met Rod Rommel, wat Daisy gereeld spot omdat sy 'n oorpak eerder as 'n rok dra, so die gejuig en die geluid van perdehoewe het haar glad nie opgebeur nie.

"Daar's nie regtig iets soos 'n Ickabog nie, nè, Pappa?" het sy gevra.

"Nee, Daisy," het meneer Duiwendyk gesug en terug na sy werkswinkel gedraai, "daar is nie iets soos 'n Ickabog nie, maar as die koning dit wil glo, laat hy maar. Hy kan nie veel skade daar bo in die Moerasland aanrig nie."

Wat net weer wys dat selfs 'n verstandige man soms 'n verskriklike gevaar wat op loer lê, kan miskyk.

Kaas van Suiwelstad en vonkelwyn van Jeroboam.

Madri van Niekerk (12)

HOOFSTUK 11

Die reis noord

Koning Fred het al hoe meer begeesterd geraak terwyl hy by Chouxville uitry en die platteland voor hom sien uitstrek. Die nuus van die koning se skielike ekspedisie om die Ickabog op te spoor het reeds versprei tot by die boere wat op die golwende groen landerye werk, en hulle het saam met hulle gesinne nader gehardloop om die koning, die twee lords en die koninklike wag toe te juig terwyl hulle verbyry.

Aangesien hulle nog nie geëet het nie, het die koning besluit om in Suiwelstad vir 'n laat middagete te stop.

"Ons sal maar met min moet klaarkom, kêrels, aangesien ons soldate is!" skree hy toe vir sy manne terwyl hulle inry by die stad wat vir sy kaas beroemd is, "en dan sal ons met dagbreek verder ry!"

Maar die koning hoef natuurlik nooit met min klaar te kom nie. Almal in Suiwelstad se heel beste herberg word op straat uitgegooi om plek vir hom te maak, en ná 'n stewige maaltyd van kaas-en-sjokolade-fondue slaap koning Fred daardie nag op 'n koperbed met 'n gansveermatras. Lord Spoegmann en lord Flapmann, aan die ander kant, moet die nag noodgedwonge in 'n kamertjie bokant die stalle deurbring. Albei is lyfseer ná 'n lang dag te perd. Jy wonder seker hoekom, want hulle was gewoond daaraan om vyf keer 'n week te gaan jag, maar in werklikheid het hulle altyd ná 'n halfuur weggeglip en agter 'n boom gaan sit om toebroodjies te eet en wyn te drink totdat dit tyd was om terug paleis toe te ry. Die twee was glad nie gewoond daaraan om ure lank in die saal te sit nie, en daar was al klaar blase op lord Spoegmann se benerige boude.

Vroeg die volgende oggend kom lig majoor Blinkenaar die koning in dat die inwoners van Baronsburg ontsteld is dat die koning verkies het om in Suiwelstad te slaap, eerder as in hulle manjifieke stad. Koning Fred wou seker maak hy word nie ongewild nie en het sy manne aangesê om in 'n enorme sirkel deur die omringende landerye te ry. Al die boere het hulle toegejuig en teen skemer was hulle in Baronsburg. Daar begroet die watertandreuk van wors wat braai die koninklike geselskap en 'n ingenome skare met fakkels begelei koning Fred na die beste kamer in die stad. Daar bedien hulle vir hom gebraaide os en heuningham, en hy slaap die nag op 'n donsveermatras op 'n bed wat uit eikehout gekerf is, terwyl lord Spoegmann en lord Flapmann twee diensmeisies se beknopte solderkamer moet deel. Teen daardie tyd was lord Spoegmann se boude reeds bitter seer, en hy was woedend dat hy gedwing is om veertig myl in 'n sirkel te ry, en dit net om die worsmakers gelukkig te hou. Lord Flapmann, wat hopeloos te veel kaas in Suiwelstad geëet het en hom in Baronsburg aan drie biefstukke vergryp het, het die hele nag wakker gelê en van slegte spysvertering gekreun.

Die volgende dag val die koning en sy manne weer in die pad, en hierdie keer mik hulle noord en ry spoedig deur wingerde waar gretige druiweplukkers vlae van Kornukopië rondswaai en juig toe die verheugde koning vir hulle wuif. Lord Spoegmann huil al byna van die pyn, ten spyte van die kussing wat hy aan sy boude vasgegespe het, en lord Flapmann se kreune en die winde wat hy opbreek, is selfs bo-oor die gekletter van hoewe hoorbaar.

Toe hulle die aand in Jeroboam aankom, word hulle verwelkom met trompette en die hele stad wat die volkslied sing. Koning Fred word later onthaal op vonkelwyn en truffels voordat hy op 'n hemelbed met 'n swaanveermatras en beddegoed van satyn gaan slaap. Maar lord Spoegmann en lord Flapmann moet weer noodgedwonge 'n kamer deel, dié keer bokant die herberg se kombuis, en boonop met twee soldate. Om alles te kroon hou dronk inwoners van Jeroboam slingerend partytjie op straat om hulle koning se besoek aan die stad te vier. Lord Spoegmann sit amper heelnag in 'n emmer vol ys, en lord Flapmann, wat gans te veel rooiwyn gedrink het, moet kort-kort in 'n ander emmer in die hoek gaan opgooi.

Teen dagbreek die volgende oggend ry die koning en sy geselskap verder na die Moerasland nadat die inwoners van Jeroboam hulle voorspoed toegewens het met kurkproppe wat so oorverdowend geklap het dat lord Spoegmann se perd op sy agterbene gaan staan en hom in die pad afgesmyt het. Nadat hulle lord Spoegmann afgestof en die kussing weer aan sy boude vasgegespe het, en koning Fred uiteindelik opgehou lag het, ry die manne verder.

Jeroboam het spoedig agter hulle gelê en al wat jy toe kon hoor, was voëls wat sing. Dit was die eerste keer op hulle reis dat daar niks teen die kante van die pad gegroei het nie. Die welige groen landskap het geleidelik verdwyn en later was daar net yl, droë gras, verwronge bome en groot klippe.

"Dit is 'n uitsonderlike plek, of hoe?" roep die koning later vrolik vir lord Spoegmann en lord Flapmann agter hom. "Ek is regtig bly ek kan die Moerasland uiteindelik sien, en julle?"

Die twee lords knik gehoorsaam, maar die oomblik toe koning Fred sy gesig weer vorentoe draai, maak hulle onbeskofte gebare en mompel selfs nog onbeskofter goed agter sy rug.

Ná 'n hele ruk kom die koninklike geselskap 'n paar mense teë, en die Moeraslanders kan hulle oë nie glo nie. Hulle val soos die skaapwagter in die troonsaal op hulle knieë neer en vergeet skoon om te juig of hande te klap.

Die mense staar die geselskap oopmond aan asof hulle nog nooit iets soos die koning en sy koninklike wag gesien het nie – wat inderdaad die geval was, want hoewel koning Fred al die groot stede in Kornukopië ná sy kroning besoek het, het niemand gedink dit is die moeite werd om die verafgeleë Moerasland te besoek nie.

"Hulle is eenvoudige mense, maar hulle reaksie is nogal aandoenlik, nie waar nie?" roep die koning opgeruimd vir sy manne terwyl 'n paar verflenterde kinders hulle aan die pragtige perde vergaap. Hulle het nog nooit in hulle lewens sulke blink en goed gevoerde diere gesien nie.

"En waar is ons veronderstel om vanaand te slaap?" brom lord Flapmann vir lord Spoegmann terwyl hy na die bouvallige kliphuisies kyk. "Hier's nêrens tavernes nie!"

"Wel, daar is ten minste een troos," fluister lord Spoegmann terug. "Hy sal ook soos die res van ons met min moet klaarkom, dan sal ons sien hoe lank hy uithou."

Hulle ry die hele middag en toe die son uiteindelik begin sak, sien hulle die moeras waar die Ickabog veronderstel is om te bly: 'n breë donker strook grond met vreemde rotsformasies oral.

"U Majesteit!" roep majoor Blinkenaar. "Ek stel voor ons slaan nou kamp op en verken die moeras môre. Soos u weet, kan die moeras verraderlik wees! Die mis beweeg vinnig in. Dit sal beter wees as ons dit in daglig aandurf!"

"Nonsens!" sê koning Fred, wat soos 'n opgewonde skoolseun op en af in sy saal wip. "Ons kan nie noudat dit in sig is halt roep nie, Blinkenaar!"

Die koning se bevel is wet, so die geselskap ry verder en toe die maan later opkom en agter inkswart wolke in- en uitgly, kom hulle by die rand van die moeras aan. Voor hulle lê die onheilspellendste plek wat enigeen van hulle nog ooit gesien het: wild en leeg en verlate. 'n Ysige bries laat die riete ritsel, maar afgesien daarvan is die moeras doodstil en roerloos.

"Soos U Hoogheid kan sien," sê lord Spoegmann ná 'n ruk, "is die grond baie nat en modderig. Skape en mense wat dit waag om verder te gaan, sal ingesuig word. In die donker kan dwase mense daardie rotsblokke en groot klippe vir monsters aansien. En hulle kan maklik dink die riete wat so ritsel, is die gesis van 'n ongedierte."

"Ja, dis waar, baie waar," sê koning Fred, maar sy oë dwaal steeds oor die donker moeras asof hy verwag dat die Ickabog agter 'n rots gaan uitspring.

"Sal ons hier kamp opslaan, U Hoogheid?" vra lord Flapmann, wat 'n paar koue pasteie van Baronsburg weggesteek het en gulsig uitsien na aandete.

"Ons kan nie verwag om 'n denkbeeldige monster in die donker op te spoor nie," wys lord Spoegmann uit.

"Dis waar, baie waar," beaam koning Fred teleurgesteld. "Kom ons – goeie genugtig, kyk hoe mistig het dit geword!"

En sowaar, terwyl hulle oor die moeras gestaan en uitkyk het, het digte wit mis so vinnig en so stil oor hulle ingerol dat niemand dit agtergekom het nie.

HOOFSTUK 12

Die koning se swaard raak weg

Binne oomblikke is dit asof elkeen in die koning se geselskap 'n dik wit blinddoek dra. Die mis is so dig dat hulle nie hulle eie hande voor hulle oë kan sien nie. Die mis ruik na die stink moeras, na brak water en slik. Dit is asof die sagte grond onder hulle voete meegee en baie van die manne begin paniekerig rondbeweeg, maar dis 'n slegte idee, want hulle verloor mekaar uit sig en daarom ook alle sin van rigting. Elke man voel asof hy alleen in 'n verblindende wit see dryf, en majoor Blinkenaar is een van die min wat kophou.

"Versigtig!" skree hy. "Die grond is verraderlik. Staan stil, moenie rondbeweeg nie!"

Maar koning Fred, wat skielik nogal bang is, steur hom nie daaraan nie. Hy draai onmiddellik in die rigting waar hy dink majoor Blinkenaar is, maar ná 'n paar treë begin voel hy hoe hy in die ysige moeras wegsink.

"Help!" roep hy terwyl die vriesende moeraswater oor sy blink stewels begin stroom. "Help! Blinkenaar, waar is jy? Ek sink!"

Daar is 'n geskree van paniekerige stemme en wapens wat kletter. Al die wagte vlug in verskillende rigtings, probeer die koning opspoor en loop in mekaar vas en gly en val oor mekaar, maar die spartelende koning se krete klink bo almal s'n uit. "Ek is my stewels kwyt! Hoekom kom niemand my help nie? *Waar is julle almal?*"

Lord Spoegmann en lord Flapmann is die enigste twee manne wat na majoor Blinkenaar geluister het en stil bly staan het waar hulle was nadat die mis hulle oorval het. Lord Spoegmann klou aan die agterkant van lord Flapmann se yslike kardoesbroek en lord Flapmann hou styf aan een pant van lord Spoegmann se soldatemantel vas. Nie een van hulle wend die geringste poging aan om koning Fred te red nie; hulle wag bewend dat almal tot bedaring moet kom.

"As die moeras daai idioot insluk, sal ons ten minste huis toe kan gaan," brom lord Spoegmann onderlangs vir lord Flapmann.

Dit word ál meer van 'n warboel. 'n Hele paar lede van die koninklike wag sit nou al in die moeras vas, terwyl die ander die koning probeer opspoor. Die lug is gevul met 'n geplas en gekletter en geskree. Majoor Blinkenaar bulder tevergeefs om 'n mate van orde te herstel, en dis asof die koning se stem ál verder die blinde nag in verdwyn; dit word al hoe dowwer, asof hy ál verder van hulle af wegploeter.

En toe, uit die hartjie van die donker, kom daar 'n aaklige, angsbevange kreet.

"BLINKENAAR, HELP MY! EK SIEN DIE MONSTER!"

"Ek kom, U Majesteit!" skree majoor Blinkenaar. "Hou aan skree sodat ek U Hoogheid kan kry!"

"HELP! HELP MY, BLINKENAAR!" skree koning Fred.

"Wat het van daardie idioot geword?" vra lord Flapmann vir lord Spoegmann, maar voordat lord Spoegmann kan antwoord, word die mis rondom die twee lords net so vinnig as wat dit ingerol het weer yl. Hulle staan nou saam in 'n oop kol en kan mekaar sien, maar word steeds oral deur yslike mure digte wit mis omring. Die koning, majoor Blinkenaar en die ander soldate se stemme word dowwer en dowwer.

"Moet nog nie beweeg nie," waarsku lord Flapmann.

"Wanneer die mis effens meer opgeklaar het, kan ons die perde soek en sorg dat ons iewers veilig –"

Net mooi op daardie oomblik bars 'n slymerige swart gedaante by die muur van mis uit en pyl op die twee lords af. Lord Flapmann gee 'n skril kreet en lord Spoegmann kap met sy wapen na die ongedierte, maar dis mis, want die ding val huilend op die grond neer. Dis toe dat lord Spoegmann besef die brabbelende, hygende slymmonster is in werklikheid koning Fred die Vreeslose.

"Dank die hemel ons het U Majesteit gekry. Ons het oral gesoek!" roep lord Spoegmann uit.

"Ick – Ick – Ick –" kerm die koning.

"Hy hik," sê lord Flapmann. "Maak hom skrik."

"Ick – Ick – Ickabog!" hakkel koning Fred. "Ek het hom gesien! 'n Reusagtige monster – hy't my amper gevang!"

"Ekskuus, U Majesteit?" vra lord Spoegmann.

"Die m-monster b-bestaan regtig!" snak koning Fred. "Ek's g-gelukkig om nog te lewe! Ons moet by die perde kom! Ons moet vlug, en vinnig!"

Koning Fred probeer teen lord Spoegmann se been opklim asof hy 'n perd is, maar die lord staan vinnig opsy om te keer dat hy vol slym gesmeer word. Hy streel koning Fred se kop, wat die skoonste deel van hom is, paaiend soos wat jy met 'n baba maak.

"Toemaar – toemaar, U Majesteit. U het baie groot geskrik toe u in die moeras geval het. Maar soos ons vroeër gesê het, neem hierdie rotsblokke monsteragtige vorms in die digte mis aan en –"

"Vervloeks, lord Spoegmann, ek weet wat ek gesien het!" skree die koning en kom sonder hulp sukkelend op die been. "Hy's so groot soos twee perde, en sy oë is so groot soos lampe! Ek het my swaard getrek, maar ek was so van die slym besmeer dat dit uit my hand geglip het, en toe was al genade om my voete los te wikkel uit my stewels wat vasgeval het en daarvandaan weg te kruip."

Die vierde man verskyn in die oop kol in die mis: Dit is kaptein Rommel, Rod se pa en majoor Blinkenaar se tweede in bevel – 'n groot, fris man met 'n pikswart snor. Ons sal binnekort uitvind wat 'n soort man kaptein Rommel regtig is. Al wat jy nou hoef te weet, is dat hy die grootste lid van die koninklike wag is.

"Het jy enige teken van die Ickabog gesien, Rommel?" kerm koning Fred.

"Nee, U Majesteit," sê hy en buig eerbiedig, "al wat ek gesien het, is mis en modder. Maar ek is regtig bly om te sien dat U Majesteit veilig is. U kan hier bly, dan sal ek die troepe gaan bymekaarmaak."

Kaptein Rommel wil wegmik, maar koning Fred gil: "Nee, bly hier by my, ingeval die monster hierheen kom! Jy het mos nog jou geweer? Uitstekend – soos jy kan sien, is ek my swaard en my stewels kwyt. My heel beste swaard, die seremoniële een met die hef wat met juwele versier is."

Al voel hy baie veiliger met kaptein Rommel by hom, kan die bewende koning nie onthou dat hy al ooit so koud gekry het en so bang was nie. Hy kry ook so 'n nare gevoel dat niemand glo dat hy die Ickabog regtig gesien het nie, veral toe hy sien hoe lord Spoegmann sy oë vir lord Flapmann rol.

Die koning voel in sy trots gekrenk.

"Spoegmann, Flapmann," sê hy, "ek wil my swaard en my stewels terughê! Dis daar iewers in die moeras," voeg hy by en waai met sy arm na die digte mis wat hulle omhul.

"Sal – sal dit nie beter wees om te wag totdat die mis opgeklaar het nie, U Majesteit?" vra lord Spoegmann senuweeagtig.

"Ek wil my swaard hê!" blaf koning Fred. "Dit was my oupa s'n en dis baie waardevol! Gaan soek dit, julle twee. Ek sal hier by kaptein Rommel wag. En moenie met leë hande terugkom nie."

Koning Fred is met modder besmeer.

Heine Wessels (9)

HOOFSTUK 13

Die ongeluk

Die twee lords het geen keuse gehad nie. Hulle moes die koning en kaptein Rommel in hulle veilige oop kol agterlaat en die moeras aandurf. Lord Spoegmann het voor geloop en met sy voet gevoel waar die grond stewig genoeg is om op te trap. Lord Flapmann het kort op sy hakke gevolg en steeds aan lord Spoegmann se mantel geklou, want hy het met elke tree diep in die modder weggesak omdat hy so swaar was. Die mis was klam op hulle velle en het hulle amper heeltemal blind gemaak. Al het lord Spoegmann sy bes gedoen, was die twee se stewels baie gou deurdrenk met die stink water.

Dis toe dat lord Spoegmann sy humeur verloor. "Daai dekselse stommerik!" mompel hy terwyl hulle so deur die modder ploeter. "Daai simpel skaap! Dis alles daai breindood sot se skuld!"

"Dit sal sy verdiende loon wees as ons nie sy swaard kry nie," sê lord Flapmann, wat nou amper tot by sy middel in die moeras gesink het.

"Ons moet hoop dit gebeur nie, anders gaan ons heelnag hier wees," sis lord Spoegmann. "Hierdie vervloekte mis!"

Hulle beweeg sukkelend verder. Die mis word vir 'n paar treë yler en dan weer dig. Rotsblokke doem skielik vanuit nêrens soos spokerige olifante op, en die ritselende riete klink net soos slange. Al weet lord Spoegmann en lord Flapmann baie goed dat daar nie iets soos 'n Ickabog bestaan nie, voel hulle nie in hul binneste so seker nie.

"Los my!" grom lord Spoegmann vir lord Flapmann, wie se aanhoudende gepluk aan sy mantel hom laat dink aan monsteragtige kloue of kake wat hom van agter af beetkry.

Lord Flapmann laat los, maar 'n redelose vrees het hom oorval; hy pluk sy donderbus uit sy holster en hou dit gereed.

"Wat's dit?" fluister hy vir lord Spoegmann toe daar 'n vreemde geluid uit die donker voor hulle opklink.

Albei versteen om beter te kan luister.

Daar kom 'n lae gegrom en geskarrel uit die moeras. Dit tower 'n afgryslike drogbeeld by hulle op van 'n monster wat een van die koninklike wagte verslind.

"Wie's daar?" roep lord Spoegmann met 'n skril piepstem.

Iewers vanuit die verte roep majoor Blinkenaar terug:

"Is dit u, lord Spoegmann?"

"Ja!" skree lord Spoegmann. "Ons hoor iets vreemds, Blinkenaar! Hoor jy dit ook?"

Dit klink vir die twee lords of die vreemde gegrom en geskarrel al hoe harder word.

Toe lig die mis. 'n Monsteragtige swart silhoeët met gloeiende wit oë verskyn voor hulle, en die ding gee 'n lang, uitgerekte tjankgeluid.

Met 'n oorverdowende gedreun wat die hele moeras laat skud, vuur lord Flapmann 'n skoot met sy donderbus af. Die geskokte uitroepe van hulle makkers weergalm oor die versteekte landskap en toe, asof lord Flapmann se skoot die mis laat skrik het, trek dit soos gordyne voor die twee lords oop sodat hulle duidelik voor hulle kan sien.

Die maan gly op daardie oomblik agter 'n wolk uit en hulle sien 'n enorme rotsblok met doringbosse aan die onderkant. Verstrengel in die brame is 'n verskrikte, uitgeteerde hond wat tjank en wriemel om te probeer loskom, met oë wat flits soos die maanlig daarin weerkaats.

’n Entjie van die rotsblok af lê majoor Blinkenaar.

“Wat gaan aan?” skree verskillende stemme vanuit die mis. “Wie’t gevuur?”

Nie lord Spoegmann of lord Flapmann antwoord nie. Lord Spoegmann waad so vinnig as wat hy kan tot by majoor Blinkenaar. ’n Vlugtige ondersoek is genoeg: Die majoor is morsdood. Lord Flapmann het hom in die donker deur die hart geskiet.

“Liewe genade, liewe genade, wat gaan ons doen?” kerm lord Flapmann toe hy uiteindelik by lord Spoegmann uitkom.

“Stil!” fluister lord Spoegmann.

Hy dink harder en vinniger as nog ooit in sy hele lewe. Sy slinkse oë beweeg stadig van lord Flapmann na die donderbus, na die skaapwagter se hond wat vassit, na die koning se stewels en die seremoniële swaard wat hy nou eers opmerk waar dit halfpad in die modder begrawe is, net ’n paar treë van die reusagtige rotsblok af.

Lord Spoegmann waad deur die moeras om die koning se swaard op te tel en gebruik dit om die hond uit die braambosse los te kry. Toe gee hy die hond ’n harde skop en die arme dier hardloop tjankend in die mis weg.

“Luister mooi,” mompel lord Spoegmann toe hy terug by lord Flapmann kom, maar voordat hy sy plan kan bespreek, doem daar nóg ’n groot gedaante uit die mis op: kaptein Rommel.

“Die koning het my gestuur,” hyg die kaptein. “Hy is angsbevange. Wat het geb–?”

Kaptein Rommel sien majoor Blinkenaar leweloos op die grond lê.

Lord Spoegmann besef dadelik dat hy kaptein Rommel by die plan moet betrek en dat hy eintlik baie nuttig sal wees.

Toe sê lord Spoegmann: “Moet niks sê terwyl ek jou vertel wat gebeur het nie, Rommel.

"Die Ickabog het ons dapper majoor Blinkenaar doodgemaak. In die lig van sy tragiese dood gaan ons 'n nuwe majoor nodig hê, en dit sal natuurlik jy wees, Rommel, want jy is tweede in bevel. Ek sal aanbeveel dat jy 'n stewige salarisverhoging kry omdat jy so dapper was – luister mooi, Rommel – so *geweldig* dapper was om die afskuwelike Ickabog agterna te sit toe die dierasie die mis in gevlug het. Jy sien, die Ickabog was besig om die arme majoor se liggaam te vermink toe ek en lord Flapmann op hom afkom. Lord Flapmann het kopgehou en sy donderbus veiligheidshalwe in die lug afgevuur, en toe het die monster Blinkenaar se liggaam gelos en gevlug. Jy was so dapper om die ongedierte agterna te sit en te probeer om die koning se swaard, wat halfpad in die monster se dik vel ingebed was, terug te kry – maar jy kon nie daarin slaag nie, Rommel. Ek kry die koning so jammer. Die kosbare swaard het aan sy oupa behoort, maar ek veronderstel dis nou vir ewig verlore en het in die Ickabog se nes beland."

Terwyl lord Spoegmann so praat, stop hy die swaard in kaptein Rommel se groot hande. Die pas bevorderde majoor kyk af na die hef wat met juwele versier is, en 'n glimlag so wreed en geslepe soos lord Spoegmann s'n breek oor sy gesig.

"Ja, dis regtig jammer ek kon die swaard nie kry nie, my heer," sê hy en glip dit onder sy soldatemantel in. "Kom ons draai die arme majoor se liggaam toe, want dit sal die ander manne baie ontstel om die monster se tandmerke oral aan hom te sien."

"Hoe sensitief van jou, majoor Rommel," sê lord Spoegmann, en die twee manne trek hulle mantels vinnig uit en draai die liggaam daarin toe terwyl lord Flapmann hulle baie verlig dophou. Nou sal niemand weet hy het majoor Blinkenaar per ongeluk doodgeskiet nie.

"Kan u my herinner hoe die monster gelyk het, lord Spoegmann?" vra majoor Rommel toe majoor Blinkenaar se liggaam deeglik toegemaak is. "Want ons drie het die dierasie saam gesien en sal dit natuurlik eenders vir almal beskryf."

"Heeltemal reg," sê lord Spoegmann. "Wel, volgens die koning is die dierasie so groot soos twee perde, met oë so groot soos lampe."

"Om die waarheid te sê," voeg lord Flapmann by terwyl hy beduie, "dit lyk baie soos hierdie groot rotsblok, met 'n hond se oë wat aan die onderkant gloei."

"So groot soos twee perde, met oë so groot soos lampe," herhaal majoor Rommel. "Reg so. As u my sal help om Blinkenaar oor my skouer te gooi, sal ek hom na die koning toe dra en dan kan ons verduidelik hoe die majoor aan sy einde gekom het."

HOOFSTUK 14

Lord Spoegmann se plan

Toe die mis uiteindelik heeltemal opgeklaar het, het die manne wat 'n uur tevore by die moeras aangekom het baie anders gelyk.

Afgesien van die skok van majoor Blinkenaar se skielike dood, het die verduideliking wat hulle gekry het 'n paar lede van die koninklike wag verwar. Die twee lords, die koning en majoor Rommel wat so skielik bevorder is, het al vier gesweer dat hulle die monster wat almal oor die jare heen nog altyd as 'n feeverhaal afgemaak het met hulle eie oë gesien het. Was majoor Blinkenaar se liggaam, wat styf in die mantels toegedraai was, regtig vol tand- en kloumerke soos die monster hom verskeur het?

"Noem jy my 'n leuenaar?" het majoor Rommel in 'n jong manskap se gesig geskree.

"Noem jy *die koning* 'n leuenaar?" het lord Flapmann geblaf.

Die manskap sou dit nie waag om iets wat die koning sê te bevraagteken nie, toe het hy maar net sy kop geskud. Kaptein Goedaard, wat 'n baie goeie vriend van majoor Blinkenaar was, het niks gesê nie. Maar daar was so 'n kwaai en agterdogtige uitdrukking op kaptein Goedaard se gesig dat majoor Rommel hom beveel het om stewige grond te gaan soek en die tente so gou moontlik daar op te slaan, want die gevaarlike mis kon hulle enige oomblik weer oorval.

Al het hy 'n strooimatras gehad en is van die soldate se komberse afgeneem om seker te maak hy is gemaklik, was dit die onaangenaamste nag wat koning Fred nog ooit beleef het. Hy was moeg, vuil, nat en bowenal bang.

"Wat as die Ickabog na ons kom soek, Spoegmann?" het die koning in die donker gefluister. "Wat as hy ons reuk volg en ons opspoor? Hy het al klaar geproe hoe arme Blinkenaar smaak. Wat as hy na die res van die liggaam kom soek?"

Lord Spoegmann het die koning probeer paai.

"Moenie bang wees nie, U Majesteit. Rommel het kaptein Goedaard beveel om buite u tent wag te staan. Wie ook al opgevreet gaan word, u sal die laaste een wees."

Dit was te donker vir die koning om te sien hoe lord Spoegmann grinnik. Hy wou die koning nie gerusstel nie; lord Spoegmann wou sy vrese aanwakker. Sy hele plan het daarop berus dat die koning nie net moes glo die Ickabog bestaan nie, maar ook dat hy bang sou wees dat die ongedierte by die moeras gaan uitkom en hom gaan kom soek.

Die volgende oggend vertrek die koning se geselskap terug na Jeroboam. Lord Spoegmann het 'n boodskap vooruit gestuur om vir die burgemeester van Jeroboam te vertel dat daar 'n tragiese ongeluk by die moeras was en dat die koning daarom nie wou hê enige trompette of kurkproppe moet hom verwelkom nie. Die stad is dus doodstil toe die koning se geselskap daar aankom. Die inwoners druk hulle gesigte teen hulle vensters, of loer by hulle deure uit, en is geskok om die koning so vuil en mismoedig te sien, maar nie naastenby so geskok soos toe hulle sien dat daar 'n liggaam wat in mantels toegedraai is aan majoor Blinkenaar se staalgrys perd vasgebind is nie.

Toe hulle by die herberg kom, neem lord Spoegmann die herbergier eenkant toe.

"Ons het 'n koue, veilige plek nodig, miskien 'n kelder, waar ons 'n liggaam vir die nag kan neerlê, en ek wil die sleutel by my hou."

"Wat het gebeur, my heer?" vra die herbergier terwyl

majoor Rommel majoor Blinkenaar se lyk met die kliptrappies af na die kelder dra.

"Ek sal vir jou die waarheid vertel, liewe vriend, aangesien jy so goed na ons kyk, maar jy moet dit dig geheim hou," sê lord Spoegmann met 'n diep, ernstige stem. "Die Ickabog bestaan werklik en het een van ons manne wreed vermoor. Ek is seker jy kan verstaan hoekom dit nie moet uitlek nie. Dit sal paniek veroorsaak. Die koning keer inderhaas terug na die paleis, waar hy en sy raadgewers – wat my natuurlik insluit – onmiddellik stappe sal bespreek oor hoe om ons land se veiligheid te verseker."

"Die Ickabog? Dit bestaan regtig?" sê die herbergier verstom en verskrik.

"Ja, hy bestaan en hy's wreed en wraaksugtig," sê lord Spoegmann. "Maar, soos ek sê, dit moenie uitlek nie. Wydverspreide paniek sal niemand baat nie."

Wydverspreide paniek is in werklikheid presies wat lord Spoegmann wil hê, want dit is noodsaaklik vir die volgende deel van sy plan. Net soos hy vermoed het, wag die herbergier net totdat sy gaste bed toe is voordat hy vinnig vir sy vrou gaan vertel wat na die bure toe hardloop, en teen die tyd dat die koning en sy geselskap die volgende oggend na Suiwelstad vertrek, laat hulle 'n stad agter waar paniek so vinnig soos wyn gis.

Lord Spoegmann stuur 'n boodskap vooruit na Suiwelstad om die kaasmakers te waarsku om ook nie 'n ophef oor die koning te maak nie, met die gevolg dat dit daar ook donker en stil is toe die koninklike geselskap die strate inry. Die gesigte in die vensters lyk reeds bang. 'n Handelaar van Jeroboam wat 'n besonder vinnige perd het, het die gerug oor die Ickabog 'n uur vantevore in Suiwelstad kom versprei.

Lord Spoegmann vra weer 'n kelder om majoor Blinkenaar se lyk in te bewaar, en vertel weer vir die herbergier vertroulik dat die Ickabog een van die koning se manne doodgemaak het. Nadat hy majoor Blinkenaar se liggaam self toegesluit het, gaan lord Spoegmann op na sy kamer toe.

Hy is nog besig om salf aan die waterblase op sy boude te smeer, toe hy 'n boodskap kry dat die koning hom dringend wil spreek. Lord Spoegmann gryns tevrede, trek sy kardoesbroek aan, knipoog vir lord Flapmann wat aan 'n kaas-en-piekel-toebroodjie weglê, tel sy kers op en stap met die gang af tot by koning Fred se kamer.

Die koning sit in 'n bondeltjie ineengekrimp op die bed met sy nagmus van sy op en die oomblik toe lord Spoegmann die kamerdeur toemaak, sê hy:

"Spoegmann, ek hoor die hele tyd 'n gefluister oor die Ickabog. Die stalknegte gis daaroor, en selfs die diensmeisie wat nou net verby my deur gestap het. Hoe is dit moontlik? Hoe kan hulle weet wat gebeur het?"

"Helaas, U Majesteit," sug lord Spoegmann, "ek het gehoop ek kan die waarheid vir u wegsteek totdat u veilig terug in die paleis is, maar ek moes geweet het U Majesteit is te skerpsinnig om geflous te word. Vandat ons by die moeras weg is, U Hoogheid, het die Ickabog, net soos U Majesteit gevrees het, baie aggressiewer geword."

"Ag nee!" snak die koning.

"Ek's bevrees dis waar, U Hoogheid. Maar nou ja, as jy so 'n ongedierte aanval, maak jy hom net nóg gevaarliker."

"Wie het die monster aangeval?" vra koning Fred.

"U het, U Majesteit," sê lord Spoegmann. "Volgens Rommel was u swaard diep in die monster se nek begrawe terwyl die ding weggehardloop –. Verskoon my, het U Majesteit iets gesê?"

Die koning het in werklikheid iets begin sê, maar ná 'n oomblik of twee skud hy sy kop. Hy het dit oorweeg om lord Spoegmann reg te help – hy was seker hy het die storie anders vertel – maar sy skrikwekkende ervaring in die mis klink baie beter op die manier wat lord Spoegmann dit nou vertel: dat hy sy man gestaan en teen die Ickabog baklei het, eerder as om sy swaard net neer te gooi en weg te hardloop.

"Maar dit is verskriklik, Spoegmann," hyg die koning. "Wat as die monster nou nog méér bloeddorstig is?"

"U Majesteit het niks te vrees nie," sê lord Spoegmann en kom nader aan die koning se bed sodat die kerslig sy lang neus en sy wrede glimlag van onder af belig. "Ek gaan dit my lewenstaak maak om u en die koninkryk teen die Ickabog te beskerm."

"D-dankie, Spoegmann. Jy's 'n ware vriend," sê die koning diep geraak en haal sy hand bewerig onder die verekombers uit en gryp die geslepe lord s'n vas.

HOOFSTUK 15

Die koning kom terug

Teen die tyd dat die koning die volgende oggend na Chouxville vertrek het, het gerugte dat die Ickabog 'n man doodgemaak het nie net oor die brug tot in Baronsburg versprei nie, maar ook tot in die hoofstad, danksy 'n groep kaasverkopers wat voor dagbreek al in die pad geval het.

Maar Chouxville was nie net die verste van die moeras in die noorde af nie, die stad het hom ook daarop geroem dat hy baie beter ingelig en opgevoed as die ander stede in Kornukopië was, en toe die golf van paniek die hoofstad bereik het, is dit met 'n vlaag van ongeloof begroet.

Die stad se tavernes en markte het weergalm met opgewonde argumente. Skeptiese inwoners het gelag oor die absurde storie dat die Ickabog bestaan, terwyl ander gesê het dat mense wat nog nooit in die Moerasland was nie, nie kan maak asof hulle weet wat daar aangaan nie.

Die gerugte oor die Ickabog het baie kleur bygekry terwyl dit suid gereis het. Party mense het geglo dat die Ickabog drie mans doodgemaak het, en ander dat die ding maar net iemand se neus afgeskeur het.

Maar in die Stad-in-die-Stad is die besprekings deur 'n tikkie angs getemper. Die koninklike wag se vroue, kinders en vriende was bekommerd oor die soldate, maar hulle het mekaar getroos en gesê dat as van die manne dood is, 'n boodskapper hulle gesinne daarvan in kennis sou kom stel het. Dis hoe mevrou Blinkenaar vir Bert getroos het toe hy in die paleis se kombuis na haar kom soek het omdat die stories wat die skoolkinders vertel hom bang gemaak het.

"Die koning sou ons laat weet het as daar iets met Pappa gebeur het," het sy vir Bert gesê. "Dè, hier's vir jou 'n klein bederfie."

Mevrou Blinkenaar het Hemelhartjies vir die koning se terugkoms gebak, en een wat effens skeef uitgekom het vir Bert gegee. Hy het gesnak (want hy het net op sy verjaardag Hemelhartjies gekry) en 'n happie gevat. Sy oë het dadelik vol trane van geluk geskiet terwyl die hemelse smaak hom bedwelm en al sy sorge laat wegsmelt. Hy het opgewonde gedink aan sy pa wat in sy spoggerige uniform huis toe kom en hoe almal môre by die skool om hom wat Bert is, gaan draai omdat hy sal weet wat presies met die koning se manne doer ver in die Moerasland gebeur het.

Die skemer was al besig om oor Chouxville te daal toe die koning se geselskap uiteindelik in die verte verskyn het. Hierdie keer het lord Spoegmann nie 'n boodskapper gestuur om vir die mense te sê om binnenshuis te bly nie. Hy wou hê die koning moes die volle impak van Chouxville se paniek en vrees voel wanneer die mense Sy Majesteit met die lyk van een van sy koninklike wagte na sy paleis sien terugkeer.

Die inwoners van Chouxville het die manne wat terugkom se afgeremde, treurige gesigte gesien en in stilte gekyk hoe die geselskap ingery kom. Toe hulle die toegedraaide liggaam oor die staalgrys perd sien, het die snakke soos vlamme deur die skare versprei. Die koning en sy manne het by Chouxville se smal keisteenstrate op beweeg, en mans het hulle hoedens afgehaal en vroue het die knie gebuig, en hulle het nie geweet of dit was om respek aan die koning of aan die dooie man te betoon nie.

Daisy Duiwendyk was een van die eerstes wat besef het wie vermis word. Van waar sy tussen die grootmense se bene deurgeloer het, het sy majoor Blinkenaar se perd herken. Sy het dadelik vergeet dat sy en Bert nog nie ná hulle bakleiery die vorige week met mekaar gepraat het nie, uit haar pa se hand losgeruk en begin hardloop dat haar bruin vlegsels so vlieg terwyl sy vir haar 'n pad tussen al die mense deurwurm. Sy wou by Bert uitkom voordat hy die liggaam op die perd sien. Sy wou hom waarsku. Maar die mense het so dig op mekaar gestaan dat Daisy, al het sy hoe vinnig tussen almal probeer deurglip, nie by die perde kon byhou nie.

Bert en mevrou Blinkenaar, wat buitekant hulle kothuis in die skadu van die paleis se mure gestaan het, kon uit die skare se gesnak hoor dat daar iets verkeerd was. Al het dit mevrou Blinkenaar effens angstig gemaak, was sy steeds seker dat sy haar aantreklike man enige oomblik sou sien, want die koning sou hulle laat weet het as hy iets oorgekom het.

Toe die optog om die draai kom, het mevrou Blinkenaar se oë opgewonde van een gesig na die ander gegly om die majoor s'n te sien. En toe sy besef dat daar niks meer gesigte oor was nie, het die kleur stadig uit hare verdwyn. En toe sy die liggaam sien wat aan majoor Blinkenaar se staalgrys perd vasgebind was, het sy met Bert se hand in hare flou neergeslaan.

Die liggaam wat in mantels op die perd toegedraai is.

Madri van Niekerk (12)

HOOFSTUK 16

Bert sê totsiens

Lord Spoegmann het opgemerk dat daar 'n gedoente langs die paleis se mure was en sy oë op skrefies getrek om te sien wat aangaan. Toe hy die vrou op die grond sien lê en die uitroepe van skok en simpatie hoor, het hy skielik besef dat daar 'n los draadjie was wat hy nie geknoop het nie en wat hom dalk nog kon pootjie: die weduwee! Terwyl hy verby die groepie mense in die skare ry wat mevrou Blinkenaar se gesig koel gewaai het om haar te laat bykom, het lord Spoegmann geweet dat hy die bad waarna hy so lank al uitsien, sou moes uitstel en sy slinkse brein het weer op loop begin gaan.

Toe die koning se geselskap veilig in die binnehof was, het diensknegte haastig nader gekom om koning Fred van sy perd af te help klim en lord Spoegmann het majoor Rommel eenkant toe geroep.

"Die weduwee, Blinkenaar se weduwee!" het hy gebrom. "Hoekom het jy haar nie van sy dood laat weet nie?"

"Ek het nooit daaraan gedink nie, my heer," het majoor Rommel eerlik geantwoord. Hy was te besig om heelpad huis toe aan die swaard met die hef vol juwele te dink: hoe om dit te verkoop, en of dit beter sou wees om dit in stukkies op te breek sodat niemand dit kon herken nie.

"Vervloeks, Rommel! Moet ek aan alles dink?" het lord Spoegmann gegrom. "Gaan nou, haal Blinkenaar se lyk uit daardie vieslike mantels, draai dit in 'n vlag van Kornukopië toe, en gaan lê hom in die blou salon neer. Plaas twee wagte by die deur en bring mevrou Blinkenaar dan in die troonsaal na my toe. En beveel die soldate om nie huis toe te gaan of met hulle gesinne te gesels voordat ek met hulle gepraat het nie. Dit is noodsaaklik dat ons almal dieselfde storie vertel! Nou toe, roer jou, jou swaap, roer jou – Blinkenaar se weduwee kan alles ruïneer!"

Lord Spoegmann het 'n pad tussen die soldate en stalknegte deur oopgestamp om uit te kom by lord Flapmann, wat van sy perd afgelig word.

"Hou die koning weg van die troonsaal en die blou salon af," het lord Spoegmann in lord Flapmann se oor gefluister. "Moedig hom aan om bed toe te gaan!"

Lord Flapmann het geknik en lord Spoegmann het hom deur die paleis se dof verligte gange gehaas terwyl hy sy vuil baadjie uittrek en vir bediendes skree om vir hom skoon klere te bring.

In die verlate troonsaal trek lord Spoegmann toe 'n skoon baadjie aan en beveel 'n diensmeisie om slegs een lamp aan te steek en vir hom 'n glas wyn te bring. Toe wag hy. En uiteindelik is daar 'n klop aan die deur.

"Binne!" roep lord Spoegmann. Majoor Rommel kom met 'n bleek mevrou Blinkenaar en die jong Bert ingestap.

"Liewe mevrou Blinkenaar – liewe, *liewe* mevrou Blinkenaar," sê lord Spoegmann en gryp haar los hand. "Die koning het my gevra om vir jou te sê hoe diep bedroef en jammer hy is. Ek wil graag ook my meegevoel betuig. Wat 'n tragedie – wat 'n afgryslike tragedie."

"H-hoekom het niemand my laat weet nie?" vra mevrou Blinkenaar snikkend. "H-hoekom moes ons eers daarvan uitvind toe ons sy arme – sy arme lewelose liggaam sien?"

Sy is effens onvas op haar voete en majoor Rommel bring vir haar 'n goue stoeltjie om op te sit. Die diensmeisie, wie se naam Hettie is, bring vir lord Spoegmann wyn en terwyl sy dit skink, sê lord Spoegmann:

"Liewe mevrou, ons hét jou laat weet. Ons hét mos 'n boodskapper gestuur – nie waar nie, Rommel?"

"Dis reg, ja," sê majoor Rommel. "Ons het 'n jongman gestuur. Sy naam is –" Maar toe steek majoor Rommel vas. Hy was nie 'n man met verbeelding nie.

"Knoppie," sê lord Spoegmann die eerste naam wat in sy kop opkom. "Klein Knoppie – Knopie," voeg hy by, want die flikkerende lamplig het so pas op een van majoor Rommel se goue knope geval. "Ja, klein Knoppie Knopie het vrywillig aangebied om dit te doen en is op sy perd daar weg. Wat kon van hom geword het?" sê lord Spoegmann. "Rommel, ons moet onmiddellik 'n soekgeselskap uitstuur om te sien of hulle enige spoor van Knoppie Knopie kan kry."

"Op die daad, my heer," sê majoor Rommel, wat diep buig en dan spore maak.

"Hoe is my man dood?" fluister mevrou Blinkenaar.

"Ag, Mevrou," sê lord Spoegmann en kies sy woorde versigtig, want hy weet dat die storie wat hy nou gaan vertel die amptelike weergawe gaan word en dat hy vir ewig daarby sal moet hou. "Soos jy moontlik gehoor het, het ons na die Moerasland gereis omdat ons verneem het dat die Ickabog 'n hond verslind het. Ons geselskap is ongelukkig kort ná ons aankoms deur die monster aangeval.

"Die ongedierte het eerste op die koning afgepyl, maar hy het dapper geveg en sy swaard diep in die monster se nek begrawe. Maar vir die Ickabog met sy taai vel het dit bloot soos 'n bysteek gevoel. Hy was verwoed en het nog slagoffers gesoek, en hoewel majoor Blinkenaar heldhaftig teen hom baklei het, spyt dit my om jou mee te deel dat hy sy lewe vir die koning opgeoffer het.

"Toe het lord Flapmann op die briljante idee gekom om sy donderbus af te vuur, wat die Ickabog verjaag het. Ons het arme Blinkenaar by die moeras uitgedra en gevra of daar 'n vrywilliger was wat die boodskap vir sy gesin wou gaan gee. Liewe klein Knoppie Knopie het aangebied om dit te doen en op sy perd gespring, en totdat ons in

Chouxville aangekom het, het ek nie vir een oomblik getwyfel dat hy veilig hier aangekom en julle van die afgryslike tragedie verwittig het nie."

"Kan ek – kan ek my man sien?" huil mevrou Blinkenaar.

"Natuurlik," sê lord Spoegmann. "Hy's in die blou salon."

Hy lei mevrou Blinkenaar en Bert, wat steeds aan sy ma vasklou, tot by die deur van die salon, waar hy vassteek.

"Dit spyt my," sê hy, "maar ons kan nie die vlag waarin hy toegedraai is, verwyder nie. Dit sal julle te veel ontstel om sy beserings te sien – al die tand- en kloumerke –"

Mevrou Blinkenaar raak weer onvas op haar voete en Bert stut haar met sy hand om haar regop te hou. Lord Flapmann kom met 'n skinkbord vol pasteie aangestap.

"Die koning is in die bed," sê hy gedemp vir lord Spoegmann. "O, hallo," voeg hy by en kyk na mevrou Blinkenaar, wat een van die min bediendes is wie se naam hy ken, aangesien sy die fyngebaksjef is. "Jammer oor die majoor," sê lord Flapmann en sproei mevrou Blinkenaar vol krummels van die pasteikors. "Ek't baie van hom gehou."

Hy loop verby en laat dit aan lord Spoegmann oor om die blou salon se deur oop te maak en mevrou Blinkenaar en Bert in te laat. Daar lê majoor Blinkenaar se liggaam, toegedraai in 'n vlag van Kornukopië.

"Kan ek hom vir oulaas soen?" snik mevrou Blinkenaar.

"Ek's bevrees dis ongelukkig buite die kwessie," sê lord Spoegmann. "Die helfte van sy gesig is weg."

"Sy hand, Ma," sê Bert, wat vir die eerste keer praat. "Ek is seker Ma kan sy hand soen."

En voor lord Spoegmann die seun kan keer, steek Bert sy hand onder die vlag in en haal sy pa se hand, wat tot sy verligting ongeskonde is, uit.

Mevrou Blinkenaar kniel en soen die hand weer en weer, totdat dit blink van trane asof dit van porselein gemaak is. Toe help Bert haar om op te staan en hulle twee loop sonder nog 'n woord by die blou saal uit.

Lord Spoegmann wat sy glas wyn vashou.

Petri de Villiers (8), Laerskool Voorpos

HOOFSTUK 17

Goedaard skop vas

Nadat die Blinkenaars uit sig verdwyn het, haas lord Spoegmann hom na die wagte se kamer, waar majoor Rommel die res van die koninklike wag op sy bevel gehou het. Die mure van die vertrek hang vol swaarde en 'n portret van koning Fred, wie se oë lyk asof hulle alles dophou wat gebeur.

"Hulle word rusteloos, my heer," mompel majoor Rommel. "Hulle wil huis toe gaan om hulle gesinne te groet en in die bed te kom."

"En hulle sal, sodra ons klaar gesels het," sê lord Spoegmann en draai na die uitgeputte en modderbesmeerde soldate.

"Het iemand enige vrae oor wat bo in die Moerasland gebeur het?" vra hy vir die manne.

Die soldate kyk na mekaar. Party van hulle loer onderlangs na majoor Rommel, wat agter teen die muur gaan staan het en sy geweer nou blinkvryf. Toe lig kaptein Goedaard en twee ander soldate hulle hande.

"Hoekom is Blinkenaar se liggaam toegedraai voordat een van ons hom kon sien?" vra kaptein Goedaard.

"Ek wil weet wat geword het van daardie koeël wat afgevuur is," sê die tweede soldaat.

"Hoekom het net vier mense die monster gesien as hy so geweldig groot is?" vra die derde een. Almal knik en stem brommend saam: Hulle wil ook weet.

"Al drie is uitstekende vrae," antwoord lord Spoegmann gladweg. "Laat ek verduidelik."

En hy herhaal die storie van die aanval soos hy dit vir mevrou Blinkenaar vertel het.

Die soldate wat vrae gevra het, is egter nie tevrede nie.

"Ek dink nog steeds dis vreemd dat 'n yslike monster daar rondsluip en nie een van ons het hom gesien nie," sê die derde soldaat.

"As hy Blinkenaar halfpad opgevreet het, hoekom was daar nie meer bloed nie?" vra die tweede een.

"En wie, in die naam van alles wat heilig is," sê kaptein Goedaard, "is Knoppie Knopie?"

"Hoe weet jy van Knoppie Knopie?" blaf lord Spoegmann sonder om twee keer te dink.

"Toe ek van die stalle af op pad hierheen was, het ek Hettie, een van die diensmeisies, raakgeloop," sê kaptein Goedaard. "Sy het vir u wyn gebring, my heer. Volgens haar het u Blinkenaar se arme vrou van 'n lid van die koninklike wag met die naam Knoppie Knopie vertel. Volgens u is Knoppie Knopie gestuur om vir Blinkenaar se vrou die boodskap te kom gee dat hy dood is.

"Maar ek onthou nie 'n Knoppie Knopie nie. Ek het nog nooit iemand genaamd Knoppie Knopie ontmoet nie. Daarom vra ek u, my heer, hoe kan dit wees? Hoe kan 'n man saam met ons uitry en saam met ons kampeer en voor ons almal so 'n bevel van u kry sonder dat enigeen van ons hom nog ooit met 'n oog gesien het?"

Lord Spoegmann se eerste gedagte is dat hy moet afreken met daardie diensmeisie wat so afluister. Gelukkig het kaptein Goedaard vir hom haar naam gegee. Toe sê hy met 'n gevaarlike stem:

"Wat gee jou die reg om namens almal te praat, kaptein Goedaard? Miskien het van die ander manne 'n beter geheue as jy. Miskien onthou hulle Knoppie Knopie goed. Die liewe klein Knoppie ter herinnering aan wie die koning hierdie week 'n groot sak goue munte by almal se soldy sal voeg. Die trotse, dapper Knoppie wie se opoffering

– want ek is bevrees dat die monster hom opgevreet het, net soos vir Blinkenaar – 'n verhoging vir al sy soldaatmakkers gaan beteken. Die edele Knoppie Knopie, wie se hegste vriende sekerlik vinnig bevorder sal word."

Nóg 'n stilte volg op lord Spoegmann se woorde, 'n stilte wat koud en swaar voel. Nou verstaan die hele koninklike wag deur watter keuse hulle in die gesig gestaar word. Hulle dink aan die geweldige invloed wat lord Spoegmann op die koning het en aan die feit dat majoor Rommel se hand dreigend oor die loop van sy geweer gly, en hulle onthou hoe skielik hulle vorige leier, majoor Blinkenaar, dood is. Hulle dink ook aan die belofte van meer goue munte en vinnige bevordering as hulle besluit om saam te stem met wat lord Spoegmann van die Ickabog en manskap Knoppie Knopie sê.

Kaptein Goedaard spring so skielik regop dat sy stoel kletterend op die vloer val.

"Daar was nog nooit 'n Knoppie Knopie nie, en ek is nie so onnosel om te glo dat daar regtig 'n Ickabog is nie, en ek weier om deel van 'n leuen te wees!"

Die ander twee mans wat vrae gevra het, staan ook op, maar die res van die koninklike wag bly sit, stil en bedag.

"Nou goed," sê lord Spoegmann, "julle drie is in arres vir die laakbare misdaad van verraad. En ek is seker julle makkers kan onthou hoe julle weggehardloop het toe die Ickabog verskyn. Julle het vergeet van julle plig om die koning te beskerm en wou slegs julle eie lafhartige basse red! Die straf daarvoor is teregstelling deur 'n vuurpeloton."

Hy kies agt soldate om die drie manne weg te neem, en selfs al sit die drie eerlike soldate hulle teë, is hulle te ver in die minderheid en word hulle oorrompel en by die wagte se kamer uitgesleep.

"Uitstekend," sê lord Spoegmann vir die soldate wat oorbly. "Uitstekend. Almal sal salarisverhogings kry, en ek sal julle onthou wanneer dit tyd word vir bevorderings.

Nou toe, moenie vergeet om vir julle gesinne te vertel wat presies in die Moerasland gebeur het nie. Weet net, dit sal julle vroue, julle ouers en julle kinders duur te staan kom as hulle die bestaan van die Ickabog of van Knoppie Knopie bevraagteken."

HOOFSTUK 18

Die einde van 'n raadgewer

Die koninklike wagte het skaars op die been gekom om huis toe te gaan toe lord Flapmann duidelik erg bekommerd by die vertrek inbars.

"Wat nou?" kreun lord Spoegmann, wat nou haastig is om in die bad en die bed te kom.

"Die. Hoof. Raadgewer!" hyg lord Flapmann.

En sowaar, Haringgraat, die hoofraadgewer, verskyn in sy kamerjas en met 'n verontwaardigde uitdrukking op sy gesig.

"Ek eis 'n verduideliking, my heer!" skree hy. "Wat is die stories wat my ore bereik het? Die Ickabog bestaan werklik? Majoor Blinkenaar is dood? En ek het pas verby drie van die koning se soldate gestap wat weggesleep word om tereggestel te word! Ek het natuurlik beveel dat hulle in plaas daarvan na die kerker geneem en saam met ander verhoorafwagtendes aangehou word!"

"Ek kan alles verduidelik, hoofraadgewer," sê lord Spoegmann met 'n kniebuiging en vir die derde keer die aand vertel hy die verhaal van die Ickabog wat die koning aangeval het, van majoor Blinkenaar se dood, en van die geheimsinnige verdwyning van manskap Knoppie Knopie wat, so vrees lord Spoegmann, ook 'n prooi van die monster was.

Haringgraat, vir wie dit nog altyd dwars in die krop gesteek het dat lord Spoegmann en lord Flapmann so 'n invloed op die koning het, het soos 'n geslepe ou vos wat sy aandete by die konyn se gat lê en inwag geduldig gewag totdat lord Spoegmann sy brousel van leuens klaar opgedis het.

"'n Fassinerende verhaal," sê hy toe lord Spoegmann uiteindelik klaar is. "Maar ek onthef u van enige verdere verantwoordelikheid wat hierdie aangeleentheid betref, lord Spoegmann. Die raadgewers sal nou beheer oorneem. Daar is wette en protokol in Kornukopië oor hoe om noodgevalle soos hierdie te hanteer.

"Eerstens sal die manne in die kerker na behore verhoor word sodat ons hulle weergawe van die gebeure kan hoor. Tweedens moet die naamlys van die koning se soldate nagegaan word om daardie Knoppie Knopie se familie op te spoor en hulle van sy dood te verwittig. Derdens moet majoor Blinkenaar se liggaam deeglik deur die koning se geneeshere ondersoek word sodat ons meer kan uitvind oor die monster wat hom doodgemaak het."

Lord Spoegmann maak sy mond baie wyd oop, maar niks kom uit nie. Hy sien hoe sy hele glorieryke komplot bo-op hom in duie stort en hom daaronder vaspen en hy 'n slagoffer van sy eie geslepenheid word.

Toe sit majoor Rommel, wat agter die hoofraadgewer staan, sy geweer stadig neer en haal 'n swaard van die muur af. 'n Kyk soos 'n ligflits op donker water skiet van majoor Rommel na lord Spoegmann wat sê:

Ek dink jy is gereed vir aftrede, Haringgraat.

Staal flits en toe steek die punt van die swaard in Rommel se hand by die hoofraadgewer se maag uit. Die soldate snak na asem, maar die hoofraadgewer rep nie 'n woord nie. Hy sak eenvoudig op sy knieë af en val dan vooroor, dood.

Lord Spoegmann kyk om na die soldate wat ingestem het om in die Ickabog se bestaan te glo. Hy geniet dit om die vrees op elke gesig te sien. Hy kan sy eie mag voel.

"Het almal gehoor dat die hoofraadgewer my aangestel het om sy werk te doen voordat hy afgetree het?" vra hy sag.

Al die soldate knik. Hulle het almal gestaan en kyk hoe die moord gepleeg word en voel te direk betrokke om te protesteer. Al wat hulle wil doen, is om lewend uit hierdie vertrek te ontsnap en hulle gesinne te beskerm.

"Uitstekend," sê lord Spoegmann. "Die koning glo die Ickabog bestaan werklik, en ek staan agter die koning. Ek is die nuwe hoofraadgewer, en ek sal 'n plan beraam om die koninkryk te beskerm. Almal wat lojaal aan die koning is, sal ondervind dat hulle lewens eintlik nes voorheen voortgaan. Enigiemand wat teen die koning opstaan, sal dieselfde vonnis as lafaards en verraaiers opgelê word: die kerker – of die dood.

"En nou gaan ek een van julle menere nodig hê om majoor Rommel te help om ons liewe vorige hoofraadgewer se liggaam te begrawe – en om seker te maak dat dit nie gevind sal word nie. Dit staan die res van julle vry om na julle gesinne terug te keer en hulle in kennis te stel van die gevaar wat ons geliefde Kornukopië bedreig."

Lady Eslander met haar lantern.

Tehilla Annah Meyer (12)

HOOFSTUK 19

Lady Eslander

Hierna marsjeer lord Spoegmann af na die kerker toe. Met Haringgraat uit die pad is daar niks wat hom keer om die drie eerlike soldate dood te maak nie. Hy is van plan om hulle self te skiet. Daar sal genoeg tyd wees om later 'n storie op te maak – miskien kan hy hulle lyke gaan neersit in die kerker waar die kroonjuwele gehou word en beweer dat hulle dit probeer steel het.

Maar net toe lord Spoegmann sy hand op die deur na die kerker sit, praat 'n sagte stem uit die donker agter hom.

"Goeienaand, lord Spoegmann."

Hy draai om en sien lady Eslander wat met haar raafswart hare en ernstige gesig by die donker spiraaltrap afkom.

"U is nog laat wakker, geagte dame," sê lord Spoegmann en buig.

"Ja," sê lady Eslander, wie se hart baie vinnig klop. "Ek – ek kon nie slaap nie. Toe besluit ek om 'n entjie te gaan stap."

Dis 'n leuen. Lady Eslander was in werklikheid vas aan die slaap in haar bed toe 'n koorsagtige geklop aan haar slaapkamer se deur haar wakker gemaak het. Toe sy dit oopmaak, het Hettie daar gestaan: die diensmeisie wat vir lord Spoegmann wyn geskink en sy leuens oor manskap Knoppie Knopie gehoor het.

Ná sy storie oor manskap Knopie was Hettie so nuuskierig oor wat lord Spoegmann in die mou voer dat sy na die wagte se kamer toe gesluip en haar oor teen die deur gedruk het om te hoor wat binne aangaan. Hettie het vinnig padgegee en gaan wegkruip toe die drie eerlike soldate daar uitgesleep is, en lady Eslander dadelik gaan wakker maak. Sy wou die manne wat geskiet gaan word graag help. Die meisie het geen idee gehad dat lady Eslander in die geheim op kaptein Goedaard verlief was nie. Sy het net die meeste van lady Eslander van al die dames aan die hof gehou en geweet dat sy vriendelik en slim is.

Lady Eslander het haastig 'n paar goue munte in Hettie se hande gestop en haar gevra om daardie nag nog te vlug, want sy was bang dat die meisie in ernstige gevaar verkeer. Toe het lady Eslander met bewende hande aangetrek, 'n lantern gegryp en vinnig met die spiraaltrap langs haar slaapkamer afgeloop. Maar voordat sy aan die onderkant van die trap kom, het sy stemme gehoor. Lady Eslander het haar lantern doodgeblaas en geluister hoe Haringgraat beveel dat kaptein Goedaard en sy vriende na die kerker geneem en nie geskiet moet word nie. Sy het toe op die trap weggekruip, want sy het 'n voorgevoel gehad dat die mans nog nie buite gevaar was nie – en hier is lord Spoegmann nou met 'n pistool in die hand op pad na die kerker.

"Is die hoofraadgewer hier iewers?" vra lady Eslander. "Ek het my verbeel ek het vroeër sy stem gehoor."

"Haringgraat het afgetree," sê lord Spoegmann. "Die man wat hier voor u staan, is nou die nuwe hoofraadgewer, geagte dame."

"O, geluk!" sê lady Eslander en maak asof sy bly is, al is sy doodbenoud. "So dan sal u die drie soldate in die kerker se verhoor behartig, nie waar nie?"

"U is goed ingelig, lady Eslander," sê lord Spoegmann en kyk haar agterdogtig aan. "Hoe weet u dat daar drie soldate in die kerker is?"

"Ek het toevallig gehoor hoe Haringgraat van hulle praat," sê lady Eslander. "Hulle is blykbaar gerespekteerde manne. Hy het iets genoem van hoe belangrik dit sal wees dat hulle regverdig verhoor moet word. Ek weet koning Fred sal saamstem, want sy gewildheid is vir hom baie belangrik – en dit hoort so, want om 'n goeie heerser te kan wees, moet 'n koning geliefd wees."

Lady Eslander kry dit reg om te maak asof sy slegs aan die koning se gewildheid dink, en ek dink nege uit tien mense sou haar geglo het. Ongelukkig hoor lord Spoegmann die effense bewing in haar stem en vermoed hy dat sy op een van die mans verlief is, want hoekom anders sal sy in die middel van die nag by die trap afstorm om hulle lewens te probeer red?

"Ek wonder," sê hy en hou haar fyn dop, "vir watter een van hulle u soveel omgee?"

As sy kon, sou lady Eslander baie graag wou keer dat sy bloos, maar ongelukkig kan sy nie.

"Ek dink nie dit kan Ogden wees nie," sê lord Spoegmann, "want hy is 'n baie eenvoudige man, en hy het in elk geval klaar 'n vrou. Is dit Wagstaf? Hy's 'n amusante kêrel, maar geneig tot pitswere. Nee," sê lord Spoegmann sag, "ek dink dit moet die aantreklike kaptein Goedaard wees wat u laat bloos, lady Eslander. Maar sal u werklik so laag daal? U weet tog seker sy ouers was kaasmakers."

"Dit maak nie 'n verskil of 'n man 'n koning of 'n kaasmaker is nie, solank hy eerbaar optree," sê lady Eslander. "Die koning sal in oneer verval as daardie soldate sonder 'n verhoor geskiet word, en ek gaan dit vir hom sê wanneer hy wakker word."

Toe draai lady Eslander bewend om en gaan by die spiraaltrap op. Sy het nie die vaagste benul of sy genoeg gesê het om die soldate se lewens te red nie, daarom slaap sy die nag glad nie.

Lord Spoegmann bly in die ysige gang staan totdat sy voete so koud kry dat hy hulle skaars kan voel. Hy probeer besluit wat om te doen.

Aan die een kant wil hy so gou moontlik ontslae raak van hierdie soldate wat gans te veel weet. Aan die ander kant is hy bang dat lady Eslander reg is: Mense sal die koning kwalik neem as die mans sonder 'n verhoor geskiet word. Dan gaan koning Fred kwaad wees vir lord Spoegmann, en die posisie van hoofraadgewer dalk selfs by hom wegneem. As dit gebeur, sal al lord Spoegmann se drome van mag en rykdom op pad terug van die Moerasland af verpletter word.

Daarom draai lord Spoegmann sy rug op die deur na die kerker en gaan bed toe. Hy voel ernstig beledig dat lady Eslander, met wie hy eens op 'n tyd wou getrou het, die seun van 'n kaasmaker bo hom verkies. Toe hy sy kers doodblaas, besluit lord Spoegmann dat sy nog eendag vir daardie belediging sal betaal.

HOOFSTUK 20

Medaljes vir Blinkenaar en Knopie

Koning Fred was die volgende oggend skaars wakker toe hy in kennis gestel is dat sy hoofraadgewer op hierdie kritieke oomblik in die land se geskiedenis afgetree het. Hy was woedend, maar dit was 'n groot verligting om te hoor dat lord Spoegmann reeds oorgeneem het, want koning Fred het geweet dat lord Spoegmann verstaan deur watter groot gevaar die koninkryk in die gesig gestaar word.

Al het hy veiliger gevoel noudat hy terug was in die paleis met sy hoë mure en skiettorings met kanonne, sy valpoorte en sy grag, kon koning Fred nie die skokkende gebeure tydens sy reis afskud nie. Hy het hom in sy private kamers afgesonder en al sy maaltye moes op goue skinkborde soontoe gebring word. In plaas van op jag gaan, het hy heen en weer op sy dik matte geloop, sy afgryslike avontuur in die noorde weer en weer beleef, en slegs sy twee beste vriende, wat seker gemaak het dat hulle sy vrese lewend hou, te woord gestaan.

Op die derde dag ná hulle terugkeer uit die Moerasland het lord Spoegmann met 'n somber gesig by die koning se private kamers ingestap. Hy het aangekondig dat die soldate wat terug na die moeras gestuur is om uit te vind wat met manskap Knoppie Knopie gebeur het, slegs sy bloedbevlekte skoene, 'n enkele hoefyster en 'n paar byna kaalgevrete beendere kon opspoor. Die koning het bleek geword en op 'n rusbank van satyn neergesak.

"Ag nee, hoe verskriklik, hoe verskriklik – Manskap Knopie – Herinner my gou, wie was hy nou weer?"

"'n Jongman met sproete, die enigste seun van 'n weduwee," sê lord Spoegmann toe. "Die nuutste rekruut in die koninklike wag, en so 'n belowende seun. Dis werklik tragies. En die ergste van alles is dat die Ickabog ná Blinkenaar en Knopie 'n smaak vir mensvleis ontwikkel het – *presies* nes U Majesteit voorspel het. En dis werklik verstommend, as ek 'n opmerking mag maak, dat U Majesteit die gevaar reeds van die eerste oomblik af bespeur het."

"M-maar wat moet ons doen, Spoegmann? Wat as die monster na nog menslike prooi begin smag?"

"Laat dit alles aan my oor, U Majesteit," sê lord Spoegmann paaiend. "Soos u weet, is ek nou die hoofraadgewer, en ek werk dag en nag om die koninkryk te beskerm."

"Ek is so bly Haringgraat het jou as sy opvolger aangestel, Spoegmann. Wat sal ek sonder jou doen?"

"Aag wat, U Majesteit, dis 'n eer om so 'n welwillende koning te dien.

"Nou moet ons môre se begrafnisse bespreek. Ons is van plan om Knopie se oorskot langsaan majoor Blinkenaar te begrawe. Dit gaan 'n staatsgeleentheid wees, met die nodige prag en praal, en ek dink dit sal 'n baie goedgunstige gebaar wees as u die medalje vir uitsonderlike dapperheid teen die dodelike Ickabog aan die manne wat dood is se gesinne oorhandig."

"O, is daar so 'n medalje?" vra koning Fred.

"O, daar is beslis, U Hoogheid, en dit herinner my – u het nog nie u s'n ontvang nie."

Lord Spoegmann haal die pragtigste goue medalje, amper so groot soos 'n piering, uit sy binnesak. Op die medalje is 'n monster gebosseleer met gloeiende oë van robyne wat baklei teen 'n aantreklike, gespierde man wat 'n kroon op sy kop het, en die medalje hang aan 'n rooi fluweellint.

"Is dit vir my?" vra die koning grootoog.

"Maar natuurlik, U Hoogheid!" sê lord Spoegmann. "Het U Majesteit dan nie u swaard diep in daardie monster se verfoeilike nek begrawe nie? Ons onthou dit almal baie goed, U Hoogheid!"

Koning Fred se vingers gly oor die swaar goue medalje. Al sê hy niks nie, woed daar 'n stille stryd in hom.

Koning Fred se eerlikheid begin skielik praat en sê met 'n duidelike stemmetjie: *Dis nie wat gebeur het nie. Jy weet dit goed. Toe jy die Ickabog in die mis sien, het jy jou swaard laat val en weggehardloop. Jy het die dierasie nie aangeval nie. Jy was nooit naby genoeg nie!*

Maar Fred se lafhartigheid bulder harder as sy eerlikheid: *Jy het reeds met Spoegmann saamgestem dat dit is wat gebeur het! Jy gaan soos 'n sot lyk as jy erken dat jy weggehardloop het!*

En Fred se ydelheid praat die hardste van almal: *Ek was per slot van rekening die een wat die jagtog op die Ickabog gelei het! Ek was die een wat die ding eerste gesien het! Ek verdien hierdie medalje, en dit sal baie mooi teen my swart begrafnisklere uitstaan.*

Toe sê koning Fred:

"Ja, Spoegmann, dit het gebeur soos jy gesê het, presies net so. Nie dat ek daarvan hou om te spog nie."

"U Majesteit se nederigheid is legendaries," sê lord Spoegmann en buig om sy grynslag weg te steek.

Die volgende dag is tot 'n nasionale roudag verklaar ter ere van die Ickabog se slagoffers. Skares het saamgedrom om te kyk hoe beweeg majoor Blinkenaar en manskap Knopie se doodskiste deur die strate op waens wat deur gepluimde swart perde getrek word.

Koning Fred het agter die kiste op 'n pikswart perd gery, met die medalje vir uitstaande dapperheid teen die dodelike Ickabog wat teen sy borskas bons en die sonlig so helder weerkaats dat dit die skare se oë seergemaak het. Agter die koning het mevrou Blinkenaar en Bert gestap, ook in swart klere, en agter hulle was daar 'n huilende ou vrou met 'n gemmerkleur pruik op wat aan hulle voorgestel is as mevrou Knopie, Knoppie se ma.

"Ag, my liefste Knoppie," het sy in die loop geweeklaag. "Maak 'n einde aan daardie afskuwelike Ickabog wat my arme Knoppie doodgemaak het!"

Die kiste is in die grafte laat sak en die koning se beuelblasers het die volkslied gespeel. Manskap Knopie se kis was besonder swaar, want dit was vol klippe gemaak. Die vreemde mevrou Knopie het hard geween en die Ickabog weer eens vervloek terwyl tien swetende mans haar seun se kis in die grond laat afsak. Mevrou Blinkenaar en Bert het doodstil gestaan en huil.

Daarna het koning Fred die bedroefde naasbestaandes nader geroep om die manne se medaljes te ontvang. Lord Spoegmann was nie bereid om soveel geld op majoor Blinkenaar en die kastige manskap Knopie as op die koning te bestee nie, en het hulle medaljes van silwer eerder as goud laat maak. Maar dit was nogtans 'n roerende seremonie, veral omdat mevrou Blinkenaar so deur emosie oorval is dat sy op die grond neergeval en die koning se stewels gesoen het.

Ná die begrafnis het mevrou Blinkenaar en Bert huis toe geloop en die skare het eerbiedig opsy gestaan sodat hulle kon verbykom. Mevrou Blinkenaar het net een keer gaan staan, en dit was toe haar ou vriend meneer Duiwendyk tussen die mense uitgekom het om vir haar te sê hoe jammer hy is. Die twee het mekaar omhels. Daisy wou iets vir Bert sê, maar almal het hulle aangegaap en sy kon nie eens oogkontak met hom maak nie, want hy het met 'n strak gesig na sy skoene gestaar. Toe sy weer sien, het haar pa mevrou Blinkenaar gelos, en Daisy het gekyk hoe haar beste vriend en sy ma tussen die mense verdwyn.

Toe hulle terug by die huis kom, het mevrou Blinkenaar met haar gesig na onder op haar bed neergeval en gehuil en gehuil. Bert het haar probeer troos, maar dit het nie gehelp nie, toe neem hy sy pa se medalje na sy eie slaapkamer toe en sit dit op die kaggelrak neer.

Eers toe hy 'n paar treë wegstaan om daarna te kyk, besef hy dat hy sy pa se medalje reg langsaan die Ickabog wat meneer Duiwendyk lank gelede vir hom uit hout gekerf het, neergesit het. Tot op daardie oomblik het Bert die Ickabog-speelding nog nie verbind met die manier waarop sy pa dood is nie.

Hy haal die hout-Ickabog van die kaggelrak af, gooi dit op die vloer neer, tel 'n stookyster op en kap die speelding fyn en flenters. Toe tel hy die skerwe van die verwoeste speelding op en gooi dit in die vuur. Hy kyk hoe die vlamme hoër en hoër spring en neem 'n eed: Eendag wanneer hy oud genoeg is, gaan hy die Ickabog soek en wraak neem op die monster wat sy pa doodgemaak het.

HOOFSTUK 21

Professor Foppenfnuik

Die oggend ná die dubbele begrafnis het lord Spoegmann weer aan die deur van die koning se private kamers geklop en ingegaan. Hy het die bondel opgerolde perkamentrolle wat hy onder sy arm vasgeklem het, neergesit op die tafel waarby die koning sit.

Toe sê koning Fred, wat nog steeds sy medalje vir uitsonderlike dapperheid teen die dodelike Ickabog by 'n wynrooi kostuum dra om dit beter te laat uitstaan: "Spoegmann, hierdie tertjies is nie so smaaklik soos altyd nie."

"O, ek is verskriklik jammer om dit te hoor, U Majesteit," sê lord Spoegmann. "Ek het gedink dit sal beter wees as Blinkenaar se weduwee so 'n paar dae afvat. Dit is haar hulpsjef wat dit gebak het."

"Dis gans te degerig," antwoord koning Fred en laat val die halwe Troeteltertjie op sy bord. "En watse perkamentrolle is dit daardie?"

"Dit, U Majesteit, is planne om ons koninkryk beter teen die Ickabog te verdedig," sê lord Spoegmann.

"Uitstekend, uitstekend," sê koning Fred en skuif die eetgoed en teepot weg om plek op die tafel te maak terwyl lord Spoegmann 'n stoel nader bring.

"Eerstens, U Majesteit, moet ons soveel as moontlik oor die Ickabog uitvind sodat ons kan besluit hoe om ons teen hom te beskerm."

"Ja, goed, maar *hoe* gaan ons dit doen, Spoegmann? Die monster is 'n raaisel! Almal dink al jare lank hy is net 'n versinsel."

"U moet my vergewe, U Majesteit, maar u misgis u," sê lord Spoegmann. "Danksy my volgehoue soektog het ek die voorste Ickabog-kenner in die hele Kornukopië opgespoor. Lord Flapmann wag saam met hom in die gang. Met U Majesteit se toestemming –"

"Laat hom in, laat hom in!" sê koning Fred opgewonde.

Lord Spoegmann gaan by die vertrek uit en keer kort daarna terug met lord Flapmann en 'n klein mannetjie met sneeuwit hare en 'n bril wat so dik is dat sy oë amper heeltemal verdwyn.

"Dit, U Majesteit, is professor Foppenfnuik," sê lord Flapmann terwyl die man wat soos 'n mol lyk diep voor die koning buig. "Wat hy nie van die Ickabog weet nie, is nie wetenswaardig nie!"

"Hoe is dit moontlik dat ek nog nooit van jou gehoor het nie, professor Foppenfnuik?" vra die koning. Hy dink daaraan dat hy nooit na die ongedierte sou gaan soek het as hy geweet het dat die Ickabog se bestaan so 'n werklikheid is dat daar 'n kenner is wat hom bestudeer nie.

"Ek lei 'n afgesonderde lewe, U Majesteit," sê professor Foppenfnuik en buig 'n tweede keer diep. "So min mense glo dat die Ickabog wel bestaan dat ek geleer het om my kennis vir myself te hou."

Tot lord Spoegmann se groot verligting stel daardie antwoord die koning tevrede, want eintlik bestaan professor Foppenfnuik net so min soos manskap Knoppie Knopie en die ou weduweema met haar gemmerkleur pruik wat so by manskap Knopie se begrafnis gehuil het. Maar onder die pruik en agter die bril is professor Foppenfnuik en die weduwee dieselfde persoon: lord Spoegmann se huiskneg, 'n man genaamd Org Skarrel, wat gedurende lord Spoegmann se verblyf aan die hof na sy landgoed omsien. Net soos sy meester sal Skarrel enigiets vir 'n paar goue munte doen en hy het ingestem om hom vir honderd dukate as die weduwee sowel as die professor voor te doen.

"Reg, wat kan jy vir ons van die Ickabog vertel, professor Foppenfnuik?" vra die koning.

"Wel, laat ek mooi dink," sê die kastige professor wat by lord Spoegmann gehoor het wat om te sê. "Die dierasie is so groot soos twee perde –"

"Indien nie nog groter nie," onderbreek koning Fred hom, want vandat hulle uit die Moerasland teruggekom het, het die monster reusagtige afmetings in sy nagmerries aangeneem.

"Indien, soos U Majesteit tereg sê, nie nog groter nie," stem professor Foppenfnuik saam. "Ek sou sê 'n gemiddelde Ickabog is omtrent so groot soos twee perde, terwyl die grootste soort waarskynlik so groot word soos – laat ek dink –"

"Twee olifante," stel die koning voor.

"Twee olifante," stem professor Foppenfnuik saam. "En met oë wat soos lampe –"

"Of gloeiende vuurballe," stel die koning voor.

"Dit is presies die beeld wat ek ook wou gebruik het, U Majesteit!" sê professor Foppenfnuik.

"En kan die dierasie werklik ons mensetaal praat?" vra koning Fred, want die monster in sy nagmerries fluister: *"Die koning – Ek soek die koning – Waar is jy, klein koning?"* terwyl hy deur die donker strate na die paleis toe aangekruip kom.

"O ja, beslis," sê professor Foppenfnuik, wat weer eens diep buig. "Ek vermoed dat die Ickabog ons mensetaal geleer het deur mense gevange te neem. Ek vermoed dat hy sy slagoffers dwing om vir hom taallesse te gee voordat hy hulle ingewande uitruk en hulle verslind."

"Die hemel behoed ons!" snak koning Fred, doodsbleek.

"Verder," vervolg professor Foppenfnuik, "het die Ickabog 'n uitstekende geheue en is hy geweldig wraaksugtig. Wanneer 'n slagoffer hom uitoorlê – soos U Majesteit, wat aan sy dodelike kloue ontglip het – sluip hy soms in die middel van die nag by die moeras uit en oorweldig sy slagoffer in sy of haar slaap."

Koning Fred se gesig is nou so sneeuwit soos die versiersuiker op sy halfgeëte Troeteltertjie en hy kreun:

"Wat gaan ons doen? Ek is verlore!"

"Onsin, U Majesteit," troos lord Spoegmann dadelik. "Ek het 'n hele verskeidenheid voorsorgmaatreëls bedink om u te beskerm."

Met hierdie woorde trek hy een van die perkamentrolle wat hy saamgebring het nader en rol dit oop. 'n Kleurtekening van 'n ongedierte wat soos 'n draak lyk, lê nou byna die hele tafel vol. Die ding is reusagtig en gruwelik lelik, met dik swart skubbe, gloeiende wit oë, 'n stert met 'n giftige angel aan die punt, 'n mond met lang tande wat skerp genoeg lyk om 'n mens mee te verslind en lang, vlymskerp kloue.

"As jy teen 'n Ickabog baklei, is daar 'n hele paar uitdagings om te bowe te kom," sê professor Foppenfnuik en haal 'n kort stokkie uit en wys om die beurt na die tande, die kloue en die giftige angel. "Die grootste uitdaging is egter die volgende: Wanneer 'n mens 'n Ickabog doodmaak, kom daar onmiddellik twee nuwe Ickabogs uit die eerste een te voorskyn."

"Jy speel!" sê koning Fred skor.

"Glad nie, U Majesteit," sê professor Foppenfnuik. "Ek bestudeer die monster al my lewe lank en ek kan u verseker dat my bevindinge absoluut korrek is."

"U Majesteit onthou sekerlik dat baie van die ou legendes oor die Ickabog daardie merkwaardige feit noem," kom lord Spoegmann tussenbeide, want sy plan sal slegs slaag as die koning glo dat die Ickabog oor daardie unieke eienskap beskik.

"Maar dit klink so – so onwaarskynlik!" sê koning Fred.

"Inderdaad, *hoogs* onwaarskynlik, nie waar nie, U Hoogheid?" sê lord Spoegmann en buig weer. "Dit is waarlik een van daardie uitsonderlike, ongelooflike konsepte wat slegs die heel slimste mense kan snap, want gewone mense – *dom* mense, U Hoogheid – sal dit met ongeloof afmaak."

Koning Fred kyk eers na lord Spoegmann, toe na lord Flapmann, en toe na professor Foppenfnuik. Dis asof al drie wag dat hy moet bewys hoe intelligent hy is, en hy wil natuurlik nie dom lyk nie, daarom sê hy: "Wel – as die professor so sê, is dit vir my voldoende bewys – Maar as daar elke keer wanneer die ongedierte sterf twee nuwe monsters verskyn, hoe kan ons hom doodmaak?"

"Wel, eerstens gaan ons hom nie doodmaak nie," sê lord Spoegmann.

"O, nie?" sê koning Fred afgehaal.

Lord Spoegmann rol nou 'n tweede perkamentrol met 'n kaart van Kornukopië oop. Heel bo aan die noordelike punt is 'n tekening van 'n reusagtige Ickabog. Al om die rand van die groot moeras staan daar honderde stokmannetjies met swaarde in hulle hande. Koning Fred leun nader om te sien of een van hulle 'n kroon dra en is verlig om te sien dat dit nie die geval is nie.

"Soos U Majesteit sien, is die eerste voorsorgmaatreël wat ek beplan 'n spesiale Ickabog-verdedigingsbrigade. Die troepe sal al met die rand van die moeras langs patrolleer om seker te maak dat die Ickabog nie daar kan uitkom nie. Ek skat die koste van so 'n brigade, insluitend uniforms, wapens, perde, soldy, opleiding, rantsoene, spysenering, huisvesting, siekeloon, gevaarloon, verjaardaggeskenke en medaljes sal ongeveer tienduisend goue dukate beloop."

"Tienduisend dukate?" herhaal koning Fred. "Dis baie geld. Maar aangesien dit gaan oor my beskerming – ek bedoel die beskerming van Kornukopië –"

"Dan is tienduisend per maand 'n geringe prys om te betaal," voltooi lord Spoegmann die sin.

"Tienduisend *per maand*?" roep koning Fred uit.

"Ja, U Hoogheid," sê lord Spoegmann. "As ons nou die

koninkryk doeltreffend wil verdedig, gaan dit 'n aansienlike uitgawe wees. Maar as U Majesteit meen dat ons met minder wapens kan klaarkom –"

"Nee, nee, dis nie wat ek bedoel het nie!"

"Ons verwag vanselfsprekend nie dat U Majesteit hierdie kostes alleen moet dra nie," gaan lord Spoegmann verder.

"O! Nie?" sê koning Fred skielik hoopvol.

"Nee, glad nie, U Hoogheid, dit sou uiters onregverdig wees. Die Ickabog-verdedigingsbrigade gaan per slot van rekening tot almal in die land se voordeel strek. Daarom wil ek 'n Ickabog-belasting voorstel. Ons vra dat elke huishouding in Kornukopië een goue dukaat per maand betaal. Daarvoor moet ons natuurlik 'n groot aantal nuwe belastinggaarders aanstel en oplei, maar as ons die bedrag tot twee dukate verhoog, sal dit daardie onkoste ook dek."

"Wat 'n bewonderenswaardige plan, Spoegmann!" sê koning Fred. "Jy is waarlik 'n slimkop! Twee dukate per maand – die mense sal die verlies skaars voel."

Professor Foppenfnuik se prentjie van die monster.

Leah Indra Gauntlett (12)

HOOFSTUK 22

Die huis sonder vlae

En só is elke huishouding in Kornukopië 'n maandelikse belasting van twee goue dukate opgelê om die land teen die Ickabog te beskerm. Dit was nie lank nie, toe is belastinggaarders 'n algemene gesig op straat in Kornukopië. Op die rug van hulle swart uniform was daar groot, starende wit oë soos lanterns geverf. Dit was om almal te herinner aan die doel van die belasting, maar in die tavernes het mense gefluister dat dit lord Spoegmann se oë was wat dophou dat almal opdok.

Toe daar genoeg goud bymekaargemaak is, het lord Spoegmann besluit om 'n standbeeld ter nagedagtenis aan 'n slagoffer van die Ickabog op te rig om die mense te herinner aan hoe gevaarlik die ongedierte is. Hy het eers 'n standbeeld van majoor Blinkenaar beplan, maar volgens sy spioene in Chouxville se tavernes het manskap Knopie die inwoners se verbeelding aangegryp. Almal het gevoel dat die dapper jong manskap Knopie wat ná sy majoor se dood vrywillig die nag ingejaag het, net om self ook in die Ickabog se kloue te beland, 'n tragiese en edel held was wat 'n indrukwekkende standbeeld verdien. Aan die ander kant was majoor Blinkenaar se dood volgens die mense bloot 'n dom ongeluk omdat hy so onverantwoordelik was om die mistige moeras in die donker aan te durf. Ja-nee, die mense van Chouxville het majoor Blinkenaar kwalik geneem, want dit was oor hom dat manskap Knoppie Knopie sy lewe gewaag het.

Lord Spoegmann was maar te bly om van die openbare

mening kennis te neem en het 'n standbeeld van manskap Knopie in die middel van Chouxville se grootste plein laat oprig. Dit was van die manskap wat op 'n trotse krygsperd sit, met sy mantelkap van brons wat agter hom wapper en 'n vasberade uitdrukking op sy jeugdige gesig, vir ewig vasgevang soos toe hy die pad terug na die Stad-in-die-Stad aangedurf het. Dit het mode geword om Sondae kranse aan die voet van die standbeeld te gaan neersit. 'n Taamlike vaal jongmeisie wat elke dag vars blomme gebring het, het selfs beweer dat manskap Knoppie Knopie haar kêrel was.

Lord Spoegmann het ook besluit om geld te bestee om die koning se aandag af te lei. Koning Fred was steeds te bang om te gaan jag, want die Ickabog kon maklik uit die moeras ontsnap en hom iewers in die woud gelê en inwag het. Lord Spoegmann en lord Flapmann was moeg om die koning ure lank te moet vermaak en het toe 'n plan beraam.

"Ons het 'n portret nodig van u wat teen die Ickabog veg, U Hoogheid! Die volk dring daarop aan!"

"Werklik?" het die koning gevra en met sy knope gespeel – daardie dag was dit geslypte smaragde. Koning Fred kon onthou dat hy dit self ook oorweeg het om hom só te laat skilder toe hy sy krygsmondering die eerste keer aangetrek het. Hy het baie van lord Spoegmann se idee gehou en het die volgende twee weke bestee aan die kies en aanpas van 'n nuwe mondering, want die ou een is erg in die moeras beskadig. Verder het hy vir hom 'n nuwe swaard met juwele in die hef laat maak. Lord Spoegmann het Malik Mengelmoez, die beste portretskilder in Kornukopië, opdrag gegee om die koning te skilder en toe het koning Fred weke lank geposeer vir die skildery wat een hele muur van die troonsaal in beslag sou neem. Agter Mengelmoez het daar minstens vyftig tweederangse skilders gesit wat elke kwashaal van hom nageaap het sodat kleiner weergawes van sy werk in al wat stad, dorp en nedersetting in Kornukopië is, kon pryk.

Terwyl die koning geskilder is, het hy vir Mengelmoez en die ander skilders met kleur en geur van sy beroemde geveg teen die ongedierte vertel, en hoe meer hy die storie vertel het, hoe meer het hy oortuig geraak dat dit werklik die waarheid was. Hierdie aktiwiteit het koning Fred besig en tevrede gehou, wat lord Spoegmann en lord Flapmann kans gegee het om die land ongehinderd te regeer en die trommels vol goud wat elke maand oorgebly het tussen hulle te verdeel en dit in die middel van die nag na hulle landgoedere op die platteland te stuur.

Maar jy wonder seker wat geword het van die ander elf raadgewers wat onder Haringgraat gewerk het? Het hulle nie agterdogtig geraak toe die hoofraadgewer in die middel van die nag afgetree het en sedertdien nooit weer gesien is nie? Het hulle nie vrae gevra toe hulle wakker word en lord Spoegmann skielik Haringgraat se plek ingeneem het nie? En die heel belangrikste vraag: Het hulle werklik in die bestaan van die Ickabog geglo?

Dit is uitstekende vrae, en ek sal hulle nou beantwoord.

Die raadgewers het beslis saamgestem dat lord Spoegmann nie sommer kon oorgeneem het sonder dat almal eers oor die saak gestem het nie. Twee van hulle het dit selfs oorweeg om by die koning beswaar te gaan maak. Maar hulle het besluit om dit eerder nie te doen nie, om die eenvoudige rede dat hulle bang was.

Jy sien, daar is intussen kennisgewings wat deur lord Spoegmann en die koning geteken is in elke stad en op elke dorpsplein in Kornukopië opgeplak. Dit was skielik verraad om enige besluite van die koning te bevraagteken. Dit was ook verraad om die bestaan van die Ickabog en die noodsaaklikheid van die Ickabog-belasting in twyfel te trek, en dit was verraad as jy nie die verpligte twee dukate per maand betaal het nie. Verder is daar 'n beloning van tien dukate uitgeloof vir inligting oor enigiemand wat beweer dat die Ickabog nie bestaan nie.

Die raadgewers was bang om van verraad beskuldig te word. Hulle wou nie in 'n kerker opgesluit word nie. Dit was baie geriefliker om te lewe in die pragtige herehuise wat raadgewers verniet gekry het en eerder hulle spesiale raadgewermantels te dra, wat beteken het dat hulle voor in die lang tou by die bakkery kon indruk.

Daarom het die raadgewers al die uitgawes vir die Ickabog-verdedigingsbrigade goedgekeur. Die nuwe groen uniform wat spesiaal vir die eenheid gemaak is, was volgens lord Spoegmann om hulle beter tussen die moeras se riete te kamoefleer. Dit was nie lank nie of die brigade was 'n alledaagse gesig in al Kornukopië se groot stede.

Baie mense het seker gewonder hoekom die manne wuiwend in die strate rondgery het in plaas daarvan dat hulle in die noorde aan diens was om die ongedierte uit Kornukopië weg te hou, maar sulke mense het hulle vrae vir hulself gehou.

Intussen het die meeste burgers met mekaar meegeding oor wie die hartstogtelikste in die bestaan van die Ickabog glo. Hulle het goedkoop namaaksels van die skildery van koning Fred wat teen die Ickabog baklei in hulle vensters uitgestal en groot houtborde met boodskappe soos TROTS OM DIE ICKABOG-BELASTING TE BETAAL en WEG MET DIE ICKABOG, LANK LEWE DIE KONING! daarop teen hul deure gehang. Party ouers het hulle kinders selfs geleer om vir die belastinggaarders te buig en hulle knieë te knak.

Die Blinkenaars se huis was met soveel baniere met anti-Ickabog-spreuke behang dat jy skaars kon sien hoe die gebou daaronder lyk. Bert is uiteindelik terug skool toe en het tot Daisy se teleurstelling pouses net met Rod Rommel gesels oor wanneer hulle eendag by die Ickabog-verdedigingsbrigade kon aansluit en die monster kon doodmaak. Daisy het nog nooit so eensaam gevoel nie en gewonder of Bert haar dan glad nie mis nie.

Die huis waarin Daisy-hulle gewoon het, was die enigste een in die Stad-in-die-Stad waar geen vlae of houtborde gehang het wat die Ickabog-belasting verwelkom het nie. Wanneer die Ickabog-verdedigingsbrigade daar verbyry, het die bure se kinders opgewonde buitentoe gehardloop en gejuig, maar haar pa het haar in die huis gehou.

Lord Spoegmann het die gebrek aan vlae en borde by die klein kothuis langs die begraafplaas opgemerk en die inligting in sy slinkse agterkop bewaar vir wanneer dit hom eendag nuttig te pas sou kom.

HOOFSTUK 23

Die verhoor

Ek is seker jy het nie vergeet van die drie dapper soldate wat in die kerker opgesluit is omdat hulle nie geglo het dat die Ickabog of manskap Knoppie Knopie regtig bestaan het nie.

Lord Spoegmann het natuurlik ook nie van hulle vergeet nie. Vandat hy die manne die aand in hegtenis laat neem het, het hy al baie gewonder hoe hy van hulle ontslae kon raak sonder om daarvoor aanspreeklik gehou te word. Sy jongste plan was om gif in hulle sop te gooi en dan te beweer dat hulle 'n natuurlike dood gesterf het. Hy was nog besig om te besluit watter gif die beste sou werk, toe daag die soldate se families by die paleis se poort op en vra om met die koning te praat. Om alles erger te maak was lady Eslander daar saam met hulle, wat lord Spoegmann laat vermoed het dat sy die besoek gereël het.

In plaas dat hy hulle na die koning toe neem, lei die hoofraadgewer die groep daardie dag na sy spoggerige nuwe ampskantoor, waar hy hulle hoflik nooi om te sit.

"Ons wil weet wanneer ons manne verhoor gaan word," sê manskap Ogden se broer, 'n varkboer uit Baronsburg se distrik.

"U hou hulle nou al maande lank gevange," sê manskap Wagstaf se ma, wat as 'n kroegmeisie in 'n taverne in Jeroboam werk.

"En ons wil almal graag weet waarvan hulle aangekla gaan word," voeg lady Eslander by.

"Hulle word van verraad aangekla," verduidelik lord

Spoegmann en waai sy geparfumeerde sakdoek voor sy neus, met sy oë op die varkboer. Die man is natuurlik silwerskoon, maar lord Spoegmann wil hom minderwaardig laat voel, en ek moet ongelukkig sê dat hy dit regkry.

"Verraad?" herhaal mevrou Wagstaf verstom. "Daar is nêrens in hierdie land meer getroue onderdane van die koning as daardie drie nie!"

Lord Spoegmann se slinkse oë glip van een besorgde familielid na die ander: Almal is duidelik baie lief vir hulle broers en seuns, en toe hy lady Eslander se angstige gesig sien, flits 'n briljante idee soos weerlig deur sy kop. Hoekom het hy nie al vroeër daaraan gedink nie? Hy hoef die soldate nie te vergiftig nie! Hy moet net hulle goeie reputasie vernietig.

"Die drie manne sal môre verhoor word," sê hy en staan op. "Die verhoor sal op Chouxville se grootste plein plaasvind, want ek wil hê dat soveel mense as moontlik moet hoor wat hulle te sê het. Goeiedag, dames en here."

Lord Spoegmann buig smalend, laat die stomgeslane familielede alleen en stap af na die kerker toe.

Die drie soldate het baie maerder geword vandat hy hulle laas gesien het, en omdat hulle nie kon was of skeer nie, lyk hulle erg verwaarloos.

"Goeiemôre, menere," groet lord Spoegmann vrolik terwyl die dronk bewaarder in 'n hoek lê en snork. "Goeie nuus! Julle verhoor sal môre plaasvind."

"En wat presies is die klag teen ons?" vra kaptein Goedaard agterdogtig.

"Dit weet julle tog reeds, Goedaard," sê lord Spoegmann. "Julle het die monster by die moeras gesien en weggehardloop, in plaas daarvan om julle koning te verdedig. En toe het julle beweer dat die monster nie werklik bestaan nie, om julle lafhartigheid te verbloem. Dit is verraad."

"Nee, dit is 'n infame leuen," sê kaptein Goedaard sag. "Maak met my wat u wil, maar ek gaan die waarheid praat."

Die ander twee soldate, Ogden en Wagstaf, stem saam met die kaptein en knik.

"Julle gee dalk nie om wat ek met *julle* doen nie," sê lord Spoegmann, "maar wat van julle families? Sal dit nie verskriklik wees nie, Wagstaf, as jou ma, die kelnerin, op pad af na die kelder gly en haar skedel breek nie? Of as jou broer, Ogden, homself per ongeluk op sy plaas met sy eie sens deurboor en sy eie varke hom opvreet nie? Of," fluister lord Spoegmann en kom tot teenaan die traliehek en kyk kaptein Goedaard stip in die oë, "of as lady Eslander van haar perd afval en haar slanke nek breek nie?"

Jy sien, lord Spoegmann glo vas dat lady Eslander en kaptein Goedaard minnaars is. Hy kan nie dink dat 'n vrou sal probeer om 'n man te verdedig met wie sy nog nie eens gepraat het nie.

Kaptein Goedaard wonder wat op aarde lord Spoegmann besiel om hom met lady Eslander se dood te probeer dreig. Vir hom is sy die mooiste vrou in die koninkryk, maar hy het dit nog altyd vir homself gehou, want die seun van kaasmakers kan nie met 'n dame wat 'n lid van die koninklike hof is, trou nie.

"Wat het lady Eslander met my te doen?" vra hy.

"Moenie jou onnosel hou nie," blaf die hoofraadgewer. "Ek het gesien hoe sy bloos wanneer jou naam genoem word. Dink jy ek is 'n idioot? Lady Eslander het alles in haar mag gedoen om jou te beskerm, en ek moet toegee dis danksy haar dat jy nog lewe. Maar as jy môre probeer eerbaar wees en my weerspreek, gaan lady Eslander daarvoor betaal. Sy het jou lewe gered, Goedaard; gaan jy hare opoffer?"

Kaptein Goedaard is sprakeloos van skok. Die gedagte dat lady Eslander op hom verlief is, is so wonderlik dat dit lord Spoegmann se dreigemente byna in die skadu stel. Die kaptein besef nou dat hy haar lewe net kan red as hy môre by die verhoor in die openbaar erken dat hy verraad gepleeg het, al sal dit sekerlik die einde van haar liefde vir hom wees.

Die drie manne se bleek gesigte wys vir lord Spoegmann dat sy dreigemente die gewenste uitwerking gehad het.

"Toemaar, menere," sê hy. "Ek verseker julle dat julle geliefdes niks sal oorkom as julle môre die waarheid praat nie –"

So gebeur dit toe dat daar oral in die hoofstad kennisgewings van die verhoor opgeplak word, en die volgende dag drom 'n reuseskare op Chouxville se grootste plein saam. Terwyl hulle vriende en familie toekyk, verskyn die drie dapper soldate een na die ander op 'n houtplatform en erken dat hulle die Ickabog in die moeras teëgekom en soos lafaards weggehardloop het in plaas daarvan om die koning te verdedig.

Die skare jou die soldate so hard uit dat dit moeilik is om te hoor wat die regter (lord Spoegmann) sê. Maar terwyl lord Spoegmann die vonnis uitspreek – lewenslange aanhouding in die paleis se kerker – staar kaptein Goedaard diep in lady Eslander se oë, al sit en volg sy die verhoor saam met die ander dames van die hof van 'n stellasie wat spesiaal opgerig is. Partykeer kan twee mense meer vir mekaar sê met 'n blik as wat ander in 'n leeftyd van woorde kan uitspreek. Ek gaan nie vertel wat lady Eslander en kaptein Goedaard alles met hulle oë sê nie, maar sy weet nou dat die kaptein oor haar voel soos sy oor hom, en hy kan sien dat lady Eslander weet dat hy onskuldig is, selfs al moet hy die res van sy lewe in die gevangenis deurbring.

Die drie gevangenes word in kettings van die platform af weggelei terwyl die skare hulle met koolkoppe gooi en met 'n groot lawaai uitmekaargaan. Baie van hulle voel lord Spoegmann moes die verraaiers ter dood veroordeel het, en die hoofraadgewer grinnik by homself op pad terug na die paleis toe, want dis altyd raadsaam om te sorg dat jy sover moontlik as 'n redelike man beskou word.

Meneer Duiwendyk het die verhoor van heel agter uit die skare dopgehou. Hy het die soldate nie uitgejou nie, en ook nie vir Daisy saamgebring nie, want sy wou iets in sy werkswinkel kerf. Terwyl meneer Duiwendyk diep ingedagte huis toe loop, sien hy hoe 'n bende jongmanne Wagstaf se huilende ma agtervolg en haar met groente bestook.

"Los hierdie vrou in vrede, of julle gaan met my te doen kry!" skree meneer Duiwendyk vir die bende, wat dadelik wegskarrel toe hulle sien hoe groot en gespierd die skrynwerker is.

'n Koolkop wat deur die lug vlieg.

Mia Wessels (8)

HOOFSTUK 24

Die klimtol

Dit was nie meer lank voor Daisy se agtste verjaardag nie en sy het besluit om Bert Blinkenaar die dag oor te nooi.

Vandat sy pa dood is, was dit asof daar 'n dik muur van ys tussen Daisy en Bert is. Hy was gedurig by Rod Rommel, wat baie trots daarop was dat hy en die Ickabog-slagoffer se seun vriende is. Daisy verjaar drie dae voor Bert en sy het gedink dis haar kans om uit te vind of sy hulle vriendskap nog kon red. Daarom het sy vir haar pa gevra om vir mevrou Blinkenaar te skryf en haar en haar seun vir tee te nooi. Daisy was baie bly toe die vrou teruggeskryf en hulle uitnodiging aanvaar het, en selfs al wou Bert nog steeds nie by die skool met haar praat nie, het sy bly hoop dat alles op haar verjaardag sal regkom.

Al het die koning sy skrynwerker genoeg betaal, het die Ickabog-belasting ook vir meneer Duiwendyk in die knyp laat beland, so hy en Daisy het minder fyngebak as voorheen gekoop en meneer Duiwendyk het opgehou wyn koop. Maar om sy dogter se verjaardag te vier, het hy sy laaste bottel Jeroboam-vonkelwyn uitgehaal en Daisy het al haar spaargeld gevat en vir haar en Bert elkeen 'n Hemelhartjie gaan koop, want sy het geweet dis sy gunsteling.

Die verjaardagtee loop egter van die begin af reeds skeef. Om te begin stel meneer Duiwendyk 'n heildronk op majoor Blinkenaar in, wat sy weduwee in trane laat uitbars. Toe gaan sit die vier by die tafel om iets te eet, maar niemand weet mooi wat om te sê nie, totdat Bert onthou dat hy vir Daisy 'n present gebring het.

Hy het 'n klimtol (dis wat mense 'n jojo destyds genoem het) in 'n speelgoedwinkel se vertoonvenster gesien en dit gekoop met al sy sakgeld wat hy gespaar het. Daisy het nog nooit so iets gesien nie, maar Bert wys vir haar hoe dit werk en sy is sommer gou beter daarmee as hy. Intussen drink mevrou Blinkenaar en meneer Duiwendyk die vonkelwyn uit Jeroboam en die geselskap vlot al hoe meer.

Bert het sy vriend Daisy baie gemis, maar nie geweet hoe om vrede met haar te maak nie, want Rod Rommel het hom skaars 'n oomblik alleen gelos. Maar nou is dit asof die bakleiery in die paleis se binnehof nooit plaasgevind het nie, en Daisy en Bert proes van die lag oor 'n onderwyser wat die gewoonte het om skelm snollies uit sy neus te grawe wanneer hy dink die kinders sien hom nie. Die hartseer onderwerp van ouers wat dood is of gevegte wat handuit geruk het of koning Fred is nou alles vergete.

Die kinders is slimmer as die grootmense. Meneer Duiwendyk het lanklaas wyn gedrink en anders as sy dogter hou hy nie in gedagte dat 'n gesprek oor die monster wat kastig vir majoor Blinkenaar se dood verantwoordelik was dalk nie so 'n goeie idee is nie. Daisy kom dit eers agter toe haar pa so hard praat dat sy stem bo hulle kinders se gelag uitstyg.

"Al wat ek sê, Berta," skree meneer Duiwendyk nou al amper, "is waar's die bewys? Ek wil bewyse sien, dis al!"

"Is dit nie bewys genoeg dat my man dood is nie?" vra mevrou Blinkenaar en haar vriendelike gesig lyk skielik gevaarlik. "En wat van arme klein Knoppie Knopie?"

"Arme klein Knoppie Knopie!" herhaal meneer Duiwendyk smalend. "*Arme klein Knoppie Knopie*? Noudat jy hom noem, daar is geen bewyse dat Knoppie Knopie wel bestaan het nie. Wie was hy? Waar het hy gebly? Waarheen het sy ma, die ou weduwee met die gemmerkleur pruik, verdwyn? Het jy al ooit 'n gesin met die van Knopie hier in die Stad-in-die-Stad ontmoet? En selfs al dring jy daarop aan," sê die skrynwerker en swaai sy glas rond, "selfs al dring jy daarop aan dat hy wel bestaan het, Berta, wil ek nog steeds by jou weet: Hoekom was Knoppie Knopie se kis so swaar as al wat van hom oorgebly het sy stewels en kaalgevrete beendere was?"

Daisy gee haar pa 'n woedende kyk om hom stil te maak, maar hy kom dit nie eens agter nie. Ná nóg 'n groot sluk vonkelwyn sê hy:

"Dit maak nie sin nie, Berta! Dit maak nie sin nie! Wie sê – en dis net 'n idee, hoor – wie sê arme Blinkenaar het nie van sy perd afgeval en sy nek gebreek nie? En toe benut lord Spoegmann die geleentheid om te beweer dat die Ickabog hom doodgemaak het sodat hy ons almal vir belastinggeld kan melk!"

Mevrou Blinkenaar staan stadig op. Sy is nie 'n baie lang vrou nie, maar van woede lyk dit asof sy bo meneer Duiwendyk uittroon.

"My man," sis sy met so 'n ysige stem dat Daisy hoendervleis kry, "was die beste ruiter in die hele Kornukopië. My man sou net so min van sy perd afgeval het as wat jy jou eie been met jou byl sal afkap, Daniël Duiwendyk. Niks minder as 'n afgryslike monster kon my man doodgemaak het nie en jy moet 'n wag voor jou mond sit, want dis verraad om te sê dat die Ickabog nie bestaan nie!"

"Verraad!" sê meneer Duiwendyk spottend. "Komaan, Berta, hoe kan jy daar staan en vir my sê jy glo daardie nonsens van verraad? 'n Paar maande gelede was iemand wat nie in die Ickabog geglo het nie 'n verstandige man, nie 'n verraaier nie!"

"Maar dit was voor ons geweet het dat die Ickabog wel bestaan!" skree Berta Blinkenaar. "Kom, Bert. Ons gaan huis toe!"

"Nee – nee – moet asseblief nie loop nie!" roep Daisy uit. Sy haal die boksie wat sy onder haar stoel weggesteek het, uit en hardloop agter die Blinkenaars aan uit tuin toe.

"Bert, asseblief! Kyk – ek het vir ons Hemelhartjies gekoop. Ek het al my sakgeld gebruik!"

Daisy weet nie dat Hemelhartjies Bert nou dadelik herinner aan die dag toe hy gehoor het dat sy pa dood is nie. Die laaste keer toe hy 'n Hemelhartjie geëet het, was toe sy ma hom in die koning se paleis se kombuis verseker het dat hulle 'n boodskap sou gekry het as majoor Blinkenaar iets oorgekom het.

Nogtans wil Bert nie Daisy se present op die grond neergooi nie, hy wil haar hand net wegstoot. Maar toe val die boksie ongelukkig uit Daisy se hand en die duur gebak val in die blombedding en word met grond besmeer.

Daisy bars in trane uit.

"Lyk my al waarvoor jy omgee, is simpel eetgoed!" skree Bert en pluk die tuinhekkie oop en lei sy ma daar weg.

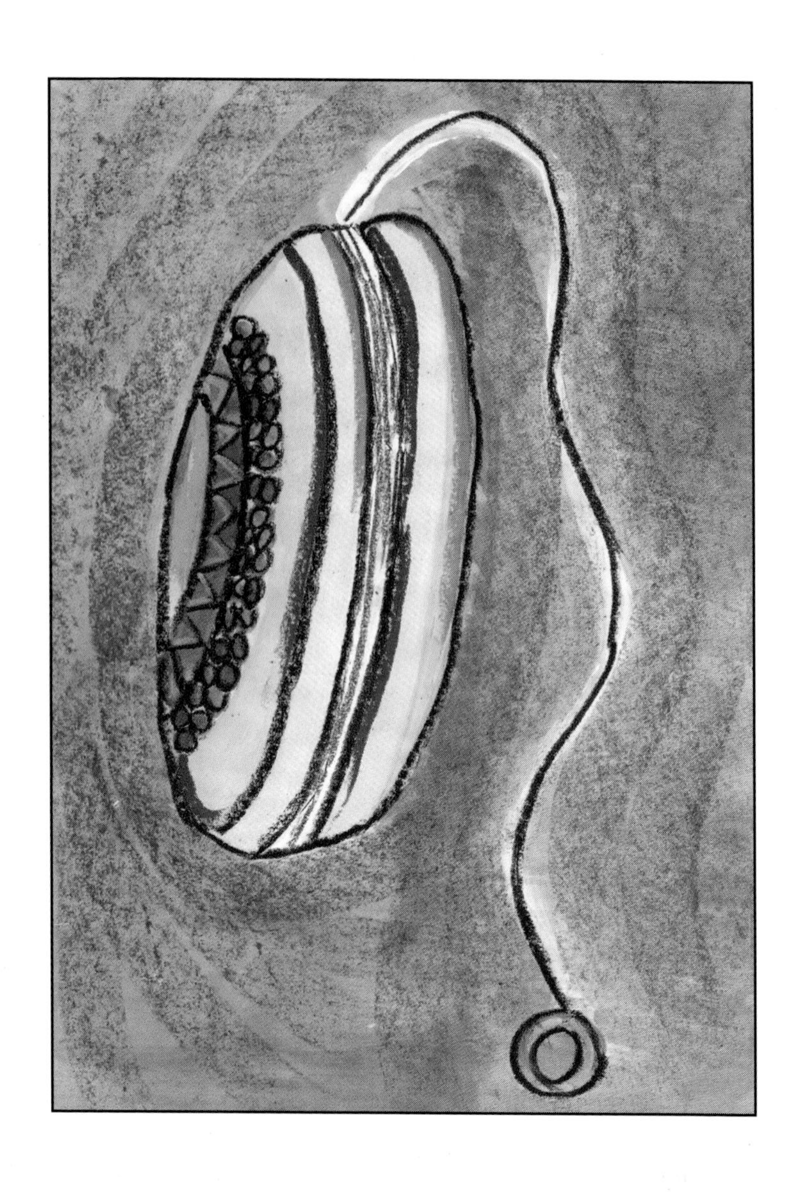

Die klimtol.

Lika Claassens (9)

HOOFSTUK 25

Lord Spoegmann se probleem

Ongelukkig vir lord Spoegmann was meneer Duiwendyk nie die enigste een wat sy bedenkinge oor die Ickabog uitgespreek het nie.

Kornukopië het stadigaan al hoe armer geword. Die Ickabog-belasting was nie vir ryk handelaars 'n probleem nie. Hulle het elke maand vir die belastinggaarder twee dukate gegee en eenvoudig die prys van koek, kaas, ham en wyn opgeskuif om vir die verlies op te maak. Maar vir minder gegoede mense het dit ál moeiliker geword om elke maand twee dukate af te knyp, want veral by die markte het kos al hoe duurder geword. In die Moerasland was die kinders se wange al hol.

Lord Spoegmann het by sy luistervinke in al die stede en dorpe gehoor dat die mense wou weet waarvoor hulle belastinggeld gebruik word, en selfs bewyse wou hê dat die ongedierte steeds 'n bedreiging was.

Die mense het gesê dat die inwoners van die stede in Kornukopië baie van mekaar verskil het: die inwoners van Jeroboam was bekend as rusiemakers en dromers, Suiwelstad se mense was vredeliewend en vriendelik, terwyl die inwoners van Chouxville as trots en selfs hooghartig beskou is. Maar die inwoners van Baronsburg was eerlike handelaars wat reguit gesê het wat hulle dink, en dit was daar dat twyfel in die bestaan van die Ickabog eerste openlik uitgespreek is.

'n Slagter genaamd Vaatjie Filett het 'n vergadering in die stadsaal belê. Vaatjie het seker gemaak hy sê nie dat hy nie in die Ickabog se bestaan glo nie, maar het almal genooi om 'n petisie aan die koning te teken waarin hulle bewyse vra dat die Ickabog-belasting steeds nodig was. Die vergadering was skaars verby toe lord Spoegmann se spioen, wat dit natuurlik ook bygewoon het, op sy perd gespring en haastig suidwaarts gejaag het. Hy het teen middernag by die paleis aangekom.

Een van lord Spoegmann se lakeie het hom wakker gemaak. Hy het lord Flapmann en majoor Rommel dadelik uit die bed laat ontbied en die twee mans het by lord Spoegmann in sy kamer aangesluit om te hoor wat die spioen te sê het. Die spioen het hulle vertel van die verraaiers se vergadering en toe vir hulle op 'n kaart van die stad die huise van die voorbokke, en natuurlik Vaatjie Filett s'n, omkring.

"Uitstekende werk," brom majoor Rommel. "Ons sal hulle almal vir verraad arresteer en in die tronk smyt. Dis so eenvoudig soos dit!"

"Dit is glad nie so eenvoudig nie!" sê lord Spoegmann geïrriteerd. "Daar was tweehonderd mense by die vergadering. Ons kan hulle nie almal opsluit nie! Daar is nie genoeg plek in die kerker nie, en almal sal sê dit beteken dat ons nie kan bewys dat die Ickabog wel bestaan nie!"

"Dan skiet ons hulle," sê lord Flapmann, "en rol hulle in mantels toe soos met Blinkenaar, en gaan los hulle daar bo in die moeras, en wanneer hulle gevind word, sal die mense glo dat die Ickabog hulle doodgemaak het."

"Het die Ickabog nou skielik 'n geweer?" vra lord Spoegmann ergerlik, "en tweehonderd mantels om sy slagoffers in toe te draai?"

"Wel, as u nie tevrede is met ons idees nie, my heer," sê majoor Rommel, "hoekom maak u dan nie self 'n slim plan nie?"

Maar dis presies wat lord Spoegmann nie regkry nie. Hy dink hiernatoe en daarnatoe, maar kry nie 'n manier om die Kornukopiërs groot genoeg te laat skrik dat hulle sonder om te kla sal aanhou om die Ickabog-belasting te betaal nie.

Wat lord Spoegmann nodig het, is 'n bewys dat die Ickabog werklik bestaan, maar waar gaan hy dit kry?

Lank nadat die ander terug bed toe is, loop hy nog heen en weer voor die kaggel. Toe is daar weer 'n klop aan die deur.

"Wat is dit nou weer?" blaf hy.

Die lakei Pester kom by die deur ingesluip.

"Wat wil jy hê? Gou, uit daarmee. Ek's besig!" spoeg lord Spoegmann.

"Vergewe my, my heer," sê Pester. "Ek het toevallig vroeër verby u deur geloop en kon nie help om te hoor toe u en lord Flapmann en majoor Rommel oor daardie verraaiers in Baronsburg se vergadering gesels het nie."

"O, jy kon nie *help* nie?" sê lord Spoegmann dreigend.

"Ek het gedink ek moet dit vir u sê, my heer: Ek het bewyse dat daar 'n man hier in die Stad-in-die-Stad is wat presies net soos daardie verraaiers in Baronsburg dink," sê Pester. "Hy vra bewyse, nes die slagter en sy vriende. Dit het vir my na verraad geklink toe ek daarvan hoor."

"Maar natuurlik is dit verraad!" skree lord Spoegmann. "Wie waag dit om sulke goed te sê, en dit boonop hier in die skadu van die paleis? Wie van die koning se bediendes waag dit om die koning se woord in twyfel te trek?"

"Wel – wat dit betref –" sê Pester en skuifel met sy voete. "Ek skat dis waardevolle inligting, ek skat –"

"Sê vir my wie dit is!" sis lord Spoegmann en kry die lakei aan die kraag beet. "Dan sal ek besluit of jy 'n beloning verdien! Die man se naam – *Gee vir my sy naam*!"

"Dis D-D-Daniël Duiwendyk!" sê die lakei.

"Duiwendyk – Duiwendyk – Die van klink bekend," sê

lord Spoegmann en laat los die lakei, wat onvas op sy voete is en hom teen 'n tafeltjie moet stut. "Was daar nie so 'n naaldwerkster nie?"

"Ja, dit was sy vrou, my heer. Sy is dood," sê Pester en kom weer regop.

"Ek sien," sê lord Spoegmann stadig. "Hy woon mos in die kothuis daar by die begraafplaas, die een waar daar nooit 'n vlag hang en nêrens in die vensters 'n skildery van die koning is nie. Hoe weet jy dat hy sulke verraderlike uitlatings gemaak het?"

"Ek het toevallig gehoor hoe mevrou Blinkenaar vir 'n kombuisbediende vertel wat hy gesê het," sê Pester.

"Jy hoor duidelik baie dinge *toevallig*, of hoe, Pester?" sê lord Spoegmann en haal geld uit sy onderbaadjie se sak. "Reg. Hier is vir jou tien dukate."

"Hartlike dank, my heer," sê die lakei en buig diep.

"Wag!" roep lord Spoegmann toe Pester wil padgee. "Watse werk doen daardie Duiwendyk?"

Lord Spoegmann wil uitvind of die koning meneer Duiwendyk se dienste sal mis as hy dalk verdwyn.

"Duiwendyk, my heer? Hy is 'n skrynwerker," antwoord Pester en vlug na nóg 'n diep buiging by die deur uit.

"'n Skrynwerker," herhaal lord Spoegmann hardop. "'n *Skrynwerker* –"

En toe die deur agter Pester toegaan, kry lord Spoegmann weer uit die bloute een van sy bose planne. Hy is so ingenome met sy vindingrykheid dat hy aan die rugleuning van die rusbank moet vashou, want hy is skoon lighoofdig.

HOOFSTUK 26

’n Opdrag vir meneer Duiwendyk

Die volgende oggend is Daisy al by die skool en meneer Duiwendyk in sy werkswinkel besig toe majoor Rommel aan die skrynwerker se deur klop. Meneer Duiwendyk ken majoor Rommel as die man wat in sy ou huis woon en die een wat majoor Blinkenaar as bevelvoerder van die koninklike wag vervang het. Die skrynwerker nooi majoor Rommel in, maar hy skud sy kop.

“Die paleis het vir jou ’n dringende opdrag, Duiwendyk,” sê hy. “’n As van die koning se koets het gebreek en hy het dit môre nodig.”

“Al weer?” sê meneer Duiwendyk. “Ek het dit verlede maand nog vir hom reggemaak.”

“Een van die koetsperde het daarteen geskop,” sê majoor Rommel. “Kom jy saam met my?”

“Natuurlik,” sê die skrynwerker, wat nog nooit nee gesê het vir ’n opdrag van die koning nie. Hy sluit sy werkswinkel en volg die majoor deur die Stad-in-die-Stad se sonnige strate. Hulle gesels oor ditjies en datjies totdat hulle by die deel van die koninklike stalle kom waar die koetse gehou word. ’n Halfdosyn soldate staan by die deur rond en almal kyk op toe meneer Duiwendyk saam met die majoor daar aankom. Die een soldaat het ’n leë meelsak in die hand en ’n ander een ’n lang stuk tou.

“Goeiemôre,” groet meneer Duiwendyk.

Hy wil verby hulle loop, maar toe hy hom kom kry, trek

die een soldaat die sak oor sy kop terwyl twee ander sy arms agter sy rug vaspen en sy polse met die tou aan mekaar vasbind. Meneer Duiwendyk is 'n sterk man – hy baklei om los te kom, maar majoor Rommel sis in sy oor:

"Een geluid, en jou dogter gaan daarvoor betaal."

Meneer Duiwendyk hou dadelik sy mond. Hy laat die soldate hom by die paleis inlei, al kan hy nie sien waarheen hulle gaan nie. Maar hy kom gou agter waarheen dit is, want hulle neem hom by twee steil stelle trappe af, en dan by 'n derde een met glibberige klipstene. Toe hy voel hoe koud dit is, vermoed hy dat hy in 'n kerker is, en toe hy 'n ystersleutel in 'n slot hoor draai en 'n traliehek wat oopgemaak word, weet hy vir seker.

Die soldate smyt meneer Duiwendyk op die koue klipvloer neer. Iemand pluk die sak van sy kop af.

Dit is amper pikdonker en meneer Duiwendyk kan skaars enigiets om hom sien. Toe steek 'n soldaat 'n fakkel aan en meneer Duiwendyk sien daar staan 'n blink paar stewels voor hom. Hy kyk op.

Lord Spoegmann kyk met 'n wrede grynslag op sy gesig af na hom.

"Goeiemôre, Duiwendyk," sê lord Spoegmann. "Ek het vir jou 'n werkie. As jy dit ordentlik doen, kan jy daarna terug na jou huis en jou dogter toe gaan. Maar as jy weier om dit te doen – of vrotsige werk doen – gaan jy die meisie nooit weer sien nie. Verstaan ons mekaar?"

Ses soldate en majoor Rommel leun teen die sel se muur, elkeen met 'n swaard in die hand.

"Ja, my heer," sê meneer Duiwendyk met 'n gedempte stem. "Ek verstaan."

"Uitstekend," sê lord Spoegmann. Hy staan opsy en die skrynwerker sien 'n yslike houtblok – deel van 'n afgekapte boom en minstens so groot soos 'n ponie. Langsaan staan 'n tafeltjie met 'n verskeidenheid gereedskap vir skrynwerk.

"Ek wil hê jy moet vir my 'n reusevoet kerf, Duiwendyk,

’n monsteragtige poot met vlymskerp kloue. Bo-aan die poot wil ek ’n lang handvatsel hê sodat ’n man op ’n perd daarmee afdrukke in sagte grond kan maak. Verstaan jy jou opdrag, skrynwerker?”

Meneer Duiwendyk en lord Spoegmann kyk mekaar stip in die oë. Meneer Duiwendyk verstaan natuurlik presies waaroor dit gaan. Hy moet hulle help om ’n vals bewys van die Ickabog se bestaan te gee. Wat die skrynwerker boonop angsbevange maak, is of lord Spoegmann hom ooit sal laat gaan nadat hy die vals monsterpoot klaargemaak het. Hoekom die gevaar loop dat hy wat Duiwendyk is hulle kan verraai?

“Sweer u, my heer,” sê meneer Duiwendyk sag, “*sweer* u dat my dogter niks sal oorkom as ek doen wat u van my vra nie? En dat ek daarna toegelaat sal word om terug na haar en my huis te gaan?”

“Natuurlik, Duiwendyk,” antwoord lord Spoegmann ligweg terwyl hy reeds na die seldeur beweeg. “Hoe gouer jy die opdrag afhandel, hoe gouer sal jy jou dogter weer sien.

“Van nou af gaan ons hierdie gereedskap elke aand by jou kom haal en dit soggens weer vir jou terugbring, want ons kan die gevangenes nie help om hier te ontsnap nie, kan ons? Voorspoed, Duiwendyk, en werk hard. Ek sien uit om daardie poot te sien!”

Majoor Rommel sny die tou waarmee die skrynwerker vasgebind is, los en druk die fakkel wat hy vasgehou het in ’n houer teen die muur. Toe gaan lord Spoegmann, majoor Rommel en die ander soldate by die sel uit. Die traliehek word kletterend toegeklap en ’n sleutel draai in die slot, en meneer Duiwendyk bly alleen met sy beitels en sy kerfmesse by die enorme houtblok agter.

Daisy in die sak.

Mialé Bindemann (12), Hugenote Laerskool

HOOFSTUK 27

Die ontvoering

Die middag ná skool loop en speel Daisy met haar klimtol tot by die huis, waar sy altyd eers by haar pa se werkswinkel inloer om vir hom van haar dag te vertel. Tot haar verbasing sien sy die werkswinkel is gesluit. Daisy dink hy het dié dag vroeër klaar gewerk en reeds huis toe gegaan. Sy hardloop met haar skoolboeke onder haar arm by die voordeur in.

Daisy steek verstom op die drumpel vas. Al die meubels is weg, so ook die prente teen die mure, die matte op die vloere, die lampe, en selfs die stoof.

Sy maak haar mond oop om haar pa te roep, maar op daardie oomblik word 'n sak oor haar gegooi en 'n hand druk haar mond toe. Haar skoolboeke en haar klimtol val een ná die ander op die vloer. Daisy word van haar voete af gepluk en skoppend en bakleiend by die huis uitgedra en agter op 'n wa neergesmyt.

"Een geluid uit jou mond," grom 'n growwe stem in haar oor, "en ons maak jou pa dood."

Daisy, wat pas diep ingeasem het om hard te skree, blaas die lug maar weer stadig uit. Toe voel sy die wa ruk en hoor die gerinkel van 'n harnas en die geklap van hoewe soos hulle begin beweeg. Aan die manier waarop die wa draai, besef Daisy dat hulle by die Stad-in-die-Stad uitry, en uit die geluide van handelaars op die markplein en ander perde lei sy af dat hulle nou deur die buitewyke van Chouxville beweeg. Al was sy nog nooit in haar lewe so bang nie, dwing Daisy haarself om te konsentreer op elke draai, elke geluid en elke reuk om te probeer agterkom waarheen sy geneem word.

Ná 'n ruk klap die perdehoewe nie meer op keistene nie, maar op 'n harde grondpad, en in plaas van Chouxville se suikersoet aromas word sy nou bewus van die groen, kleierige reuke van die platteland.

Die man wat Daisy ontvoer, is 'n groot, growwe lid van die Ickabog-verdedigingsbrigade genaamd manskap Porr. Lord Spoegmann het hom opdrag gegee om "van die Duiwendyk-meisietjie ontslae te raak" en manskap Porr het aangeneem dat die lord bedoel het hy moet haar doodmaak. (Hy was heeltemal reg. Lord Spoegmann het manskap Porr gekies om Daisy dood te maak omdat manskap Porr daarvan hou om sy vuiste te gebruik en blykbaar nie omgee wie in die proses seerkry nie.)

Maar hoe verder manskap Porr deur die platteland ry, verby ruigtes en woude waar hy Daisy maklik kan verwurg en begrawe, hoe meer besef hy dat hy dit nie gaan kan doen nie. Hy het 'n niggie wat omtrent so oud soos Daisy is en oor wie hy baie erg is. Elke keer wanneer hy hom indink hoe hy Daisy verwurg, sien hy in sy gedagtes vir klein Rosy wat om haar lewe pleit. En so draai hy nie af by die smal wapad wat deur die woud lei nie, maar ry verder aan terwyl hy hard probeer dink wat om met Daisy te doen.

Toegewikkel in haar sak ruik Daisy 'n mengsel van Baronsburg se gebraaide wors en Suiwelstad se kaasgeure en wonder na watter een van die twee stede sy geneem word. Haar pa neem haar soms saam wanneer hy kaas en vleis gaan koop. Miskien kan sy ontsnap wanneer haar ontvoerder haar van die wa aftel. Sy sal die pad terug na Chouxville maklik kry, al neem dit ook 'n paar dae. Maar dan dink sy weer aan haar pa. Waar kan hy wees en hoekom het al hulle meubels uit die huis verdwyn? Dan dwing sy haarself weer om te konsentreer op die pad waarlangs die wa ry sodat sy later die pad terug huis toe sal kry.

Maar al spits sy haar ore ook hóé vir die gekletter van die perd se hoewe op die klipbrug oor die Floema, kom die geluid nie want manskap Porr ry verby albei stede. Hy het so pas 'n ingewing gekry oor wat om met Daisy te doen. Daarom ry hy buite om die worsmakers se stad en toe verder noord. Die reuke van vleis en kaas verdwyn geleidelik uit die lug en dit word aand.

Manskap Porr het onthou van 'n ou vrou wat woon aan die buitewyke van Jeroboam, wat sy tuisdorp is. Almal noem die vrou Ma Grommer. Sy neem weeskinders in, want die owerheid betaal haar een dukaat per maand vir elke kind wat by haar woon. Nog nie een seun of meisie het dit al reggekry om uit Ma Grommer se huis weg te kom nie, en dis presies hoekom manskap Porr besluit het om Daisy soontoe te neem. Die laaste ding wat manskap Porr wil hê, is dat Daisy weer in Chouxville opdaag, want lord Spoegmann sal woedend wees dat manskap Porr nie gemaak het soos wat hy aangesê is nie.

Al is Daisy bang en al is dit koud en ongemaklik agter op die wa, word sy aan die slaap gewieg en skrik sy eers 'n rukkie later wakker. Sy hou niks van wat sy nou in die lug ruik nie en besef toe dat dit die reuk van wyn is, die soort wat meneer Duiwendyk af en toe drink. Dit beteken hulle is op pad na Jeroboam, waar sy nog nooit was nie. Sy kan deur die gaatjies in die sak sien dat dit geleidelik dag word. Die wa ry weer rammelend oor keistene en kom ná 'n hele ent tot stilstand.

Daisy probeer weer van die wa afkom, maar manskap Porr kry haar beet voordat sy nog een voet op die grond kan sit. Toe dra hy die worstelende meisie tot by Ma Grommer se voordeur en hamer hard met sy vuis daarteen.

"Ja-ja, ja-ja, ek kom!" klink 'n skril, krakerige stem van binne af op.

Daar is die geluid van talle grendels wat oopgeskuif en kettings wat losgemaak word. Die deur swaai oop en Ma

Grommer kom te voorskyn. Sy leun op 'n kierie met 'n silwer knop, maar Daisy is nog in die sak, so sy kan die ou vrou nie sien nie.

"'n Nuwe kind vir jou, Ma," sê manskap Porr en dra die wriemelende sak in by Ma Grommer se huis, wat na gekookte kool en goedkoop wyn ruik.

Jy dink seker Ma Grommer sal skrik as iemand 'n kind in 'n sak by haar huis indra, maar ander sogenaamde verraaiers se kinders het ook al in haar huis beland. Sy gee nie om wat daartoe gelei het dat 'n kind by haar beland nie; al wat vir haar saak maak, is die een dukaat per maand wat sy betaal word om die kind hier te hou. Hoe meer kinders sy by hierdie bouvallige hool van haar kan instop, hoe meer wyn kan sy bekostig, en dis al wat eintlik vir haar belangrik is. So sy hou haar hand uit en sê met 'n kraakstem: "Toelatingsfooi vyf dukate," want dis wat sy altyd vra wanneer sy sien dat iemand dringend van 'n kind ontslae wil raak.

Manskap Porr kyk haar suur aan, druk vyf dukate in die vrou se hand en loop sonder 'n verdere woord. Ma Grommer klap die deur agter hom toe.

Toe hy terug op die wakis klim, hoor manskap Porr weer die gekletter van kettings en die slotte wat gesluit word. Al moes hy die helfte van sy maandelikse loon opdok, is manskap Porr bly dat hy nou van die probleem van Daisy Duiwendyk ontslae is, en hy ry so vinnig as wat hy kan terug na die hoofstad.

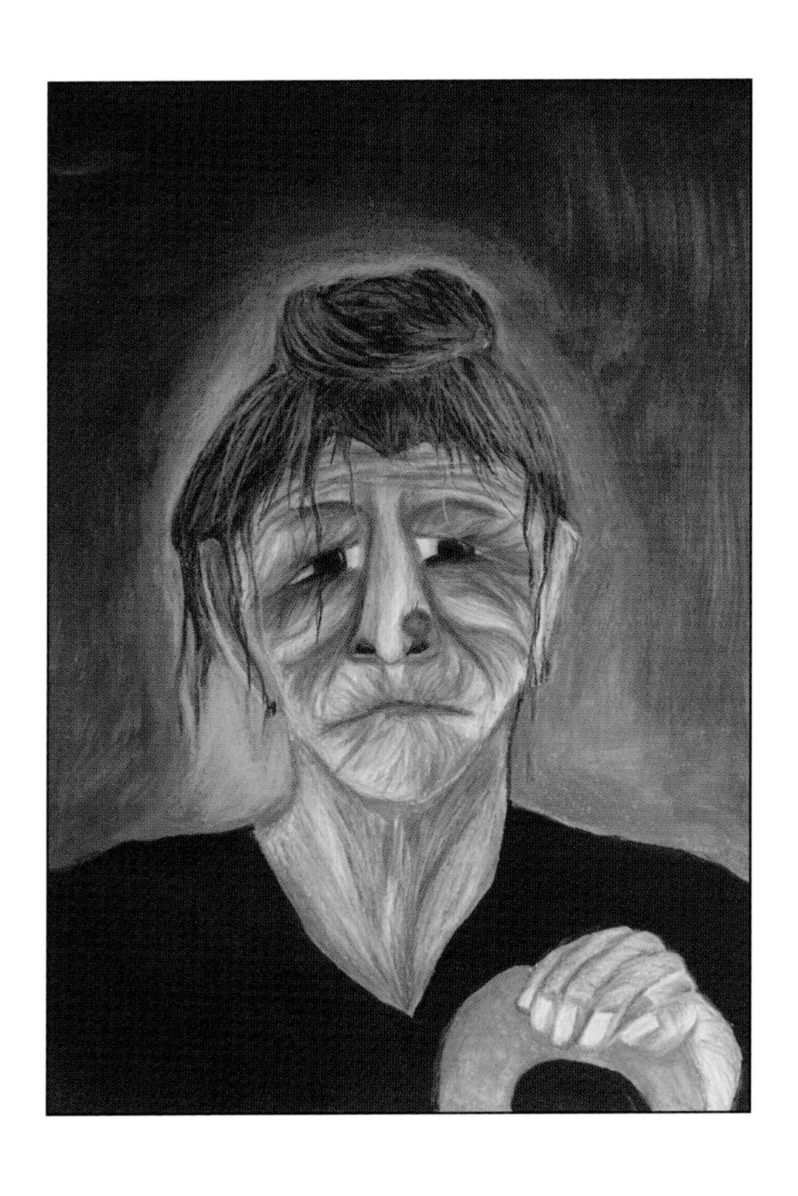

Ma Grommer.

Tehilla Annah Meyer (12)

HOOFSTUK 28

Ma Grommer

Toe Ma Grommer seker gemaak het dat die deur ordentlik gegrendel en gesluit is, pluk sy die sak van die nuweling af.

Die skielike lig is eers verblindend, maar dan sien Daisy sy staan in 'n smal en taamlike vuil gang, en kyk vas in die gesig van 'n afskuwelik lelike ou vrou wat pikswart aangetrek is. Op die punt van haar neus is 'n groot bruin vrat waaruit 'n bossie hare groei.

"Paul!" skree die ou vrou skril terwyl haar oë streng op Daisy bly. 'n Seun wat baie groter en ouer as Daisy is en 'n bot, suur gesig het, kom skuifelend in die gang af terwyl hy sy kneukels kraak. "Gaan sê dadelik vir die Paulas daar bo hulle moet nog 'n matras by hulle kamer indra."

"Een van die klein peste kan dit doen," grom Paul. "Ek het nog nie ontbyt gehad nie."

Skielik slaan Ma Grommer met haar swaar kierie met die silwer knop na die seun se kop. Daisy is seker sy gaan die seun se skedel hoor kraak, maar hy koes rats vir die silwer knop, asof hy al baie oefening hiermee gehad het. Hy kraak sy kneukels weer en brom befoeterd: "Ja, toemaar, ja, toemaar." Toe verdwyn hy by die lendelam trap op.

"Wat's jou naam?" vra Ma Grommer, wat weer na Daisy toe draai.

"Daisy," sê Daisy.

"Nee, dis nie jou naam nie," sê Ma Grommer. "Jou naam is Paula."

Daisy sal binnekort uitvind dat Ma Grommer dit met al die kinders doen wanneer hulle by haar aankom. Al die meisies word Paula gedoop, en al die seuns word Paul genoem. Die manier waarop elke kind op die nuwe naam reageer, wys vir Ma Grommer hoe moeilik dit gaan wees om daardie kind se gees te knak.

Klein kindertjies aanvaar gewoonlik dadelik dat hulle van nou af Paul of Paula gaan heet, en vergeet gou wat hulle name voorheen was. Kinders wat huisloos is of verdwaal het, besef vinnig dat hulle nuwe naam die prys is wat hulle vir 'n dak oor die kop moet betaal, en aanvaar dit dan vinnig.

Maar af en toe kry Ma Grommer te doen met 'n kind wat die nuwe naam nie sonder teenstand gaan aanvaar nie, en sy weet al voordat Daisy haar mond oopgemaak het dat hierdie meisie een van hulle is. Die nuweling lyk vermakerig en trots, en al is sy hoe skraal, lyk sy sterk terwyl sy in haar oorbroek en met gebalde vuiste daar staan.

"My naam," sê Daisy, "is Daisy Duiwendyk. Ek is na my ma se gunstelingblom vernoem."

"Jou ma is dood," sê Ma Grommer, want sy sê altyd vir die kinders wat in haar sorg is dat hulle ouers dood is. Dis beter dat die arme drommels nie dink daar is iemand na wie toe hulle kan weghardloop nie.

"Dit is reg, ja," sê Daisy en haar hart hamer hard teen haar borskas. "My ma *is* dood."

"En jou pa ook," sê Ma Grommer.

Dis asof die aaklige ou vrou voor Daisy se oë swem. Sy het gister by die skool laas iets geëet, en die lang ure vol vrees agter op manskap Porr se wa was uitputtend. Nogtans sê sy met 'n koue, helder stem: "My pa lewe nog. Ek is Daisy Duiwendyk en my pa bly in Chouxville."

Sy moet glo dat hy nog daar is. Sy kan haarself nie toelaat om daaraan te twyfel nie, want as haar pa dood is, sal alle lig uit die wêreld verdwyn, vir ewig.

"Nee, jy's verkeerd," sê Ma Grommer en lig haar kierie. "Jou pa is so dood soos 'n mossie en jou naam is Paula."

"My naam –" begin Daisy, maar met 'n skielike swiesj mik Ma Grommer met haar kierie na Daisy se kop. Daisy koes soos wat sy die groot seun sien doen het, maar die kierie swaai weer, en hierdie keer tref dit Daisy pynlik op die oor en gooi haar van balans af.

"Kom ons probeer weer," sê Ma Grommer. "Herhaal agter my aan: 'My pa is dood en my naam is Paula.'"

"Ek gaan dit nie sê nie!" skree Daisy, en voor die kierie weer kan swaai, glip sy onder Ma Grommer se arm deur en hardloop dieper die huis in in die hoop dat die agterdeur nie ook gegrendel is nie. In die kombuis sien sy twee bleek, verskrikte kinders, 'n seun en 'n meisie wat 'n vuil groen vloeistof in bakkies skep, en 'n deur met net soveel kettings en slotte as die ander een. Daisy swaai om en hardloop weer by die gang af, systap Ma Grommer en haar kierie, en storm by die trap op tot bo waar bleek kinders beddens met verslete ou lakens en komberse opmaak. Sy kan hoor hoe Ma Grommer agter haar aan by die trap opkom.

"Sê dit," beveel Ma Grommer hees. "Sê 'My pa is dood en my naam is Paula'."

"My pa lewe en my naam is Daisy!" skree Daisy en sien 'n luik in die plafon wat sy raai na 'n solder toe lei. Sy gryp 'n verestoffer uit 'n bang meisie se hand en druk die luik oop. 'n Touleer val ondertoe, en Daisy klouter vinnig tot bo en trek die leer saam met haar op sodat Ma Grommer nie met haar kierie by haar kan uitkom nie. Sy hoor hoe die ou vrou agter haar lag en 'n seun beveel om wag te staan en seker te maak dat Daisy nie by die luik uitkom nie.

Daisy sal later ontdek dat die kinders vir mekaar ekstra name gee sodat hulle weet met watter Paul of Paula hulle praat. Die groot seun staan nou onderkant die luik en wag. Sy bynaam is Paul Boelie omdat hy die kleiner kinders so afknou. Hy is Ma Grommer se regterhand en roep nou op na Daisy toe en sê dat kinders al van die honger in die solder dood is en dat sy hulle geraamtes sal sien as sy soek.

Die solder se plafon is so laag dat Daisy moet hurk. Dit is ook baie vuil, maar daar is 'n klein opening in die dak, waardeur 'n skrefie sonlig val. Daisy sukkel tot daar en druk haar oog teen die opening. Nou kan sy die buitelyne van Jeroboam sien. Anders as Chouxville, waar die meeste geboue suikerwit is, is hierdie stad met donkergrys stene gebou. Twee mans loop slingerend straat langs en sing 'n gewilde drinkliedjie:

"Ná een bottel is die Ickabog 'n kietsie,
ná twee bottels groei hy so 'n ietsie-bietsie,
ná drie bottels grom hy so dat ek wil piepie.
Kom red my gou, want ek is nou in my peetjie!"

Daisy sit vir 'n hele uur met haar oog so vasgedruk teen die loergat totdat Ma Grommer hard met haar kierie teen die luik kap.

"Wat is jou naam?"

"Daisy Duiwendyk!" bulder Daisy.

Elke uur daarna kom dieselfde vraag, en die antwoord bly dieselfde.

Maar soos die ure verbysleep, begin Daisy duiselig van die honger raak. Elke keer wanneer sy "Daisy Duiwendyk!" terug na Ma Grommer skree, is haar stem swakker. Sy sien uiteindelik deur haar loergat in die solder dat dit donker word. Sy is baie dors en besef nou as sy aanhou weier om te sê dat haar naam Paula is, daar dalk regtig 'n geraamte op die solder sal wees waarmee Paul Boelie die ander kinders kan bang maak.

So, toe Ma Grommer die volgende keer met haar kierie teen die luik kap en vra wat Daisy se naam is, antwoord sy: "Paula."

"En lewe jou pa nog?" vra Ma Grommer.

Daisy kruis haar vingers en sê:

"Nee."

"Mooi so," sê Ma Grommer en trek die luik oop sodat die leer ondertoe val. "Kom af, Paula."

Toe Daisy langs haar staan, gee die ou vrou haar 'n oorveeg. "Vat so, jou mislike, vieslike, peslike liegbek. Gaan drink jou sop, was die bakkie en klim in die bed."

Daisy slurp 'n baie klein bakkie koolsop binne 'n paar slukke op, al is dit die slegste ding wat sy nog ooit geëet het, was die bakkie in Ma Grommer se olierige emmer skottelgoedwater en gaan boontoe. Daar is 'n ekstra matras op die vloer in die meisies se slaapkamer en dis so ysig koud dat sy met al haar klere aan onder die dun laken en kombers inkruip.

Skielik kyk Daisy vas in die vriendelike blou oë en uitgeteerde gesig van 'n meisie wat so oud soos sy is.

"Jy het baie langer as die meeste kinders uitgehou," fluister die meisie. Sy praat met 'n aksent wat Daisy nog nooit vantevore gehoor het nie. Daisy sal later uitvind dat die meisie 'n Moeraslander is.

"Wat's jou naam?" fluister Daisy. "Jou *regte* naam?"

Die meisie kyk na Daisy met yslike groot oë wat soos vergeet-my-nietjies lyk.

"Ons mag nie sê nie."

"Ek belowe ek sal stilbly," fluister Daisy.

Die meisie staar haar stil aan. Net toe Daisy dink sy gaan nie antwoord nie, fluister die meisie:

"Marta."

"Aangename kennis, Marta," fluister Daisy. "Ek's Daisy Duiwendyk en my pa lewe nog."

HOOFSTUK 29

Mevrou Blinkenaar raak bekommerd

In Chouxville het lord Spoegmann seker gemaak dat die storie versprei dat die Duiwendyk-gesin hulle huis opgepak en na die buurland Pluritanië getrek het. Daisy se onderwyser het dit vir haar klasmaats vertel, en Pester die lakei het al die bediendes in die kasteel in kennis gestel.

Toe Bert daardie dag ná skool by die huis kom, gaan lê hy op sy bed en staar na die plafon. Hy dink terug aan die dae toe hy 'n klein, plomp seuntjie was wat die ander kinders "Botterbal" genoem het, en hoe Daisy altyd vir hom opgekom het. Hy onthou hoe hulle lank gelede in die paleis se binnehof baklei het, en Daisy se verjaardag en die uitdrukking op haar gesig toe hy haar Hemelhartjies uit haar hand gestamp het.

Daarna dink Bert aan hoe hy deesdae pouses deurbring. Aan die begin het hy daarvan gehou om vriende met Rod Rommel te wees, want Rod het hom altyd geboelie en hy was bly dit het opgehou, maar Bert geniet nie werklik dieselfde dinge as Rod nie, soos om straatbrakke met ketties te skiet. Om die waarheid te sê, hoe meer hy onthou hoeveel pret hy en Daisy saam gehad het, hoe meer dink hy aan hoe seer sy gesig aan die einde van die dag is van vals glimlag vir Rod, en hoe meer berou Bert dit dat hy nooit probeer het om sake tussen hom en Daisy weer reg te stel nie. Maar dis nou te laat. Daisy is vir ewig weg.

Terwyl Bert op sy bed lê, sit mevrou Blinkenaar alleen

in die kombuis. Sy voel amper net so sleg soos haar seun. Vandat sy dit gedoen het, berou mevrou Blinkenaar dit dat sy vir die kombuisbediende vertel het dat meneer Duiwendyk gesê het dat die Ickabog nie bestaan nie. Sy was so kwaad dat haar skoolvriend kon dink dat haar man van sy perd afgeval het dat sy nie besef het dat sy hom van verraad aankla nie, totdat die woorde klaar by haar mond uitgekom het. Sy wou haar getroue ou vriend regtig nie in die moeilikheid laat beland nie en het by die bediende gepleit om te vergeet wat sy gesê het, en Mabel het belowe dat sy sou.

Mevrou Blinkenaar het verlig omgedraai om 'n groot baksel Dagdroompies uit die oond te haal toe sy die lakei, Pester, stil in die hoek sien staan het. Almal in die paleis weet Pester luister mense skelm af en verklik hulle dan. Hy het 'n manier om geruisloos by 'n vertrek in te sluip en ongemerk by sleutelgate in te loer. Mevrou Blinkenaar kon dit nie waag om vir Pester te vra hoe lank hy al daar staan nie, maar noudat sy alleen by haar eie kombuistafel sit, pak 'n verskriklike vrees haar beet. Het Pester vir lord Spoegmann van meneer Duiwendyk se verraad gaan vertel? Is dit moontlik dat meneer Duiwendyk nie in Pluritanië is nie, maar in die tronk?

Sy word ál banger, en uiteindelik roep mevrou Blinkenaar na Bert in sy kamer, lig hom in dat sy 'n entjie gaan stap en loop vinnig by die huis uit.

Daar speel nog kinders in die straat, en mevrou Blinkenaar vleg tussen hulle deur totdat sy by die klein kothuis kom. Die vensters is donker en die werkswinkel is gesluit, maar toe mevrou Blinkenaar sag teen die voordeur druk, gaan dit oop.

Al die meubels is weg, selfs die prente teen die mure. Mevrou Blinkenaar slaak 'n lang, stadige sug van verligting. As hulle meneer Duiwendyk in die tronk gegooi het, sou hulle nie sy meubels saam met hom opgesluit het nie. Dit lyk regtig asof hy alles opgepak het en saam met Daisy weg is Pluritanië toe. Mevrou Blinkenaar voel effens meer gerus terwyl sy deur die Stad-in-die-Stad terug huis toe stap.

'n Paar meisietjies spring tou in die straat en sê 'n rympie op wat oral in die koninkryk op speelgronde weerklink:

"Die Ickabog, die Ickabog gaan jou vang as jy ophou,
die Ickabog, die Ickabog gaan jou gryp en jou fyn kou!
So hou aan om te spring, al voel jy ook hoe moeg en hoe flou,
of die Ickabog vang vir jou soos vir majoor –"

Een van die meisies wat die tou swaai, sien mevrou Blinkenaar en gee 'n gil. Die ander meisies draai ook om en toe hulle die fyngebaksjef sien, word almal rooi in die gesig. Nog een gil verskrik en 'n ander een bars in trane uit.

"Toemaar, meisies, dis als reg," sê mevrou Blinkenaar en probeer glimlag. "Dit maak nie saak nie."

Die kinders bly doodstil staan terwyl sy verby hulle loop, totdat mevrou Blinkenaar skielik omdraai en weer na een van die meisies kyk.

"Waar," vra mevrou Blinkenaar, "het jy daardie rok gekry?"

Die meisie kyk af en toe weer op na mevrou Blinkenaar.

"My pappa het dit vir my gegee," sê die meisie. "Gister toe hy van die werk af kom. En hy het vir my broer 'n klimtol gegee."

Mevrou Blinkenaar staar vir 'n paar oomblikke na die rok, en toe draai sy stadig om en stap huis toe. Sy sê vir haarself sy moet verkeerd wees, maar sy is seker dat sy Daisy Duiwendyk 'n pragtige rokkie presies soos daardie een gesien dra het – sonskyngeel met madeliefies om die nek en onderaan die moue – destyds toe haar ma nog gelewe en al Daisy se klere gemaak het.

HOOFSTUK 30

Die poot

'n Maand het verbygegaan. Diep onder in die kerker het meneer Duiwendyk koorsagtig gewerk. Hy moes die monsteragtige poot klaarmaak sodat hy Daisy weer kon sien. Hy het homself gedwing om te glo dat lord Spoegmann woord sal hou en hom by die kerker gaan uitlaat wanneer sy opdrag voltooi is, selfs al het 'n stem in sy kop aanhoudend gesê: *Hulle gaan jou nooit hierna vrylaat nie. Nooit nie.*

Om die vrees te verdryf, het meneer Duiwendyk die volkslied oor en oor begin sing:

"Kornukopiëëëëëëë, alle lof aan koning Fred!
Kornukopiëëëëëëë, hy is die een wat ons red!"

Sy aanhoudende gesing het die ander gevangenes selfs nog meer bewus gemaak van die geluid van sy beitel en hamer. Kaptein Goedaard, wat teen daardie tyd al uitgeteer was en sleg gelyk het, het hom gesmeek om op te hou, maar meneer Duiwendyk het hom geïgnoreer. Hy het vasgeklou aan die idee dat hy net moes aanhou bewys dat hy 'n lojale onderdaan van die koning is, dan sou lord Spoegmann hom dalk as minder gevaarlik beskou en hom vrylaat. Só het die skrynwerker se sel steeds weerklink van die gekap en geskuur van sy gereedskap en die volkslied, en stadig maar seker het 'n monsteragtige poot met 'n lang handvatsel boaan, sodat 'n man op 'n perd diep afdrukke in sagte grond daarmee kon maak, vorm begin aanneem.

Die houtpoot was uiteindelik klaar en lord Spoegmann,

lord Flapmann en majoor Rommel het dit onder in die kerker kom inspekteer.

"Ja," sê lord Spoegmann uiteindelik nadat hy die poot van alle kante bekyk het. "Uitstekend. Wat dink jy, Rommel?"

"Ek dink dit sal perfek werk, my heer," antwoord die majoor.

"Knap gedaan, Duiwendyk," sê lord Spoegmann vir die skrynwerker. "Ek sal die bewaarder aansê om vanaand vir jou ekstra kos te gee."

"Maar u het dan gesê ek sal vrygelaat word wanneer ek klaar is," sê meneer Duiwendyk en val bleek en uitgeput op sy knieë neer. "Asseblief, my heer. Asseblief. Ek moet my dogter sien – *Asseblief*."

Meneer Duiwendyk steek sy hand na lord Spoegmann s'n uit, maar lord Spoegmann ruk syne weg.

"Moenie aan my raak nie, verraaier. Jy behoort dankbaar te wees dat ek jou nie laat doodmaak het nie. Ek mag dit dalk nog doen, as hierdie poot nie goed genoeg werk nie – dus, as ek jy was, sou ek bid dat my plan gaan slaag."

Bloed en hoendervere.

Petri de Villiers (8), Laerskool Voorpos

HOOFSTUK 31

’n Slagter verdwyn

Daardie selfde nag nog ry ’n groep ruiters in swart klere in die pikdonker by Chouxville uit, met majoor Rommel vooraan. Agter op die wa wat deel van die groep uitmaak, lê die reusagtige houtpoot met gekerfde skubbe en lang, skerp kloue onder ’n groot sak weggesteek.

Hulle kom uiteindelik in die buitewyke van Baronsburg aan. Die ruiters – lede van die Ickabog-verdedigingsbrigade wat lord Spoegmann spesiaal vir hierdie opdrag gekies het – klim nou van hulle perde af en bind die diere se hoewe met sakke toe om die geluide te demp en nie duidelike spore agter te laat nie. Hulle lig die reusepoot van die wa af, klim weer op hulle perde en dra dit tussen hulle tot by die slagter Vaatjie Filett en sy vrou se huis, wat gelukkig ’n hele entjie van die naaste bure af is.

’n Hele paar van die soldate bind hulle perde nou vas, stap tot by Vaatjie se agterdeur en stamp dit oop terwyl die ander met die reusepoot spore in die modder by sy agterhek maak.

Vyf minute nadat die soldate hier aangekom het, dra hulle Vaatjie en sy vrou, wat nie kinders het nie, vasgebind en geblinddoek by hulle huis uit en smyt hulle agter op die wa. Ek kan maar net sowel nou al vir jou sê dat Vaatjie en sy vrou doodgemaak en in die bosse begrawe gaan word, presies net soos manskap Porr veronderstel was om van Daisy ontslae te raak. Lord Spoegmann het net mense laat lewe wat hy nog kon gebruik: Meneer Duiwendyk sou steeds van nut wees as die Ickabog-poot beskadig word en reggemaak moet word, en kaptein Goedaard en sy makkers sou van nut wees ingeval hulle weer buitentoe gesleep moes word om hulle leuens oor die Ickabog te herhaal. Lord Spoegmann was seker hy sou nie 'n verraderlike worsmaker nodig kry nie, daarom het hy opdrag gegee dat hy vermoor moes word. Aan mevrou Filett het hy skaars twee keer gedink, maar ek wil hê jy moet weet dat sy 'n baie liewe mens was wat al haar vriende se kinders opgepas het en in die plaaslike koor gesing het.

Nadat die Filette by die huis uitgedra is, gaan 'n paar van die oorblywende soldate by die huis in en breek die meubels asof 'n reusedierasie dit verwoes het, terwyl die res van die manne die agterste heining vernietig en met die reusepoot spore rondom Vaatjie se hoenderhok maak sodat dit moet lyk asof die monster die hoenders aangeval het. Een van die soldate trek selfs sy stewels en sokkies uit en los kaalvoetspore in die sagte grond asof Vaatjie by die huis uitgehardloop het om sy hoenders te beskerm. Daarna sny dieselfde man een van die hoenders se kop af en maak seker dat daar baie bloed en vere rondlê voordat hy die kant van die hoenderhok oopbreek sodat die res van die hoenders kan ontsnap.

Nadat die soldate oral in die modder buitekant Vaatjie se huis reusespore gelos het om dit te laat lyk asof die monster die bosse in weggehardloop het, tel hulle meneer Duiwendyk se poot terug op die wa en sit dit neer langs die slagter en sy vrou, op wie daar 'n afgryslike dood wag, klim op hulle perde en verdwyn die nag in.

HOOFSTUK 32

’n Swak plek in die plan

Toe meneer en mevrou Filett se bure die volgende dag wakker geword en hoenders oral in die pad sien rondloop het, het hulle na Vaatjie-hulle toe gehardloop om vir hulle te sê dat die hoenders ontsnap het. Jy kan dink hoe groot die bure geskrik het toe hulle afkom op die reusespore, die bloed en die vere, die oopgebreekte agterdeur en nêrens ’n teken van die man of sy vrou nie.

Binne ’n uur het daar ’n yslike skare om Vaatjie se leë huis gestaan. Almal het met afgryse na die monsteragtige pootspore en die verwoeste deur en meubels gestaar. Paniek het oor die mense toegesak en binne ’n paar uur het die nuus van die Ickabog se aanval op ’n slagter van Baronsburg se huis na die noorde, suide, ooste en weste versprei. Stadsroepers het die klokke op die pleine gelui en ’n paar dae later sou slegs die Moeraslanders onbewus daarvan wees dat die Ickabog oornag na die suide weggeglip en twee mense ontvoer het.

Lord Spoegmann se spioen in Baronsburg, wat heeldag met die mense gemeng het om hulle reaksies te sien, het vir sy meester laat weet dat sy plan briljant gewerk het. Maar teen laatnag, net toe die spioen na die taverne toe wil wegglip om die sukses met ’n worsrolletjie en beker bier te vier, sien hy ’n groep mans wat onder mekaar fluister terwyl hulle een van die Ickabog se reusespore bekyk. Die spioen stap nader.

“Dis skrikwekkend, nè?” sê die spioen vir hulle. “Sulke geweldige pote! En sulke lang naels!”

Maar toe kom een van Vaatjie se bure regop en frons.

"Die ding hop," sê hy.

"Ekskuus?" sê die spioen.

"Hy *hop*," herhaal die buurman. "Kyk. Dis elke keer dieselfde linkerpoot. Dit beteken die Ickabog hop of –"

Die man maak nie sy sin klaar nie, maar die uitdrukking op sy gesig maak die spioen bekommerd. In plaas van taverne toe gaan, spring hy op sy perd en jaag na die paleis.

Koning Fred is bekommerd.

Alouise Vosloo (12)

HOOFSTUK 33

Koning Fred is bekommerd

Salig onbewus van hierdie nuwe verwikkeling wat hulle plan bedreig, geniet lord Spoegmann en lord Flapmann intussen soos altyd 'n heerlike laataandmaaltyd saam met die koning. Koning Fred is baie bekommerd oor die Ickabog se aanval op Baronsburg, want dit beteken dat die monster dit nou nader as ooit aan die paleis waag.

"Hoe afgryslik," sê lord Flapmann en skep vir hom nóg 'n groot stuk bloedwors in.

"Absoluut skokkend, ja," sê lord Spoegmann terwyl hy vir hom nog 'n stukkie van die gebraaide fisant afsny.

"Wat ek nie kan verstaan nie," sê koning Fred wroegend, "is hoe hy deur die versperring kon glip!"

Daar is natuurlik vir die koning gesê dat 'n afdeling van die Ickabog-verdedigingsbrigade permanent om die rand van die moeras gestasioneer is om te keer dat die Ickabog na die res van die land ontsnap. Lord Spoegmann het verwag dat koning Fred dit gaan opper en het sy antwoord gereed.

"Dit spyt my om u in kennis te stel dat twee van ons soldate aan die slaap geraak het, U Majesteit. Die Ickabog het hulle onverhoeds gevang en heelhuids verslind."

"Die hemel behoed ons!" snak koning Fred verskrik.

"En daarna," gaan lord Spoegmann verder, "het die monster suidwaarts beweeg. Ons vermoed dit was die vleisreuk wat hom na Baronsburg gelok het. Terwyl hy daar was, het hy etlike hoenders opgevreet, en natuurlik ook die slagter en sy vrou."

"Grusaam, grusaam," sê koning Fred met 'n rilling en stoot sy bord weg. "En toe? Het die ondier net weer die nag in verdwyn, terug na die moeras?"

"Dis wat ons spoorsnyers laat weet het," sê lord Spoegmann, "maar noudat die monster 'n slagter vol Baronsburgwors geproe het, moet ons daarop voorbereid wees dat hy gereeld deur die linie soldate sal probeer breek – en daarom dink ek dat ons die aantal manne wat daar gestasioneer is, moet verdubbel, U Hoogheid. Dit sal tot my innige spyt beteken dat die Ickabog-belasting verdubbel moet word."

Gelukkig vir die lords is koning Fred se aandag op lord Spoegmann gevestig, daarom sien hy nie hoe lord Flapmann grinnik nie.

"Ja – ek veronderstel dit maak sin," sê die koning.

Hy staan op en begin rusteloos heen en weer deur die eetsaal loop. Die lamplig laat sy kostuum, wat van hemelblou sy gemaak is en seegroen knope het, pragtig skitter. Koning Fred steek 'n oomblik voor die spieël vas om homself te bewonder, en toe kry hy 'n troebel uitdrukking.

"Spoegmann," sê hy, "die mense *hou* mos nog van my, of hoe?"

"Hoe kan U Majesteit so iets vra?" snak lord Spoegmann geskok. "U is die mees geliefde koning in die geskiedenis van Kornukopië!"

"Dis net – toe ek gister ná ons jagtog terugry, kon ek nie help om te dink dat die mense nie so bly soos gewoonlik lyk om my te sien nie," sê koning Fred. "Hulle het skaars gejuig, en daar was slegs een vlag."

"Gee vir my hulle name en adresse," sê lord Flapmann terwyl hy aan 'n mond vol bloedwors kou en in sy sakke na 'n potlood soek.

"Ek weet nie wat hulle name of adresse is nie, Flapmann," sê koning Fred, wat nou met 'n tosseltjie aan die gordyne speel. "Hulle was net mense wat verbygestap het. Maar dit het my nogal taamlik ontstel, en toe ek terug by die paleis kom, het ek verneem dat die Dag van Versoeke gekanselleer is."

"O ja," sê lord Spoegmann, "ek wou dit nog vir U Majesteit verduidelik het –"

"Dis nie nodig nie," sê koning Fred. "Lady Eslander het reeds met my daaroor gesels."

"*Wat?!*" sis lord Spoegmann en gluur na lord Flapmann. Hy het vir sy vriend streng instruksies gegee om lady Eslander nie naby die koning te laat kom nie, want hy was bang dat sy hom sou probeer beïnvloed. Lord Flapmann kry 'n suur uitdrukking en trek sy skouers op. Lord Spoegmann kan nie van hom verwag om elke oomblik van die dag aan die koning se sy te bly nie. 'n Man moet darem af en toe badkamer toe ook gaan.

"Lady Eslander het vir my gesê dat die mense kla dat die Ickabog-belasting te hoog is. Sy't gesê dat daar gerugte loop dat daar glad nie enige troepe in die noorde gestasioneer is nie!"

"Dis absolute bog!" sê lord Spoegmann, al is dit in werklikheid waar dat daar al hoe meer klagtes oor die Ickabog-belasting kom, wat is hoekom hy die Dag van Versoeke gekanselleer het. Die laaste ding wat hy wil hê, is dat koning Fred moet hoor dat hy nie meer so gewild is nie. Hy kan dit dalk in sy kop kry om die belasting minder te maak of, selfs erger, om mense te stuur om ondersoek te gaan instel na die kastige kamp in die noorde.

"Daar is natuurlik tye wanneer die twee regimente mekaar aflos," sê lord Spoegmann terwyl hy in sy agterkop besluit om wel nou soldate by die moeras te stasioneer sodat die mense moet ophou om vrae te vra. "Miskien het 'n onnosel Moeraslander 'n regiment gesien wegry en toe gedink dat daar niemand by die moeras is nie – Hoekom *verdriedubbel* ons nie sommer die Ickabog-belasting nie, U

Hoogheid?" vra lord Spoegmann, want hy is vasberade om die klakouse 'n les te leer. "Die feit is, die monster *het* gisteraand deurgeglip hierheen! Dus moet ons selfs méér manne by die moeras laat wagstaan om almal gelukkig en veilig te hou."

"Ja," sê koning Fred ongemaklik. "Ja, dit maak sin. As die monster binne een nag vier mense en 'n spul hoenders kon doodmaak, dan –"

Op hierdie oomblik kom die lakei Pester by die eetsaal in en buig laag. Toe fluister hy in lord Spoegmann se oor dat sy spioen in Baronsburg pas met dringende nuus uit die worsmaakstad by die paleis aangekom het.

"U Majesteit," spin lord Spoegmann met sy gladde mond, "u moet my ongelukkig verskoon. Dis niks om u oor te kwel nie! Net 'n effense probleempie met my, eh, perd."

HOOFSTUK 34

Nóg drie pote

"Bewaar jou siel as jy my tyd kom mors!" sis lord Spoegmann vyf minute later toe hy instap by die blou saal, waar die spioen wag.

"My – heer," sê die man uitasem, "hulle sê – die monster – hop."

"*Wat* sê hulle?"

"Hop, my heer – *hop!*" hyg hy. "Hulle sê – al die spore – is van – dieselfde – linkerpoot!"

Lord Spoegmann is spraakloos. Hy het nooit daaraan gedink dat die boere slim genoeg sou wees om so iets agter te kom nie. Dit was nog nooit in sy lewe vir hom nodig om na 'n dier om te sien nie, selfs nie na sy eie perd nie, en daarom het dit nog nooit by hom opgekom dat 'n dier se pote nie identiese spore in die grond sal agterlaat nie.

"Moet ek aan alles dink?" brul lord Spoegmann. Hy storm by die saal uit en af na die wagte se kamer, waar majoor Rommel saam met 'n paar vriende wyn drink en kaartspeel. Die majoor spring op sy voete toe hy sien lord Spoegmann wink hom buitentoe.

"Rommel, ek wil hê jy moet die Ickabog-verdedigingsbrigade onmiddellik mobiliseer," brom lord Spoegmann binnensmonds vir die majoor. "Ry noord en maak seker dat julle oral gehoor en gesien word. Ek wil hê almal van Chouxville tot Jeroboam moet weet waarheen julle op pad is. En wanneer julle daar bo kom, moet julle ontplooi en wagte reg rondom die moeras opstel."

"Maar –" begin majoor Rommel, wat al gewoond is

aan 'n lewe van gemak en oorvloed by die paleis, met slegs nou en dan 'n rit in volle uniform deur die strate van Chouxville.

"G'n gemaars nie, maak soos ek sê!" blaf lord Spoegmann. "Daar loop gerugte dat niemand in die noorde gestasioneer is nie! Gaan nou en maak seker julle maak soveel as moontlik mense langs die pad wakker – maar los twee manne hier vir my. Net twee. Ek het vir hulle 'n ander takie."

Majoor Rommel loop dikbek weg om sy troepe te gaan mobiliseer, en lord Spoegmann stap alleen af na die kerker.

Die eerste ding wat hy hoor, is meneer Duiwendyk wat steeds die volkslied sing.

"Bly stil!" bulder lord Spoegmann, trek sy swaard en beduie vir die bewaarder om hom by meneer Duiwendyk in te laat.

Die skrynwerker lyk heeltemal anders as die vorige keer toe lord Spoegmann hom gesien het. Vandat hy gehoor het dat hy nie by die kerker uitgelaat gaan word om vir Daisy te sien nie, het daar 'n wilde kyk in meneer Duiwendyk se oë gekom. Hy het natuurlik ook weke laas geskeer, en sy hare is nou lank.

"Ek het gesê, bly stil!" blaf lord Spoegmann, want die skrynwerker, wat homself blykbaar nie kan inhou nie, neurie steeds die volkslied. "Ek het nog drie pote nodig, hoor jy my? Nog 'n linkerpoot, en twee regterpote. Verstaan jy my, skrynwerker?"

Meneer Duiwendyk hou op neurie.

"As ek dit doen, sal u my vrylaat om na my dogter toe te gaan, my heer?" vra hy met 'n skor stem.

Lord Spoegmann glimlag. Dis vir hom duidelik dat die man besig is om stadigaan mal te raak, want net 'n mal man kan dink dat hy vrygelaat sal word nadat hy nóg drie Ickabog-pote gemaak het.

"Natuurlik sal ek," sê lord Spoegmann. "Ek sal sorg dat

die hout môreoggend met dagbreek vir jou afgelewer word. Werk hard, skrynwerker. Wanneer jy klaar is, sal ek jou vrylaat om weer by jou dogter te kan wees."

Toe lord Spoegmann by die kerker uitkom, wag daar twee soldate vir hom, net soos hy versoek het. Lord Spoegmann lei hierdie manne op na sy private kamers, maak seker dat Pester die lakei nie iewers in die skaduwees skuil nie, sluit die deur en draai na die manne toe om vir hulle instruksies te gee.

"As julle hierdie opdrag suksesvol afhandel, wag daar vir julle elkeen vyftig dukate," sê hy, en die soldate lyk opgewonde.

"Julle moet lady Eslander agtervolg, dag en nag, verstaan julle my? Sy moenie weet julle agtervolg haar nie. Wag geduldig vir 'n oomblik wanneer sy heeltemal alleen is sodat julle haar kan ontvoer sonder dat iemand iets hoor of sien. As sy ontsnap, of as julle gesien word, sal ek ontken dat ek vir julle hierdie opdrag gegee het en julle die doodstraf oplê."

"Wat doen ons met haar wanneer ons haar het?" vra een van die soldate, wat nie meer opgewonde lyk nie, maar baie bang.

"H'm," sê lord Spoegmann en draai weg om by die venster uit te kyk terwyl hy besluit wat die beste raad met lady Eslander sal wees. "'n Dame aan die hof is nie dieselfde as 'n slagter nie. Die Ickabog kan nie by die paleis inkom en haar opvreet nie – Nee, ek dink dit sal die beste wees," sê lord Spoegmann terwyl 'n glimlag stadig oor sy slinkse gesig kruip, "as julle haar na my landgoed op die platteland neem. Laat weet my wanneer sy daar is, dan sal ek by julle aansluit."

HOOFSTUK 35

Lord Spoegmann se aanbod

'n Paar dae later het lady Eslander alleen in die paleis se roostuin gestap, en die twee soldate wat agter 'n bos weggekruip het, het die kans benut. Hulle het haar gegryp, haar mond toegestop, haar hande vasgebind en met haar na lord Spoegmann se landgoed op die platteland weggejaag. Toe het hulle vir lord Spoegmann 'n boodskap gestuur en gewag dat hy by hulle moes aansluit.

Lord Spoegmann het Millie, lady Eslander se bediende, dadelik ontbied. Hy het gedreig om Millie se sussie dood te maak en haar gedwing om vir al lady Eslander se vriende te gaan sê dat haar meesteres besluit het om 'n non te word.

Lady Eslander se vriende was almal geskok oor die nuus. Sy het nog nooit vir enigeen van hulle gesê dat sy 'n non wou word nie. Om die waarheid te sê, baie van hulle het vermoed dat lord Spoegmann iets met haar verdwyning te doen gehad het. Maar ek is bevrees almal was teen daardie tyd al so bang vir lord Spoegmann dat lady Eslander se vriende net vir mekaar van hulle vermoedens gefluister het en haar nie probeer opspoor het of vir lord Spoegmann gevra het wat hy weet nie. Wat nog erger was, was dat nie een van hulle probeer het om Millie te help nie, en toe sy uit die Stad-in-die-Stad probeer vlug, het die soldate haar gevang en is sy in die kerker opgesluit.

Daarna het lord Spoegmann vertrek na sy landgoed op

die platteland, waar hy die volgende aand aangekom het. Nadat hy vir elkeen van lady Eslander se ontvoerders vyftig dukate gegee en hulle daaraan herinner het dat hulle tereggestel sou word as hulle 'n woord sou rep, het lord Spoegmann sy snor in 'n spieël gladgestryk en lady Eslander gaan opsoek in sy taamlik stowwerige biblioteek, waar sy 'n boek by kerslig gesit en lees het.

"Goeienaand, geagte dame," het lord Spoegmann gesê en laag voor haar gebuig.

Lady Eslander het hom woordeloos aangekyk.

"Ek het vir u goeie nuus," het lord Spoegmann glimlaggend verder gegaan. "U gaan die hoofraadgewer se vrou word."

"Ek sterf eerder," het lady Eslander vriendelik geantwoord en omgeblaai en verder in die boek gelees.

"Kom nou," het lord Spoegmann gesê. "Soos u kan sien, het my huis werklik 'n behoefte aan 'n vrou se liefdevolle versorging. U sal baie gelukkiger wees hier waar u van groot nut is as wat u wegkwyn van kommer oor die kaasmakers se seun, wat in elk geval nou enige dag van die honger gaan omkom."

Lady Eslander het verwag dat lord Spoegmann van kaptein Goedaard sou praat en het haar van die oomblik dat sy by hierdie koue en vuil huis aangekom het daarop voorberei. Daarom het sy toe sonder om te bloos of een traan te stort gesê:

"Ek gee reeds lankal niks meer vir kaptein Goedaard om nie, lord Spoegmann. Vandat ek gesien het hoe hy erken dat hy verraad gepleeg het, walg hy my. Ek sal nooit vir 'n verraderlike man kan lief wees nie – en dis hoekom ek nooit vir u sal kan lief word nie."

Sy het dit so oortuigend gesê dat lord Spoegmann haar geglo het. Hy het toe 'n ander dreigement gemaak en gesê dat hy haar ouers sou laat vermoor as sy nie met hom wou trou nie, maar lady Eslander het hom daaraan herinner dat sy, net soos kaptein Goedaard, 'n weeskind is. Toe het lord Spoegmann gedreig om al die juweliersware wat haar ma vir haar nagelaat het by haar af te vat, maar sy het haar skouers opgetrek en gesê dat sy in elk geval boeke verkies. Uiteindelik het lord Spoegmann gedreig om haar dood te maak en lady Eslander het voorgestel dat hy dit dadelik doen, want dit sou beter wees as om na sy stories te moet luister.

Lord Spoegmann was rasend van woede. Hy was gewoond daaraan om altyd met alles sy sin te kry, en hier was iets wat hy nie kon kry nie, en daarom wou hy dit des te meer hê. Uiteindelik het hy gesê as sy dan so baie van boeke hou, sal hy haar vir ewig in sy biblioteek opsluit. Hy sal tralies voor die vensters laat opsit, en Skarrel die huiskneg sal drie keer per dag vir haar kos bring, maar sy sal nie toegelaat word om badkamer toe te gaan nie – tensy sy sou instem om met hom te trou.

"Dan sal ek in hierdie vertrek sterf," sê lady Eslander toe ewe kalm, "of miskien – wie weet? – in die badkamer."

Die hoofraadgewer kon nie 'n woord verder uit haar kry nie en is woedend daar weg.

Lady Eslander wat 'n boek lees.

Mia Wessels (8)

HOOFSTUK 36

Kornukopië ly honger

'n Jaar het verbygegaan – en toe twee – en toe drie, vier, en vyf.

Die klein koninkryk van Kornukopië, wat al sy buurlande eens op 'n tyd beny het vir sy wonderbaarlik vrugbare grond, sy vaardige kaasmakers, wynmakers en fyngebaksjefs, en vir hoe gelukkig sy mense was, het byna onherkenbaar verander.

Toegegee, Chouxville het min of meer soos altyd aangegaan. Lord Spoegmann wou nie hê dat die koning moes agterkom dat dinge verander het nie, daarom het hy baie geld gespandeer om die hoofstad, veral die Stad-in-die-Stad, dieselfde as altyd te hou. Maar in die stede bo in die noorde het die mense swaargekry. Al hoe meer besighede – winkels, tavernes, ystersmederye, wamakerye, vee- en wingerdboerderye – het bankrot gespeel. Die Ickabogbelasting het mense tot armoede gedryf, en asof dit nie erg genoeg was nie, het almal in vrees gelewe vir wanneer die Ickabog weer sou opdaag – of wat ook al dit was wat deure oopgebreek en monsterspore rondom huise en plase agtergelaat het.

Die mense wat hardop hulle twyfel uitgespreek het oor of die Ickabog werklik agter die aanvalle sit, was gewoonlik kort daarna slagoffers van die Donkerpoters. Dit was die naam wat lord Spoegmann en majoor Rommel gegee het aan die afdelings manne wat ongelowiges gedurende die nag vermoor het, en daarna pootspore rondom hulle slagoffers se huise agtergelaat het.

Van die twyfelaars in die Ickabog het egter soms in die middel van die stad gebly, waar dit moeilik was om 'n vals aanval te loods sonder dat die bure iets sien. In sulke gevalle het lord Spoegmann die skuldiges verhoor en gedreig om hulle gesinne te teiken sodat hulle net soos kaptein Goedaard en sy makkers ingestem het om te bieg dat hulle verraad gepleeg het.

Die toename in verhore het beteken dat lord Spoegmann meer tronke moes laat bou. Hy het ook meer weeshuise nodig gehad. Jy wonder seker hoekom hy weeshuise nodig gehad het?

Nou ja, eerstens is taamlik baie ouers doodgemaak of in die tronk gegooi. Almal het gesukkel om hulle eie gesinne aan die lewe te hou en kon nie nog ouerlose kinders ook inneem nie.

Tweedens was arm mense besig om dood te gaan van die honger. Omdat ouers gewoonlik eerder vir hulle kinders kos gee as vir hulleself, was kinders dikwels die laaste oorlewendes van gesinne.

En derdens het party gebroke, daklose gesinne hulle kinders na weeshuise gestuur, want dit was al manier hoe hulle seker kon maak dat die kinders kos en skuiling het.

Ek wonder, onthou jy vir Hettie, die diensmeisie by die paleis wat so dapper was om lady Eslander te gaan waarsku dat kaptein Goedaard en sy makkers tereggestel gaan word?

Nou ja, Hettie het lady Eslander se goue munte gebruik vir 'n koetskaartjie na haar pa se wingerdplasie net buite Jeroboam. 'n Jaar later is sy getroud met 'n man met die van Hees, en het sy geboorte gegee aan 'n tweeling, 'n seun en 'n meisie.

Maar die Ickabog-belasting het die Hees-gesin geknak. Hulle het hul klein kruidenierswinkel verloor, en Hettie se ouers kon hulle nie help nie, want kort nadat hulle hul wingerdplasie verloor het, is hulle van hongersnood dood.

Die Hees-gesin was dakloos en hulle kinders het gehuil van die honger, daarom het Hettie en haar man uit desperaatheid by Ma Grommer gaan aanklop. Die tweeling is huilend uit hulle ma se arms geruk. Die deur het toegeklap, die grendels is toegeskuif, en arme Hettie Hees en haar man het weggestap terwyl hulle net so hard soos hulle kinders gehuil en gebid het dat Ma Grommer hulle aan die lewe sou hou.

HOOFSTUK 37

Daisy en die maan

Ma Grommer se weeshuis het baie verander vandat Daisy in 'n sak soontoe geneem is. Die vervalle hool was nou 'n enorme klipgebou, met tralies voor die vensters, slotte aan elke deur, en genoeg ruimte vir honderd kinders.

Daisy was nog steeds daar en het intussen baie langer en maerder geword, maar steeds die oorbroek gedra waarin sy ontvoer is. Soos sy groter word, het sy die moue en broekspype langer gemaak, en al die skeure en skaafplekke netjies gelap. Dit was die laaste ding wat sy van haar pa en hulle huis oorgehad het, daarom het sy dit aangehou dra in plaas van om soos Marta en die ander groot meisies vir haar rokke te maak van die sakke waarin die kool afgelewer is.

Daisy het jare nadat sy ontvoer is, steeds vasgeklou aan die idee dat haar pa nog lewe. Sy was 'n slim meisie, en het altyd geweet dat haar pa nie in die Ickabog glo nie, daarom het sy haarself gedwing om te glo dat hy iewers in 'n sel is en elke aand deur 'n venster met tralies opkyk na die maan, net soos sy maak voordat sy aan die slaap raak.

Toe, een aand gedurende haar sesde jaar by Ma Grommer, nadat sy die Hees-tweeling warm toegemaak het vir die nag, het Daisy langs Marta gaan lê en soos gewoonlik opgekyk na die bleek goue skyf in die lug en besef dat sy nie meer glo dat haar pa nog lewe nie. Die hoop het uit haar weggevlieg soos 'n voël wat uit 'n geplunderde nes vlug, en al het daar trane uit haar oë geloop, het sy vir haarself gesê dat haar pa nou op 'n beter plek is, iewers bo in die onmeetbare hemele saam met haar ma. Sy het haarself probeer troos met die idee dat haar ouers nie meer aardgebonde is nie en nou op enige plek kan wees, ook in haar hart, en dat sy haar herinneringe aan hulle lewend moet hou, soos 'n vlam. Maar dit is nogtans moeilik om ouers te hê wat binne-in jou lewe terwyl jy eintlik net wil hê dat hulle moet terugkom en jou teen hulle moet vasdruk.

Anders as baie van die weeskinders, kon Daisy haar ouers baie duidelik onthou. Die herinnering aan hulle liefde het haar aan die lewe gehou en bedags, wanneer sy gehelp het om na die kleintjies in die weeshuis te kyk, het sy seker gemaak dat sy vir hulle die drukkies en liefde gee wat sy so mis.

Maar dit was nie net die gedagte aan haar ouers wat Daisy aan die lewe gehou het nie. Sy het so 'n vreemde gevoel gehad dat sy bedoel was om iets belangriks te doen – iets wat nie net haar eie lewe sou verander nie, maar ook Kornukopië se lot. Sy het nooit vir enigiemand van hierdie vreemde gevoel vertel nie, selfs nie vir haar beste vriend, Marta, nie, maar dit was vir haar 'n bron van krag. Daisy was seker dat haar kans nog sou kom.

Die weeshuis.

Rhodé van der Merwe (12)

HOOFSTUK 38

Lord Spoegmann kom kuier

Ma Grommer was een van die min mense in Kornukopië wat oor die afgelope jare net ryker en ryker geword het. Sy het haar hool tot barstens toe vol kinders en babas gestop en toe by die twee lords wat die koninkryk regeer, aangedring op geld om haar bouvallige huis groter te maak. Die weeshuis was 'n winsgewende besigheid, wat beteken het dat Ma Grommer haarself kon bederf met fynproewerskos wat net die heel rykste mense kon bekostig. Sy het die meeste van haar geld natuurlik uitgegee op die beste wyne uit Jeroboam, en ek is jammer om dit te sê, maar wanneer Ma Grommer dronk was, was sy op haar wreedste. Die kinders in die weeshuis was vol snye en kneusplekke, want Ma Grommer het haar dronkverdriet op hulle uitgehaal.

Party van die kinders in haar sorg het nie lank op 'n dieet van koolsop en wreedheid oorleef nie. Terwyl 'n eindelose string honger kinders by die voordeur ingestroom het, het die klein begraafplaas agter die gebou ál voller en voller geraak. Ma Grommer het nie omgegee nie. Vir haar het al die Pauls en Paulas in die weeshuis dieselfde gelyk met hulle bleek en uitgeteerde gesigte, en sy het hulle net geduld omdat hulle vir haar meer geld ingebring het.

Maar toe Ma Grommer in die sewende jaar van lord Spoegmann se heerskappy oor Kornukopië weer eens vir hulp met haar weeshuis vra, het die hoofraadgewer besluit om die plek te gaan inspekteer voordat hy vir die ou vrou nog geld gee. Ma Grommer het haar beste swart syrok aangetrek om die lord te ontvang en seker gemaak dat haar asem nie na wyn ruik nie.

"Foeitog, kyk hoe swaar kry die arme bloedjies, my heer," sê sy toe hy die dag daar opdaag en met sy geparfumeerde sakdoek voor sy neus na al die bleek, uitgeteerde kinders staan en kyk. Ma Grommer buk af en tel 'n klein Moeraslandertjie, wie se maag van die honger opgeswel is, op. "Sien u nou hoe desperaat ons u hulp nodig het, my heer?"

"Ja, ja, dis duidelik," sê lord Spoegmann en druk amper sy hele gesig met die sakdoek toe. Hy hou nie van kinders nie, veral nie kinders wat so vuil soos hierdie spul is nie, maar hy weet hoe lief baie onnosel Kornukopiërs vir sulke snuiters is en dat dit nie 'n goeie idee is om te veel van hulle te laat doodgaan nie. "Goed dan, ek sal verdere befondsing goedkeur, Ma Grommer."

Toe hy omdraai om te loop, sien die lord 'n bleek meisie met 'n baba in elke arm langs die deur staan. Sy dra 'n gelapte oorbroek wat duidelik al 'n paar keer langer en groter gemaak is. Daar is iets aan hierdie meisie wat haar tussen die ander kinders laat uitstaan. Lord Spoegmann kry selfs die vreemde gevoel dat hy al voorheen iemand soos sy gesien het. Sy lyk nie soos die ander snuiters beïndruk met die hoofraadgewer se ampsgewaad en die rinkelende medaljes wat hy aan homself toegeken het omdat hy die Ickabog-verdedigingsbrigade se bevelvoerder is nie.

Lord Spoegmann steek by Daisy vas en laat sak sy geparfumeerde sakdoek. "Wat is jou naam, meisie?" vra hy.

"Paula, my heer. Ons almal hier word Paula genoem," sê Daisy en kyk lord Spoegmann met koue, ernstige oë aan. Sy onthou hom van die paleis se binnehof waar sy lank gelede gespeel het, en hoe hy en lord Flapmann in die verbyloop op hulle geskree het om op te hou lawaai.

"Hoekom buig jy nie? Ek's die koning se hoofraadgewer."

"'n Hoofraadgewer is nie 'n koning nie," sê die meisie.

"Wat het sy gesê?" vra Ma Grommer bekommerd en hinkepink nader om seker te maak Daisy gedra haar. Van al die kinders in haar weeshuis hou Ma Grommer die minste van Daisy Duiwendyk. Sy kon die meisie se gees nog steeds nie knak nie, al het sy al baie hard probeer om dit te doen. "Wat sê jy, Lelike Paula?" vra sy. Daisy is glad nie lelik nie, maar hierdie naam is een van Ma Grommer se maniere om haar gees te knak.

"Sy het verduidelik hoekom sy nie vir my buig nie," sê lord Spoegmann, wat steeds stip in Daisy se donker oë kyk en wonder waar hy haar al gesien het.

Die skrynwerker wat hy gereeld onder in die kerker besoek, het presies sulke oë, maar hy is nou al heeltemal van sy kop af en het 'n lang grys baard en hare, terwyl die meisie intelligent en kalm lyk, wat maak dat lord Spoegmann die twee nie met mekaar verbind nie.

"Lelike Paula was nog altyd so ongemanierd," sê Ma Grommer en neem haar voor om Daisy te straf sodra lord Spoegmann by die deur uit is. "Ek gaan haar nog een van die dae hier uitsmyt, my heer, dan sal ons sien hoe sy daarvan hou om op straat te loop en bedel in plaas van om veilig onder my dak met 'n vol maag te gaan slaap."

"Sjoe, ja, ek sal jou koolsop baie mis," sê Daisy met 'n koue, harde stem. "Het u geweet dis al wat ons hier kry om te eet, my heer? Koolsop, drie keer per dag."

"Ek is seker dis baie voedsaam," sê lord Spoegmann.

"O ja, ons word ook partykeer bederf," sê Daisy, "met weeshuiskoekies. Weet u wat dit is, my heer?"

"Nee," sê lord Spoegmann teen sy sin. Daar is iets aan hierdie meisie – *Wat is dit?*

"Dit word van vrot bestanddele gemaak," sê Daisy terwyl haar oë in syne boor. "Vrot eiers, muwwerige meel, goed wat te lank in die koskas gestaan het – Mense het niks ander kos om vir ons te gee nie, so hulle maak 'n mengsel van alles wat hulle nie wil hê nie en kom sit dit hier voor op die trap neer. Partykeer word die kinders siek van die weeshuiskoekies, maar hulle eet dit nogtans omdat hulle so honger is."

Lord Spoegmann luister nie regtig na Daisy se woorde nie, meer na haar aksent. Al bly sy nou al so lank in Jeroboam, is daar steeds 'n klankie van Chouxville in haar stem.

"Waar kom jy vandaan, meisie?" vra hy.

Die ander kinders is nou stil en almal kyk hoe die lord met Daisy praat. Al haat Ma Grommer haar, is Daisy die jonger kinders se gunsteling, want sy beskerm hulle teen Ma Grommer en Paul Boelie, en steel nooit hulle droë broodkorsies soos die ander groter kinders nie. Sy smokkel ook partykeer vir hulle brood en kaas uit Ma Grommer se private spens, al is dit 'n groot waagstuk wat soms daartoe lei dat Paul Boelie haar te lyf gaan.

"Ek kom van Kornukopië af, my heer," sê Daisy. "U het dalk al daarvan gehoor. Dis 'n land wat lank gelede bestaan het, 'n land waar niemand ooit arm of honger was nie."

"Dis genoeg!" spoeg lord Spoegmann. Hy draai na Ma Grommer en sê: "Ek stem saam met u, Mevrou. Hierdie kind toon geen dank vir u goedaardigheid nie. Miskien moet sy uitgesmyt en aan haar eie genade oorgelaat word."

Lord Spoegmann swiep by die weeshuis uit en klap die deur toe agter hom. Die oomblik toe hy weg is, swaai Ma Grommer met haar kierie na Daisy, maar jare se oefening het Daisy geleer hoe om rats te koes. Die ou vrou skuifel weg, waai haar kierie voor haar uit sodat die kleintjies uit haar pad moet skarrel, en klap haar gemaklike sitkamer se deur agter haar toe. Die kinders hoor die geluid van 'n kurkprop wat uit 'n bottel getrek word.

Later, toe hulle die aand in hulle beddens klim wat langs mekaar staan, sê Marta skielik vir Daisy:

"Jy weet, Daisy, dis nie waar wat jy vir die hoofraadgewer gesê het nie."

"Watter deel daarvan, Marta?" fluister Daisy.

"Dis nie waar dat almal in die ou dae genoeg kos gehad het en gelukkig was nie. My mense daar bo in die Moerasland het nooit so lekker gelewe nie."

"Ek is jammer, Marta," sê Daisy sag. "Ek het vergeet."

"Dis omdat die Ickabog aanhoudend ons skape gesteel het," sê Marta vaak.

Daisy kruip dieper onder haar dun kombers in om warmer te probeer kry. Al is hulle al só lank saam, kon sy Marta nog nie oortuig dat die Ickabog nie bestaan nie. Maar vanaand wens Daisy dat sy ook kan glo dat daar 'n monster in die moeras is, eerder as om te weet dat daar niks anders as boosheid uit lord Spoegmann se oë straal nie.

HOOFSTUK 39

Bert en die Ickabog-verdedigingsbrigade

Ons keer nou terug na Chouxville, waar daar binnekort belangrike dinge gaan gebeur.

Ek is seker jy onthou die dag toe majoor Blinkenaar begrawe is. Toe klein Bert daarna terug by die huis gekom het, het hy sy Ickabog-speelding met die stookyster flenters gekap en gesweer dat hy eendag wanneer hy groot is op die Ickabog jag sal maak en wraak sal neem op die monster wat sy pa doodgemaak het.

Wel, Bert word binnekort vyftien. Dit klink dalk nie oud nie, maar in daardie dae was 'n seun dan groot genoeg om 'n soldaat te word, en Bert het gehoor dat die verdedigingsbrigade uitgebrei gaan word. So, een Maandagoggend loop Bert op die gewone tyd by hulle huis uit sonder om vir sy ma te sê wat hy beplan. Hy steek sy skoolboeke in hulle heining weg, waar hy dit later weer kan kry, en mik in die rigting van die paleis, waar hy wil aansoek doen om by die brigade aan te sluit. Onder sy hemp steek hy die silwer medalje weg wat aan sy pa toegeken is vir uitsonderlike dapperheid teen die Ickabog. Dis sy gelukbringer.

Bert is net 'n entjie van die huis af weg toe hy 'n geskarrel voor hom in die straat sien. 'n Groep mense drom om die poskoets saam. Bert is so besig om te dink aan goeie antwoorde op die vrae wat hy weet majoor Rommel vir hom gaan vra dat hy verby die poskoets loop sonder om veel aandag daaraan te gee.

Wat Bert nie besef nie, is dat die aankoms van die poskoets 'n hele paar belangrike gevolge gaan hê wat daartoe sal lei dat hy op 'n gevaarlike sending sal gaan. Kom ons laat Bert 'n rukkie verder stap, dan vertel ek vir jou van die koets.

Vandat lady Eslander vir koning Fred gesê het dat die Kornukopiërs ongelukkig oor die Ickabog-belasting is, het lord Spoegmann en lord Flapmann stappe geneem om seker te maak dat hy nooit weer nuus van buite die hoofstad kry nie. Die koning versit glad nie meer 'n voet uit Chouxville nie, en solank die hoofstad taamlik welaf en besig bly, sal hy aanvaar dat dit in die res van die land ook so gaan. In werklikheid wemel die ander stede in Kornukopië van bedelaars en is daar oral winkelgeboue wat met planke toegespyker is omdat die twee lords en majoor Rommel die mense so van hulle inkomste beroof. Om seker te maak dat die koning nie hiervan te hore kom nie, het lord Spoegmann, wat in elk geval al die koning se pos lees, struikrowerbendes gehuur om te keer dat enige briewe by Chouxville inkom. Die enigste mense wat daarvan weet, is majoor Rommel, want hy het die struikrowers gehuur, en Pester die lakei, wat buite die wagte se kamer afgeluister het terwyl hierdie plan beraam is.

Lord Spoegmann se plan het tot dusver goed gewerk, maar vandag, so net voor dagbreek, het die struikrowers drooggemaak. Hulle het die koets soos gewoonlik voorgelê, maar voordat hulle die possakke kon steel, het die verskrikte perde op hol gegaan. Toe die struikrowers skote afvuur om die perde in hul spore te laat vassteek, het die diere net vinniger gehardloop, en dis hoe die koets by Chouxville se strate ingejaag en uiteindelik in die Stad-in-die-Stad beland het. Daar het 'n hoefsmid dit reggekry om die teuels te gryp en die perde tot stilstand te bring. Binne oomblikke was die koning se bediendes besig om lang verwagte briewe van hulle familie in die noorde oop te skeur.

Ons sal later meer oor daardie briewe uitvind, want dit is nou tyd om terug te keer na Bert, wat pas by die paleis se poorte aangekom het.

"Dag," groet Bert die wag, "ek wil graag by die Ickabog-verdedigingsbrigade aansluit."

Die wag vra wat Bert se naam is, sê hy moet wag en neem die boodskap vir majoor Rommel. Maar toe hy by die deur na die wagte se kamer kom, gaan staan die soldaat, want hy hoor 'n geskree. Hy klop, en die stemme word dadelik stil.

"Binne!" blaf majoor Rommel.

Die wag stap versigtig in en sien daar staan drie mans: majoor Rommel, wat briesend kwaad lyk, lord Flapmann, wie se gesig bloedrooi bokant sy gestreepte syjapon uitsteek, en Pester die lakei, wat soos gewoonlik op die regte tyd op die regte plek was en op pad werk toe gesien het hoe die poskoets by die stad injaag en dadelik vir lord Flapmann kom vertel het dat die struikrowers nie die dag se pos kon voorkeer nie. Toe lord Flapmann dit hoor, het hy onmiddellik by sy slaapkamer uitgestorm en majoor Rommel onder in die wagte se kamer van nalatigheid kom beskuldig, wat tot 'n bekgeveg gelei het. Nie een van die twee mans wou vir hierdie flater blameer word wanneer lord Spoegmann van Ma Grommer af terugkom en hoor wat gebeur het nie.

"Majoor," sê die soldaat nadat hy albei mans gesalueer het, "daar's 'n seun by die poorte. Sy naam is Bert Blinkenaar. Hy wil weet of hy by die Ickabog-verdedigingsbrigade kan aansluit."

"Stuur hom weg," blaf lord Flapmann. "Ons is besig!"

"Nee, moenie die Blinkenaar-seun wegwys nie!" snou majoor Rommel. "Bring hom onmiddellik na my toe. Pester, maak jou skaars!"

"Ek het gehoop," begin Pester op sy kruiperige manier, "dat u my dalk sal vergoed vir –"

“Enige idioot kan ’n poskoets by hom sien verbyjaag!” sê lord Flapmann. “As jy vergoeding wou hê, moes jy opgespring en met die ding by die stad uitgejaag het!”

Die teleurgestelde lakei loop sleepvoet uit, en die wag gaan haal vir Bert.

“Wat wil jy nog met daardie seun sukkel?” wil lord Flapmann by majoor Rommel weet toe hulle alleen is. “Ons moet die probleem van die pos oplos!”

“Hy’s nie net enige seun nie,” sê majoor Rommel. “Hy is ’n volksheld se seun. Onthou u nog vir majoor Blinkenaar, my heer? U het hom doodgeskiet.”

“Ja, ja, dis nie nodig om weer daaroor aan te gaan nie,” sê lord Flapmann ergerlik. “Ons het almal ’n ekstra bietjie geld daaruit gemaak, of hoe? Wat dink jy wil sy seun nou eintlik hê – skadevergoeding?”

Maar voordat die majoor kan antwoord, kom Bert gespanne en gretig ingestap.

“Goeiemôre, Blinkenaar,” sê majoor Rommel, wat Bert lank reeds ken omdat hy en Rod vriende is. “Wat kan ek vir jou doen?”

“Ek wil asseblief by die Ickabog-verdedigingsbrigade aansluit, majoor,” sê Bert. “Ek het gehoor u soek nog manne.”

“Aha,” sê majoor Rommel, “ek sien. En hoekom wil jy aansluit?”

“Ek wil die monster wat my pa doodgemaak het, gaan vrekmaak,” sê Bert.

Daar is ’n oomblik van stilte, waarin majoor Rommel wens dat hy so maklik soos lord Spoegmann leuens en verskonings kan uitdink. Hy kyk na lord Flapmann vir hulp, maar dis verniet, al kan majoor Rommel sien dat lord Flapmann ook besef in watter netelige posisie hulle is. Die laaste ding wat die Ickabog-verdedigingsbrigade nodig het, is iemand wat vasberade is om die Ickabog te vind.

“Daar is voorvereistes,” sê majoor Rommel om tyd te

wen. "Ons laat nie sommer enigiemand toe om aan te sluit nie. Kan jy perdry?"

"O ja, majoor," sê Bert eerlik. "Ek het myself geleer ry."

"Kan jy 'n swaard gebruik?"

"Ek is seker ek sal vinnig leer hoe om dit te doen," sê Bert.

"Kan jy skiet?"

"Ja, majoor, ek klits 'n bottel wat ver op die punt van die veekamp staan maklik om!"

"H'm," sê majoor Rommel. "Ja. Maar die probleem is, Blinkenaar – jy sien, die probleem is net, jy's miskien te –"

"Onnosel," sê lord Flapmann wreed. Hy wil hierdie seun uit die pad kry sodat hy en majoor Rommel aan 'n oplossing vir hulle probleem met die poskoets kan dink.

Bert se gesig word rooi. "Wa-at?"

"Ek het dit by jou skooljuffrou gehoor," lieg lord Flapmann. Hy het nog nooit in sy lewe met die onderwyseres gepraat nie. "Sy sê jy's 'n stommerik. Dit beteken natuurlik nie dat 'n flukse werker nie nuttig kan wees nie, maar dis gevaarlik om 'n stommerik op die slagveld aan jou sy te hê."

"My – my punte is nie so sleg nie," sê arme Bert, en probeer keer dat sy stem bewe. "Juffrou Maas het nog nooit vir my gesê dat ek –"

"Natuurlik het sy dit nie vir *jou* gesê nie," sê lord Flapmann. "Net 'n *idioot* sal dink 'n gawe dame soos sy sal vir 'n dwaas sê hy's 'n dwaas. Leer om 'n bakker te word soos jou ma, mannetjie, en vergeet van die Ickabog, dis my raad aan jou."

Bert is baie bang dat sy oë al in trane swem. Hy frons diep soos hy probeer om nie te huil nie en sê:

"Ek – ek sal graag 'n kans wil hê om te bewys dat ek nie – nie 'n idioot is nie, Majoor."

Majoor Rommel sou nie so wreed soos lord Flapmann gewees het nie, maar al wat nou van belang is, is om te keer dat die seun by die brigade aansluit, daarom sê majoor Rommel: "Jammer, Blinkenaar, maar ek dink nie jy is uitgeknip vir 'n soldaat nie. Nietemin, soos lord Flapmann voorgestel het –"

"Dankie vir Majoor se tyd," sê Bert vinnig. "Ek is jammer ek het u tyd gemors."

Hy buig laag en loop by die wagte se kamer uit.

Toe Bert buite kom, begin hy hardloop. Hy voel baie klein en erg verneder. Die laaste ding wat hy nou wil doen, is om terug skool toe te gaan, veral nadat hy gehoor het wat sy onderwyseres regtig van hom dink. Hy dink sy ma is by haar werk in die paleis se kombuis en hardloop huis toe sonder om die groepies mense te sien wat op die straathoeke oor die briewe in hulle hande staan en gesels.

Toe Bert by die huis instorm, sien hy mevrou Blinkenaar in die kombuis staan en staar na 'n brief wat sy gekry het.

"Bert!" sê sy verskrik omdat sy haar seun nie nou hier verwag het nie. "Wat maak jy by die huis?"

"Tandpyn," lieg Bert op die ingewing van die oomblik.

"Ag, jou arme ding – Bert, ons het 'n brief van neef Harold gekry," sê mevrou Blinkenaar, en lig dit op. "Hy sê hy's bekommerd dat hy sy taverne gaan verloor – daardie lieflike herberg wat hy van die grond af opgebou het! Hy't geskryf om te vra of ek kan kyk of ek vir hom werk in die paleis kan kry – Ek kan nie verstaan hoe dit gebeur het nie. Harold sê hy en sy gesin ly erg honger!"

"Dis natuurlik oor die Ickabog, wat anders?" sê Bert. "Jeroboam is die stad naaste aan die Moerasland. Mense gaan nie meer saans na tavernes toe nie, want hulle is te bang die monster lê hulle langs die pad voor!"

"Ja," sê mevrou Blinkenaar en lyk bekommerd, "ja, dis miskien die rede – Goeie genade, ek's laat vir werk!" Bert se ma sit haar neef Harold se brief op die tafel neer en sê: "Vryf naeltjieolie op daardie tand, skat!" Sy gee Bert 'n piksoen en skarrel by die deur uit.

Toe sy ma uit is, gaan val Bert met sy gesig na onder op sy bed neer en snik van woede en teleurstelling.

Intussen versprei vrees en angs soos vuur deur die hoofstad se strate. Chouxville het uiteindelik uitgevind dat hulle families in die noorde só arm geword het dat hulle dakloos is en van hongersnood omkom. Toe lord Spoegmann daardie aand terugkom, vind hy uit dat daar groot moeilikheid aan die broei is.

'n Possak vol briewe.

Lika Claassens (9)

HOOFSTUK 40

Bert kry 'n leidraad

Toe hy hoor van die poskoets wat tot in die hartjie van Chouxville gekom het, gryp lord Spoegmann 'n swaar stoel en gooi dit na majoor Rommel se kop. Majoor Rommel is baie sterker as lord Spoegmann en weer die stoel maklik van hom af, maar sy hand vlieg na die hef van sy swaard en vir 'n paar sekondes staan die twee mans soos diere met ontblote tande in die wagte se kamer, terwyl lord Flapmann en die spioene hulle oopmond aangaap.

"Stuur vanaand nog 'n groep Donkerpoters na die buitewyke van Chouxville," beveel lord Spoegmann vir majoor Rommel. "Dit moet lyk soos 'n Ickabog-strooptog – 'n nag van verskrikking. Die mense moet verstaan dat die belasting noodsaaklik is, dat hulle families swaarkry as gevolg van die Ickabog, nie oor my of die koning nie. Gaan nou, en maak reg wat jy verbrou het!"

Die majoor storm woedend by die vertrek uit terwyl hy by homself dink aan alles wat hy aan lord Spoegmann sal doen as hy hom tien minute alleen iewers kan vaskeer.

"En julle," sê lord Spoegmann vir sy spioene, "moet môre aan my rapporteer of majoor Rommel sy werk ordentlik gedoen het. As daar steeds in die stad gefluister word oor families wat honger ly en platsak is, sal ons moet kyk hoe majoor Rommel dit onder in die kerker geniet."

'n Groep van majoor Rommel se Donkerpoters wag totdat almal in die hoofstad slaap, en gaan toe oor tot aksie om Chouxville te laat glo dat die Ickabog nou ook hier verwoesting kom saai het. Hulle kies 'n kothuis reg aan die rand van die stad wat 'n entjie weg van sy bure af staan. Die manne weet al presies hoe om by huise in te breek; hulle gaan by die kothuis in en tot my spyt moet ek sê dat die bejaarde dame wat daar woon en wat 'n hele paar pragtig geïllustreerde boeke geskryf het oor die visse wat in die Floemarivier lewe, toe koelbloedig vermoor word. Nadat haar liggaam weggeneem is om iewers op 'n afgeleë plek begrawe te word, maak 'n groep manne met vier van meneer Duiwendyk se netjies gekerfde pote spore in die grond rondom die viskenner se huis, en verwoes haar meubels en vistenks en laat haar visse snakkend na asem op die vloer agter.

Die volgende oggend rapporteer lord Spoegmann se spioene dat dit lyk of die plan werk. Die skrikwekkende Ickabog het Chouxville tot dusver vermy, maar nou het hy met mening toegeslaan. Die Donkerpoters weet al presies hoe om die spore natuurlik te laat lyk en deure oop te breek asof 'n reusagtige monster dit gedoen het, en gepunte metaalgereedskap te gebruik om tandmerke op hout te maak. Die inwoners van Chouxville drom geskok by die arme ou dame se huis saam en staar ontredderd na al die verwoesting.

Selfs nadat sy ma weg is om aandete te gaan maak, bly Bert Blinkenaar nog op die toneel agter. Hy versamel soveel inligting as moontlik oor die monster se pootspore en tandmerke sodat hy kan weet waarmee hy te doen gaan kry wanneer hy van aangesig tot aangesig kom met die monster wat sy pa doodgemaak het, want hy het nog glad nie afgesien van sy voorneme om wraak te neem nie.

Toe Bert seker is dat hy elke besonderheid van die monster se spore in sy geheue ingeprent het, stap hy brandend van woede huis toe. Daar sluit hy hom in sy kamer toe en haal sy pa se medalje vir uitsonderlike dapperheid teen die dodelike Ickabog uit, asook die klein medalje wat die koning vir hom gegee het nadat hy met Daisy Duiwendyk baklei het. Die kleiner medalje maak Bert deesdae hartseer. Vandat Daisy weg is Pluritanië toe het hy nog nie weer sulke goeie vriende met iemand geraak nie, maar dit troos hom om te weet dat sy en haar pa ten minste buite die Ickabog se bereik is.

Trane van woede wel in Bert se oë op. Hy wil so graag by die Ickabog-verdedigingsbrigade aansluit! Hy *weet* hy sal 'n goeie soldaat wees. Hy gee nie eers om as hy doodgaan in die geveg nie! Sy ma sal natuurlik verskriklik hartseer wees as die Ickabog haar seun sowel as haar man doodgemaak het, maar aan die ander kant sal Bert net soos sy pa 'n held wees!

Met sy kop vol gedagtes van wraak en glorie steek Bert sy hand uit om die twee medaljes terug op die kaggelrak te sit, maar die kleiner een glip deur sy vingers en rol onder die bed in. Bert gaan lê plat op die vloer om dit te probeer bykom, maar kry dit nie reg nie. Hy wriemel hom verder onder sy bed in en kry die medalje uiteindelik in die verste, stowwerigste hoek, saam met iets skerps wat lyk asof dit al baie lank daar lê, want dit is vol spinnerakke.

Bert is nou self ook vol stof; hy haal die medalje en die skerp ding onder die bed uit en sit regop om die onbekende voorwerp te bekyk.

In die lig van sy kers sien hy 'n klein, perfek gekerfde Ickabog-poot, die laaste stukkie wat oorgebly het van die speelding wat meneer Duiwendyk lank, lank gelede vir hom gekerf het. Bert het gedink hy het elke enkele stukkie van die ding verbrand, maar hierdie poot moes onder die bed ingeskiet het toe hy die res van die Ickabog met sy stookyster flenters gekap het.

Hy is op die punt om die poot in sy kamer se brandende vuurherd te gooi toe Bert skielik van plan verander en dit van nader begin bekyk.

Mevrou Blinkenaar se naaldwerkmasjien.

Alouise Vosloo (12)

HOOFSTUK 41

Mevrou Blinkenaar se plan

"Ma," sê Bert.

Mevrou Blinkenaar sit by die tafel en stop 'n gat in een van Bert se truie terwyl sy tussendeur trane uit haar oë vee. Die Ickabog se aanval op die bejaarde Chouxville-dame het al die aaklige herinneringe aan majoor Blinkenaar se dood wakker gemaak, en sy dink weer aan die aand toe sy haar arme man se yskoue hand in die paleis se blou saal gesoen het terwyl die res van hom onder die vlag van Kornukopië weggesteek was.

"Ma, kyk," sê Bert met 'n vreemde stem en sit die klein houtpootjie met die skerp kloue wat hy onder sy bed gekry het voor haar neer.

Mevrou Blinkenaar tel dit op en bekyk dit deur die bril wat sy altyd opsit wanneer sy by kerslig naaldwerk doen.

"Maar dis mos 'n deel van daai speelding wat jy gehad het," sê Bert se ma. "Jou speelgoed-Icka–"

Mevrou Blinkenaar maak die woord nie klaar nie. Terwyl sy so na die gekerfde poot staar, onthou sy die monsteragtige pootspore wat sy en Bert vroeër die dag gesien het, daar rondom die huis van die ou dame wat verdwyn het. Al is dit baie, baie groter is die vorm van daardie poot identies aan hierdie een, net so ook die kromming van die tone, die skubbe en die lang kloue.

'n Hele paar minute lank is die enigste geluid die gesputter van die kers terwyl mevrou Blinkenaar die klein houtpootjie met bewende vingers om en om in haar vingers draai.

Dis asof 'n deur in haar kop oopgevlieg het, 'n deur wat sy vir baie lank gesluit en gegrendel gehou het. Sedert haar man se dood het mevrou Blinkenaar geweier om aan haarself te erken dat daar by haar enige twyfel of agterdog oor die Ickabog bestaan. Sy is lojaal aan die koning en vertrou lord Spoegmann, en het tot dusver geglo dat mense wat beweer dat die Ickabog nie werklik bestaan nie verraaiers is.

Maar nou oorweldig die ongemaklike herinneringe wat sy probeer onderdruk het haar. Sy onthou dat sy vir die kombuisbediende van meneer Duiwendyk se verraderlike uitsprake oor die Ickabog vertel het en daarna gesien het dat Pester die lakei hulle vanuit die skaduwees afgeluister het. Sy onthou ook nou hoe vinnig die Duiwendyks daarna verdwyn het. Sy onthou van die meisie wat tougespring en een van Daisy se ou rokke aangehad het, en die klimtol wat haar pa vir haar broer gegee het. Sy dink aan haar neef Harold en sy gesin wat honger ly, en hoe vreemd dit vir haar en al haar bure was dat hulle die afgelope paar maande geen pos uit die noorde gekry het nie. Sy dink ook aan lady Eslander se skielike verdwyning, wat vir almal so vreemd was. Dit, en honderde ander vreemde gebeure, spoel deur mevrou Blinkenaar se gedagtes terwyl sy na die houtpootjie kyk, en saam vorm dit 'n monsteragtige gedagte wat haar baie banger maak as vir die Ickabog. Sy vra haarself af wat werklik daar bo in die moeras met haar man gebeur het. Hoekom is sy nie toegelaat om onder die vlag van Kornukopië waarin sy liggaam toegedraai was te kyk nie? Skrikwekkende gedagtes oorval mevrou Blinkenaar terwyl sy na haar seun toe draai en dieselfde agterdog op sy gesig sien.

"Die koning mag nie weet nie," fluister sy. "Hy mag nie. Hy's 'n goeie man."

Selfs al is die ander dinge wat sy geglo het alles onwaar, kan mevrou Blinkenaar dit nie oor haar hart kry om op te hou glo in koning Fred die Vreeslose nie. Hy het haar en Bert nog altyd so goed behandel.

Met die houtpootjie styf in haar hand vasgeklem, staan mevrou Blinkenaar op en sit Bert se half gestopte trui neer.

"Ek gaan na die koning toe," sê sy met meer vasberadenheid op haar gesig as wat Bert nog ooit by haar gesien het.

"Nou?" vra hy en kyk buitentoe na die donker lug.

"Vanaand," sê mevrou Blinkenaar, "terwyl daar 'n kans is dat nie een van daardie lords by hom is nie. Hy sal my te woord staan. Hy't nog altyd van my gehou."

"Ek wil saamgaan," sê Bert, want hy kry 'n vreemde voorgevoel.

"Nee," sê mevrou Blinkenaar. Sy loop tot by haar seun, sit haar hand op sy skouer en kyk op na sy gesig. "Luister na my, Bert. As ek nie binne 'n uur terug van die paleis af is nie, moet jy padgee hier uit Chouxville. Ry op na Jeroboam, gaan na my neef Harold toe en vertel hom van alles."

"Maar –" sê Bert, en word bang.

"Belowe my jy sal vlug as ek oor 'n uur nog nie terug is nie," sê mevrou Blinkenaar streng.

"Ek – ek sal," sê Bert, maar die seun wat vroeër van 'n heldedood gedroom het, is skielik angsbevange. "Ma –"

Sy gee hom 'n vinnige drukkie. "Jy's 'n slim seun. Onthou altyd, jy's 'n soldaat se seun, sowel as 'n fyngebaksjef s'n."

Mevrou Blinkenaar loop vinnig tot by die deur en trek haar skoene aan. Sy glimlag nog 'n laaste keer vir Bert, en toe verdwyn sy die nag in.

HOOFSTUK 42

Agter die gordyn

Mevrou Blinkenaar glip van die binnehof af by die paleis se groot donker kombuis in. Sy loop op haar tone en loer om elke hoek voor sy verder gaan, want sy weet hoe hou Pester die lakei daarvan om in die skaduwees weg te kruip. Stadig en versigtig beweeg mevrou Blinkenaar nader aan die koning se private kamers terwyl sy die houtpootjie so styf in haar hand vashou dat die kloue in haar palm insny.

Uiteindelik kom sy by die gang met die wynrooi mat wat na koning Fred se kamers lei. Sy hoor 'n gelag agter die deure. Mevrou Blinkenaar weet sommer dadelik dat niemand die koning van die Ickabog-aanval aan die buitewyke van Chouxville vertel het nie, want sy is doodseker dat hy nie dan so sou gelag het nie. Maar daar is beslis iemand by die koning, en sy wil alleen met koning Fred praat. Terwyl sy daar staan en wonder wat om te doen, gaan die koning se deur oop.

Met 'n snak duik mevrou Blinkenaar agter 'n lang fluweelgordyn in en probeer keer dat dit roer. Lord Spoegmann en lord Flapmann wens die koning laggend 'n goeie nag toe.

"Wat 'n briljante grap, U Majesteit! Ek het so gelag dat my kardoesbroek geskeur het!" skater lord Flapmann.

"Ons sal U Hoogheid moet herdoop tot koning Fred die Vermaaklike!" giggel lord Spoegmann.

Mevrou Blinkenaar hou asem op en probeer om haar maag in te trek. Sy hoor hoe koning Fred se deur toegemaak word. Die twee lords hou onmiddellik op met lag.

"Simpel sot," sê lord Flapmann gedemp.

"Ek het al met slimmer kaasklonte uit Suiwelstad te doen gekry," brom lord Spoegmann.

"Kan jy hom nie môre 'n slag besig hou nie?" grom lord Flapmann.

"Ek gaan tot drieuur met die belastinggaarders besig wees," sê lord Spoegmann. "Maar as –"

Albei lords bly skielik stil. Hulle voetstappe raak stil. Mevrou Blinkenaar hou steeds asem op en knyp haar oë toe terwyl sy bid dat hulle nie gesien het hoe die gordyn uitbult nie.

"Nou ja, goeienag, Spoegmann," sê lord Flapmann se stem.

"Ja, slaap lekker, Flapmann," sê lord Spoegmann.

Terwyl haar hart hewig klop, blaas mevrou Blinkenaar haar asem baie stadig uit. Dankie tog. Die twee lords is bed toe – maar sy hoor nie voetstappe nie –

En toe, so skielik dat sy nie tyd het om in te asem nie, word die gordyn oopgepluk. Sy wil skree, maar lord Flapmann druk haar mond met sy groot hand toe en lord Spoegmann gryp haar polse vas. Die twee lords pluk mevrou Blinkenaar by haar wegkruipplek uit en by die naaste stel trappe af, en al spartel sy hoe hard en probeer sy hoe desperaat om te skree, kry sy nie 'n enkele geluid tussen lord Flapmann se vingers uit nie, en kan sy nog minder loskom. Uiteindelik sleep hulle haar in by dieselfde blou saal waar sy destyds haar dooie man se hand gesoen het.

"Moenie skree nie," waarsku lord Spoegmann haar en pluk 'n kort dolk uit wat hy deesdae selfs in die paleis by hom hou, "of die koning gaan 'n nuwe fyngebaksjef nodig hê."

Hy beduie vir lord Flapmann om sy hand van mevrou Blinkenaar se mond af te haal. Die eerste ding wat sy doen, is om 'n diep teug asem te vat, want dit voel asof sy flou gaan raak.

"Jy het 'n belaglike groot bult in daardie gordyn gemaak, jou dom kok," snou lord Spoegmann. "Wat presies het jy daar naby die koning gesoek, en dit nadat die kombuis lankal toe is?"

Mevrou Blinkenaar kon natuurlik 'n lawwe leuen probeer opmaak het. Sy kon gemaak het asof sy vir koning Fred wou vra watter fyngebak sy môre vir hom kan maak, maar sy het geweet dat die twee lords haar nie sou glo nie. Daarom het sy haar vuis waarin sy die Ickabog-poot vasgeklem het voor haar uitgehou en haar vingers oopgemaak.

"Ek weet," sê sy toe sag, "waarmee julle besig is."

Die twee lords kom nader en staar af na haar handpalm en die perfekte klein replika van die reusepote wat die Donkerpoters gebruik. Lord Spoegmann en lord Flapmann kyk na mekaar, en toe na mevrou Blinkenaar, en al waaraan mevrou Blinkenaar kan dink terwyl sy na die uitdrukking op hulle gesigte kyk, is *Vlug, Bert – vlug!*

HOOFSTUK 43

Bert en die wag

Die kers op die tafel waarby Bert sit, word ál korter terwyl hy kyk hoe die minuutwyster op die staanhorlosie verder omkruip. Hy sê vir homself dat sy ma definitief veilig huis toe gaan kom. Sy gaan nou enige oomblik hier inloop en sy half gestopte trui optel asof sy dit nooit neergesit het nie, en vir hom vertel wat gebeur het toe sy by die koning was.

Skielik is dit asof die wyster vinniger begin beweeg, en dit terwyl Bert enigiets sal doen om dit stadiger te laat gebeur. Vier minute. Drie minute. Nou is daar net twee minute oor.

Bert staan op en loop tot by die venster. Hy kyk op en af in die donker straat. Daar is geen teken van sy ma wat terugkom nie.

Maar wag! Sy hart spring: Hy sien iets daar by die straathoek beweeg. Vir 'n paar wonderlike oomblikke is Bert seker sy ma gaan nou in die kolletjie maanlig verskyn en glimlag wanneer sy haar seun se angstige gesig in die venster sien.

En toe voel dit asof sy hart soos 'n klip tot in sy voete val. Dis nie mevrou Blinkenaar wat daar aangeloop kom nie, maar majoor Rommel, met vier groot lede van die Ickabogverdedigingsbrigade wat almal fakkels vashou.

Bert spring weg van die venster af, gryp die trui op die tafel en hardloop na sy kamer. Hy kry sy skoene en sy pa se medalje, maak die kamervenster oop, klim uit en druk dit versigtig van buite af toe. Hy spring sag af tot in die groentetuin en hoor hoe majoor Rommel hard aan die voordeur hamer, en toe sê 'n growwe stem: "Ek sal agter gaan kyk."

Bert val plat in die tuin agter 'n beetbedding neer, smeer sy ligte hare vol grond en lê doodstil in die donker.

Deur sy toe ooglede sien hy 'n flikkerende lig. 'n Soldaat hou sy fakkel hoog op om te sien of hy Bert deur die bure se tuine kan sien weghardloop. Dit lyk nie asof die soldaat Bert agter die bedding sien wegkruip nie, want die bete se blare gooi lang, wiegende skaduwees oor hom.

"Hy't nie hierlangs ontsnap nie!" skree die soldaat.

Daar is 'n harde slag, en Bert weet dat majoor Rommel die voordeur oopgestamp het. Hy kan hoor hoe die soldate kombuis- en hangkaste oopruk. Bert lê roerloos op die grond, want hy sien die fakkellig steeds deur sy toe ooglede.

"Miskien het hy padgegee voordat sy ma paleis toe is?"

"Wel, ons moet hom kry," grom die bekende stem van majoor Rommel. "Hy's die eerste slagoffer van die Ickabog se seun. As Bert Blinkenaar vir almal begin vertel dat die monster nie bestaan nie, sal mense luister. Sprei uit en soek deeglik; hy kan nog nie ver weg wees nie. En as julle hom kry," sê majoor Rommel terwyl sy manne se swaar voetstappe op die Blinkenaars se houtvloere knars, "maak hom dood. Ons sal later 'n storie opmaak."

Bert lê so plat as wat hy kan en steeds roerloos terwyl hy luister hoe die manne op en af in die straat hardloop, maar toe sê 'n vasberade deel van sy brein vir hom:

Gee pad.

Hy hang sy pa se medalje om sy nek, trek die half gestopte trui aan, gryp sy skoene en begin kruip deur die tuin totdat hy by die bure se heining kom waar hy net mooi genoeg grond wegkrap sodat hy hom onderdeur kan wikkel. Hy hou aan kruip totdat hy by 'n keisteenstraat kom, maar hy hoor die soldate se stemme steeds deur die strate weerklink soos hulle teen deure hamer, daarop aandring om huise te deursoek en vir mense vra of hulle Bert Blinkenaar, die fyngebaksjef se seun, gesien het. Hy hoor hoe hy as 'n gevaarlike misdadiger beskryf word.

Bert neem nog 'n hand vol grond en smeer dit oor sy gesig. Toe kom hy op die been en hardloop hurkend tot by 'n donker deur aan die oorkant van die straat. 'n Soldaat storm verby, maar Bert is nou so vuil dat hy glad nie teen die donker deur uitstaan nie, en die man merk niks op nie. Toe die soldaat weg is, hardloop Bert kaalvoet van deur tot deur met sy skoene in sy hand en skuil in donker inhamme en ingange totdat hy uiteindelik naby die Stad-in-die-Stad se poorte is. Maar toe sien hy 'n soldaat wat daar wagstaan, en voordat Bert aan 'n plan kan dink, moet hy vinnig agter 'n standbeeld van koning Richard die Regverdige induik, want majoor Rommel en 'n ander soldaat kom aangestap.

"Het jy vir Bert Blinkenaar gesien?" skree hulle vir die wag.

"Wie, die fyngebaksjef se seun?" vra die man.

Majoor Rommel gryp die man aan sy uniform se kraag en ruk en pluk hom rond soos 'n terriër 'n konyn skud. "Ja, die fyngebaksjef se seun, wie anders?! Het jy hom hier laat uitgaan? Sê vir my!"

"Nee, ek het nie," sê die wag, "maar wat het die seun gedoen dat almal so agter hom aan is?"

"Hy's 'n verraaier!" bulder majoor Rommel. "En ek sal enigiemand wat hom help persoonlik doodskiet, hoor jy my?"

"Ja, ek hoor," sê die wag. Majoor Rommel los hom en hy en die ander man hardloop terug die stad in met hulle fakkels wat swaaiende ligpoele teen al die mure gooi, totdat die donker hulle weer insluk.

Bert kyk hoe die wag sy uniform regtrek en sy kop skud. Bert huiwer en toe, ten volle bewus daarvan dat dit hom sy lewe kan kos, glip hy by sy skuilplek uit. Bert het homself so deeglik met al die grond gekamoefleer dat die wag nie besef dat daar iemand langs hom staan voordat hy die wit van Bert se oë in die maanlig sien nie. Die man gee 'n gilletjie van skrik.

"Asseblief," fluister Bert. "Asseblief – Moenie alarm maak nie. Ek moet hier uitkom."

Hy haal sy pa se swaar silwer medalje onder sy trui uit en vee die grond daarop af en wys dit vir die wag.

"Ek sal dit vir jou gee – dis suiwer silwer! – as jy my by die poorte laat uitgaan en vir niemand sê dat jy my gesien het nie. Ek is nie 'n verraaier nie," sê Bert. "Ek sweer ek het niemand verraai nie."

Die wag is 'n ouer man met 'n harde grys baard. Hy kyk die seun wat so met grond besmeer is op en af en sê toe:

"Hou jou medalje, Seun."

Hy maak die poorte se swaar hek net groot genoeg oop sodat Bert kan uitglip.

"Dankie!" sê Bert skor.

"Bly op die agterpaaie," gee die wag raad. "En moet niemand vertrou nie. Sterkte."

Bert kruip in die beetbedding weg.

Ellané Kok (11), Universitas Primêre Skool

HOOFSTUK 44

Mevrou Blinkenaar baklei terug

Terwyl Bert by die stad uitglip, boender lord Spoegmann mevrou Blinkenaar by 'n sel onder in die kerker in. 'n Krakerige, skril stem sing die volkslied op maat van 'n hamer wat kap.

"Bly stil!" bulder lord Spoegmann in daardie rigting. Die gesing hou op.

"My heer!" sê die gebroke stem, "sal u my vrylaat om na my dogter toe te gaan wanneer ek met hierdie poot klaar is?"

"Ja, ja, jy sal jou dogter weer sien," roep lord Spoegmann terug terwyl hy sy oë rol. "Bly nou stil, want ek wil met jou buurvrou praat."

"Voordat u begin, my heer," sê mevrou Blinkenaar, "het ek 'n paar dinge wat ek vir *u* wil sê."

Lord Spoegmann en lord Flapmann staar na die plomp vroutjie. Hulle het nog nooit iemand in die kerker gesmyt wat só trots en ongeërg was om in hierdie klam donker plek opgesluit te word nie. Sy herinner lord Spoegmann aan lady Eslander, wat steeds in sy biblioteek aangehou word en steeds weier om met hom te trou. Hy het nooit kon dink dat 'n kok so hoogmoedig soos 'n dame kan lyk nie.

"Om te begin," sê mevrou Blinkenaar, "as u my doodmaak, sal die koning daarvan uitvind. Hy sal agterkom dat ek nie meer sy lekkernye bak nie. Hy kan die verskil proe."

"Dis waar," sê lord Spoegmann met 'n wrede glimlag.

"Maar as die koning dink dat die Ickabog jou doodgemaak het, sal hy eenvoudig gewoond moet raak aan hoe die nuwe fyngebak proe, of hoe?"

"My huis is in die skadu van die paleis," veg mevrou Blinkenaar terug. "Dit sal onmoontlik wees om daar te maak asof die Ickabog my aangeval het sonder om 'n honderd ooggetuies wakker te maak."

"Ons kan dit maklik omseil," sê lord Spoegmann. "Ons sal net sê dat jy dwaas genoeg was om in die middel van die nag aan die oewer van die Floema te gaan stap, en dat die Ickabog daar kom water drink het."

"Dit kon gewerk het," sê mevrou Blinkenaar, en suig 'n storie uit haar duim, "as ek nie instruksies agtergelaat het oor wat gedoen moet word as iemand beweer dat die Ickabog my doodgemaak het nie."

"Watter instruksies, en vir wie het jy dit gegee?" vra lord Flapmann.

"Ek is seker sy praat van haar seun," sê lord Spoegmann, "maar hy sal binnekort in ons mag wees. Maak 'n aantekening, Flapmann – ons sal die vrou eers doodmaak nadat ons haar seun doodgemaak het."

"Intussen," sê mevrou Blinkenaar, wat maak asof sy nie ineenkrimp van angs by die gedagte dat Bert in lord Spoegmann se kloue beland nie, "sou ek as ek in u skoene was vir my 'n oond en al my gewone kombuistoerusting hier na die sel laat bring sodat ek kan aanhou om vir die koning sy lekkernye te bak."

"Ja – Hoekom nie?" sê lord Spoegmann stadig. "Ons hou almal van jou gebak, mevrou Blinkenaar. Jy kan voortgaan om dit vir die koning te maak totdat jou seun gevang is."

"Goed," sê mevrou Blinkenaar, "maar ek gaan hulp nodig hê. Ek stel voor ek lei 'n paar van my medegevangenes op sodat hulle ten minste die eierwitte vir my kan klop en my bakpanne kan uitvoer.

"Dit sal beteken dat u vir die arme kêrels meer en beter kos moet gee. Ek het gesien hulle lyk soos geraamtes toe u my hierheen gebring het. Ek kan nie die kans waag dat hulle al my rou bestanddele gaan opeet omdat hulle ondervoed is nie.

"En laastens," sê mevrou Blinkenaar en laat gly haar oë oor haar sel, "gaan ek 'n gemaklike bed en skoon komberse nodig hê sodat ek genoeg slaap kan kry om vir die koning topgehalte-koeke te kan bak. Hy verjaar binnekort. Hy sal verwag dat ek iets baie spesiaals vir hom moet maak."

Lord Spoegmann kyk hierdie verbasendste gevangene van almal 'n oomblik of twee aan en sê toe:

"Ontstel dit jou nie, Mevrou, om te dink dat jy en jou seun binnekort dood gaan wees nie?"

"O, daar's een ding wat jy vinnig by die kookskool leer," sê mevrou Blinkenaar en trek haar skouers op, "die bestes onder ons bak soms 'n koek met 'n verbrande kors of 'n dik, nat laag aan die onderkant. Ek sê, rol jou moue op en bak iets anders. Dit help nie om te kerm oor iets wat jy nie kan regmaak nie!"

Lord Spoegmann kan nie aan 'n goeie antwoord hierop dink nie. Hy wink vir lord Flapmann en die twee lords stap by die sel uit en klap die traliehek agter hulle toe.

Die oomblik toe hulle weg is, probeer mevrou Blinkenaar nie meer dapper lyk nie en sak neer op die harde bed, wat die enigste meubelstuk in die sel is. Sy begin van kop tot tone bewe en is bang sy gaan histeries word.

Maar in 'n stad met die allerbeste en meesterlikste fynbakkers ter wêreld word 'n vrou nie tot hoof van die koning se kombuis bevorder as sy nie senuwees van staal het nie. Mevrou Blinkenaar haal diep asem om te kalmeer, en toe die yl stem langsaan weer die volkslied begin sing, druk sy haar oor teen die muur en probeer uitmaak hoe die geluid by haar sel inkom. Sy vind uiteindelik 'n kraak naby die plafon. Sy staan op haar bed en roep sag: "Daniël?

Daniël Duiwendyk? Ek weet dis jy. Dis Berta. Berta Blinkenaar!"

Maar die gebroke stem hou net aan sing. Mevrou Blinkenaar sak weer op haar bed neer, vou haar arms om haarself, maak haar oë toe en bid met elke hartseer vesel in haar liggaam dat Bert veilig moet wees, waar hy ook al is.

Bert se Gesoek-plakkaat.

Heine Wessels (9)

Bert in Jeroboam

Aan die begin het Bert nie besef dat lord Spoegmann die hele Kornukopië gewaarsku het om op die uitkyk vir hom te wees nie. Hy het gemaak soos die wag by die paleis se poorte hom aangeraai het en al met die voetpaadjies en agterpaaie langs geloop. Hy was nog nooit so ver noord as Jeroboam nie, maar hy het geweet dat hy daar sal uitkom as hy die loop van die Floema volg.

Met gekoekte hare en skoene besmeer met modder het hy deur omgeploegde landerye geloop en in slote geslaap. Toe hy die derde aand by Suiwelstad insluip, het hy die eerste keer 'n tekening van hom op 'n *Gesoek*-plakkaat in 'n kaasmaker se winkelvenster gesien. Gelukkig het die tekening van 'n netjiese, glimlaggende jongman glad nie gelyk soos die weerkaatsing van 'n vuil boemelaar wat uit die donker na hom teruggestaar het nie. Dit was nietemin 'n skok om te sien dat daar 'n beloning van honderd dukate uitgeloof word aan die persoon wat hom aan die gereg uitlewer, dood of lewend.

Bert het haastig deur die donker strate geloop, verby brandmaer honde en vensters wat met planke toegespyker is. Een of twee keer het hy afgekom op vuil, verslonsde mense wat in vullisdromme na kos gesoek het. Hy het dit uiteindelik reggekry om 'n harde en effens muwwe stuk kaas te vind voordat iemand anders dit kon gryp. Nadat hy reënwater gedrink het uit 'n vat agter 'n melkery wat lankal toegemaak het, het hy vinnig uit Suiwelstad padgegee en weer net met die agterpaaie langs beweeg.

Terwyl Bert so gestap het, het gedagtes aan sy ma aanhoudend by hom gespook. *Hulle sal haar nie doodmaak nie,* het hy oor en oor vir homself gesê. *Hulle sal haar nooit doodmaak nie. Sy's die koning se gunstelingbediende. Hulle sal dit nie waag nie.* Hy moes die moontlikheid dat sy ma dood is totaal ontken, want as hy gedink het dat sy ook weg was, sou hy dalk nie die krag gehad het om uit die volgende sloot waarin hy die nag sou slaap te klim nie.

Bert se voete was al vol blase, want hy moes ver ompaaie kies om seker te maak dat hy nie ander mense raakloop nie. Die volgende aand het hy die laaste paar vrot appels in 'n boord gesteel, en die nag daarna het hy 'n hoenderkarkas uit 'n vullisdrom geaas en die laaste paar stukkies vleis verslind. Teen die tyd dat hy die donkergrys buitelyne van Jeroboam op die horison gesien het, moes hy 'n stuk tou uit 'n agterplaas steel om as 'n lyfband te gebruik, want hy het soveel gewig verloor dat sy broek afgeval het.

Terwyl hy so te voet verder gereis het, het Bert vir homself gesê dat hy net by neef Harold moes uitkom. Dan sou alles regkom; hy sou vir die man vertel wat gebeur het, en Harold sou weet wat om te doen. Bert het buite die stadsmure geskuil totdat dit begin donker word het en toe by die wynmakerstad in gehinkepink, want die blase op sy voete het begin bars en dit was baie seer.

Toe hy by Harold se taverne kom, sien Bert daar brand nie ligte in die venster nie en besef dadelik hoekom. Die deure en vensters is almal met planke toegespyker. Die taverne het toegemaak; Harold en sy familie het blykbaar die pad gevat.

"Asseblief," pleit Bert desperaat by 'n vrou wat verbystap, "kan u vir my sê waarheen Harold is? Harold aan wie hierdie taverne behoort het."

"Harold?" sê die vrou. "O, hy is 'n week gelede weg suide toe. Hy het familie in Chouxville. Hy't gesê hy hoop hy kan by die koning werk kry."

Bert kyk stomgeslaan hoe die vrou die nag in verdwyn. 'n Ysige wind warrel om hom en uit die hoek van sy oog sien hy een van die *Gesoek*-plakkate met hom daarop aan 'n lamppaal wapper. Hy is pootuit en het nie 'n benul wat om volgende te doen nie. Hy oorweeg dit om net eenvoudig op die winkel voor hom se koue stoeptrap te gaan sit en te wag tot die soldate hom kry.

Dis toe dat hy die punt van 'n swaard in sy rug voel, en 'n stem in sy oor sê:

"Het jou."

HOOFSTUK 46

Rod Rommel se verhaal

Jy dink seker Bert het hom doodgeskrik vir hierdie woorde, maar glo dit of nie, die stem vul hom met verligting. Jy sien, hy herken dit. In plaas van hensop of pleit vir sy lewe, draai hy om en kyk vas in Rod Rommel se gesig.

"Waaroor glimlag jy?" Rod gluur die smerige Bert aan.

"Ek weet jy gaan my nie met jou swaard steek nie, Roddy," sê Bert sag.

Selfs al is Rod die een wat die swaard vashou, kan Bert sien dat die seun baie banger as hy is. Die bewende Rod dra 'n mantel oor sy pajamas en sy voete is in bloedbevlekte ou lappe toegedraai.

"Het jy die hele pad van Chouxville af so geloop?" vra Bert.

"Dit traak jou nie!" spoeg Rod, wat probeer om gevaarlik te lyk, selfs al klappertand hy van die koue. "Ek gaan jou aan die soldate oorgee, jou verraaier!"

"Nee, jy gaan nie," sê Bert en neem die swaard uit Rod se hand. Rod bars net daar in trane uit.

"Komaan," sê Bert vriendelik en sit sy arm om Rod se skouers en lei hom by 'n stegie in, weg van die wapperende *Gesoek*-plakkaat af.

"Los my!" snik Rod en skud Bert se arm van hom af. "Los my! Dis alles jou skuld!"

"Wat is my skuld?" vra Bert toe die twee seuns langs 'n ry kratte vol leë wynbottels gaan staan.

"Jy het vir my pa weggehardloop!" sê Rod en vee sy oë aan sy mou af.

"Maar natuurlik het ek," sê Bert kalm. "Hy wou my doodmaak."

"Maar n-nou is *hy* – doodgemaak!" snik Rod.

"Majoor Rommel is dood?" vra Bert geskok. "Hoe?"

"Sp-Spoegmann," snik Rod. "H-hy't m-met soldate by ons huis ingestorm toe n-niemand jou kon kry nie. Hy was so kwaad dat Pa jou nie kon gevang het nie d-dat hy 'n soldaat se geweer gegryp het e-en toe –"

Rod sak op 'n krat neer en huil. 'n Koue wind waai by die stegie in. Dit laat Bert net weer besef hoe gevaarlik lord Spoegmann is. As hy sy getroue leier van die koninklike wag doodgeskiet het, is niemand veilig nie.

"Hoe het jy geweet dat ek Jeroboam toe kom?" vra Bert.

"P-Pester van die paleis het my vertel. Ek het vir hom vyf dukate gegee. Hy het onthou dat jou ma al gepraat het van haar neef wat 'n taverne hier het."

"Vir hoeveel mense dink jy het Pester daarvan vertel?" vra Bert bekommerd.

"Seker vir baie," sê Rod en vee sy gesig met sy pajamamou af. "Hy sal inligting verkoop aan enigiemand wat hom betaal."

"Jy's een om te praat," sê Bert, wat nou kwaad raak. "Jy wou my nou net nog vir honderd dukate verraai het!"

"D-dit was nie vir die g-geld nie," sê Rod. "Dit was vir my m-ma en broers. Ek het gedink ek sal hulle dalk kan t-terugkry as ek jou kan vang. Spoegmann het hulle w-weggevat. Ek het deur my slaapkamer se venster ontsnap. Dis hoekom ek my pajamas aanhet."

"Ek het ook deur my kamervenster ontsnap," sê Bert. "Maar ek was ten minste slim genoeg om skoene saam te bring. Komaan, ons moet hier wegkom," voeg hy by en trek Rod regop. "Ons kan langs die pad vir jou sokkies van iemand se wasgoeddraad af steel."

Maar hulle het skaars 'n paar treë gegee toe 'n man se stem agter hulle opklink.

"Hensop! Julle twee kom saam met my!"

Albei seuns lig hulle hande op en draai om. 'n Man met 'n vuil, gemene gesig verskyn uit die skaduwees en rig 'n geweer op hulle. Hy dra nie 'n uniform nie, en Bert en Rod herken hom nie, maar Daisy Duiwendyk sou vir hulle kon sê wie dit is: Paul Boelie, Ma Grommer se regterhand wat intussen 'n uitgegroeide man geword het.

Paul Boelie gee 'n paar treë nader, en kyk skeel van een seun na die ander. "Ja-nee," sê hy. "Julle twee is perfek. Gee vir my daai swaard."

Die geweer is op Bert se borskas gerig, so Bert het nie 'n keuse nie en doen dit. Maar hy is nie heeltemal so bang soos hy gewoonlik sou gewees het nie, want ten spyte van wat lord Flapmann vir hom gesê het, is Bert eintlik 'n baie slim seun. Hy kan sien dat hierdie vuil man nie besef dat hy so pas 'n vlugteling wat honderd dukate werd is, vasgekeer het nie. Dit lyk asof hy met *enige* twee seuns tevrede sal wees, maar Bert kan nie dink hoekom nie. Rod, aan die ander kant, is nou doodsbleek. Hy weet dat lord Spoegmann spioene in elke stad het en is oortuig dat hulle twee nou aan die hoofraadgewer uitgelewer gaan word en dat hy wat Rod Rommel is, ter dood veroordeel gaan word omdat hy kop in een mus met 'n verraaier is.

"Beweeg," sê die man met die bot gesig en beduie met sy geweer hulle moet by die stegie uitstap. Met die geweer op hulle rûe word Bert en Rod gedwing om deur Jeroboam se donker strate te loop totdat hulle uiteindelik by die deur van Ma Grommer se weeshuis kom.

Mevrou Blinkenaar wat vrolik besig is om fyngebak te maak.

Rhodé van der Merwe (12)

HOOFSTUK 47

Onder in die kerker

Die kombuispersoneel was baie verbaas toe hulle by lord Spoegmann hoor dat mevrou Blinkenaar op haar eie, aparte kombuis aangedring het omdat sy soveel belangriker as hulle is. Party van hulle was selfs agterdogtig, want hulle ken mevrou Blinkenaar al jare lank en sy was nog nooit verwaand nie. Maar aangesien haar koeke en fyngebak steeds gereeld op die koning se tafel verskyn het, het hulle geweet dat sy lewe, waar sy ook al was, en soos baie van hulle medeburgers het die bediendes besluit dat dit veiliger is om nie vrae te vra nie.

Intussen het die paleis se kerker 'n drastiese transformasie ondergaan. 'n Oond is in mevrou Blinkenaar se sel geïnstalleer, haar potte en panne is van die kombuis af gebring, en die gevangenes in die selle langsaan hare is opgelei in die verskillende take wat nodig is om te verseker dat haar fyngebak veerlig is en dat sy steeds die beste fynbakker in die koninkryk bly. Sy het geëis dat die gevangenes dubbeld soveel kos as voorheen kry (om seker te maak dat hulle sterk genoeg is om te klop en in te vou, om af te meet en te weeg, om te sif en te meng) en dat hulle 'n rotvanger kry om die plek pesvry te hou, asook 'n bediende om heen en weer tussen die selle te hardloop en baktoerusting deur die tralies aan te gee.

Die stoof se hitte het die klam mure laat uitdroog. Heerlike geure het die stank van muf en staande water vervang. Mevrou Blinkenaar het daarop aangedring dat elke gevangene 'n sny van 'n klaar gebakte koek moes kry sodat hulle kon proe wat die resultaat van al hulle moeite was. Die kerker het geleidelik in 'n besige en selfs vrolike plek verander, en gevangenes wat voor mevrou Blinkenaar se koms swak en ondervoed was, het geleidelik gewig begin optel. Sy het so besig as moontlik gebly, want anders sou sy die hele tyd siek van bekommernis oor Bert wees.

Terwyl die res van die gevangenes gehelp bak het, het meneer Duiwendyk die volkslied gesing en die een Ickabogpoot na die ander in die sel langsaan gemaak. Voordat mevrou Blinkenaar saam met hulle daar opgesluit is, het sy gesing en gekap die ander gevangenes woedend gemaak, maar sy het almal aangemoedig om saam met hom te sing. Die geluid van al die gevangenes wat die volkslied sing, het die onophoudelike gekap van sy hamer en beitel gedemp, en die beste van alles was wanneer lord Spoegmann ondertoe gestorm en hulle beveel het om nie so 'n geraas te maak nie. Dan het mevrou Blinkenaar ewe onskuldig opgemerk dat dit tog sekerlik verraad was om mense wat die volkslied sing stil te maak. Dit het lord Spoegmann soos 'n gek laat lyk en al die gevangenes laat bulder van die lag. En dan het mevrou Blinkenaar se hart van opgewondenheid gespring, want sy het haar verbeel dat sy ook 'n swak, heserige laggie vanuit die sel langsaan hare kon hoor.

Al het mevrou Blinkenaar nie veel van waansin af geweet nie, het sy geweet hoe om iets wat lyk asof dit onredbaar was, soos 'n klonterige sous of 'n soufflé wat platgeval het, te red. Sy het geglo dat meneer Duiwendyk se geknakte gees en verstand nog genees kon word as sy hom net kon laat verstaan dat hy nie alleen is nie en hom kon herinner aan wie hy is. Daarom het mevrou Blinkenaar soms voorgestel dat almal 'n ander lied as die volkslied sing om meneer Duiwendyk se gedagtes in 'n ander koers te stuur sodat hy later hopelik weer by homself kon uitkom.

En uiteindelik het sy tot haar verbasing en vreugde gehoor dat hy saam met die ander die drinkliedjie sing wat reeds lank voordat mense gedink het dat die monster werklik bestaan gewild was.

"Ná een bottel is die Ickabog 'n kietsie,
ná twee bottels groei hy so 'n ietsie-bietsie,
ná drie bottels grom hy so dat ek wil piepie.
Kom red my gou, want ek is nou in my peetjie!"

Mevrou Blinkenaar het die bakpan met koekies wat sy pas uit die oond gehaal het, neergesit en op haar bed gespring en saggies deur die kraak hoog bo in die muur met hom gepraat.

"Daniël Duiwendyk, ek het gehoor hoe jy daai lawwe liedjie saam met die ander sing. Dis jou ou vriendin, Berta Blinkenaar, wat praat. Onthou jy my? Ons het dit jare gelede altyd gesing, toe die kinders nog klein was. My Bert en jou Daisy. Onthou jy dit, Daniël?"

Sy het gewag vir 'n antwoord, en ná 'n rukkie het sy haar verbeel dat sy 'n snik hoor.

Jy dink dalk dis vreemd, maar mevrou Blinkenaar was bly toe sy meneer Duiwendyk hoor huil, want trane en 'n gelag kan 'n geknakte gees gesond maak. So daardie aand, en baie aande daarna, het mevrou Blinkenaar saggies met meneer Duiwendyk deur die kraak in die muur gesels, en later het hy begin terugpraat. Mevrou Blinkenaar het vir meneer Duiwendyk vertel hoe bitter jammer sy was dat sy vir die kombuisbediende vertel het wat hy van die Ickabog gesê het, en meneer Duiwendyk het vir haar vertel hoe verskriklik hy ná die tyd gevoel het dat hy kon dink dat majoor Blinkenaar van sy perd afgeval het. En albei het mekaar verseker dat hulle kinders nog lewe, want hulle moes dit glo, anders sou hulle doodgaan.

'n Vriesende koue het by die enigste hoë tralievenstertjie onder in die kerker begin inwaai. Die gevangenes het geweet dat daar nog 'n strawwe winter op pad was, maar vir hulle was die kerker nou 'n plek van hoop en genesing. Mevrou Blinkenaar het op meer komberse vir haar helpers aangedring en haar oond heelnag gestook, want sy was vasberade dat hulle moes oorleef.

HOOFSTUK 48

Bert en Daisy vind mekaar

Die vriesende winter het sake in Ma Grommer se weeshuis natuurlik erger gemaak. Kinders in verflenterde klere wat elke dag net koolsop kry om te eet het nie soveel weerstand teen verkoue en brongitis soos kinders wat goed gevoed word nie. Die klein begraafplaas agter die weeshuis het begin vol loop, want al hoe meer Pauls en Paulas is dood weens 'n gebrek aan kos, en warmte, en liefde, en hulle is begrawe sonder dat enigiemand ooit geweet het wat hulle regte name was, al het die ander kinders oor hulle getreur.

Dit was as gevolg van die skielike styging in sterftes dat Ma Grommer vir Paul Boelie gestuur het om soveel as moontlik daklose kinders te kry sodat haar getalle nie afneem nie. Inspekteurs het drie keer per jaar kom seker maak dat sy nie lieg oor hoeveel weeskinders in haar sorg is nie. Sy het verkies om ouer kinders in te neem, want hulle is taaier as die kleintjies.

Danksy die geld wat sy vir elke kind gekry het, was Ma Grommer se private kamers in die weeshuis van die luuksste in Kornukopië, met 'n knetterende kaggelvuur en diep gemakstoele van fluweel, dik matte van sy en 'n bed met sagte wolkomberse. Haar tafel het oorgeloop van die beste kos en wyn. Die uitgehongerde kinders het die hemelse geure van pasteie uit Baronsburg en kase uit Suiwelstad geruik wanneer Paul Boelie dit na Ma Grommer se kamers toe geneem het. Hy moes nou heeltyd na die kinders omsien, want sy het net haar verskyning gemaak om die inspekteurs te groet.

Daisy Duiwendyk het haar min aan die twee seuns gesteur toe hulle daar aankom. Hulle was vuil en verflenter, soos alle nuwelinge, en Daisy en Marta was druk besig om soveel as moontlik van die kleiner kinders aan die lewe te hou. Hulle het eerder self honger gely sodat die kleintjies genoeg kon hê om te eet, en Daisy was vol kneusplekke van Paul Boelie se kierie omdat sy dikwels tussen hom en 'n kleintjie ingespring het wanneer hy die kind wou slaan. Die paar keer wat sy wel aan die nuwe seuns gedink het, was dit met wrewel omdat hulle sonder om teë te stribbel ingestem het om Paul genoem te word. Sy het nie geweet dat dit die twee seuns baie goed pas dat niemand weet wat hulle regte name is nie.

'n Week nadat Bert en Rod by die weeshuis opgedaag het, het Daisy en haar beste vriend, Marta, in die geheim vir die tweeling 'n verjaardagpartytjie gehou. Baie van die jonger kinders het glad nie geweet wanneer hulle verjaar nie, dan het Daisy vir elkeen 'n datum gekies en seker gemaak dat dit gevier word, al was dit ook net met 'n dubbele porsie koolsop. Sy en Marta het die kleintjies ook altyd aangemoedig om te onthou wat hulle regte name is, al het die meisies hulle geleer om mekaar voor Paul Boelie Paula en Paul te noem.

Daisy het 'n spesiale verrassing vir die tweeling gehad. Sy het dit sowaar reggekry om twee regte Chouxville-poffertjies te steel toe dit die vorige dag vir Ma Grommer afgelewer is en dit vir die tweeling se verjaardag te hou, selfs al was die reuk van die fyngebak vir Daisy 'n marteling, en die versoeking groot om dit self te eet.

"Oe, dis heerlik," het die meisietjie met trane in haar oë gesê.

"Ja, heerlik," het haar boetie smullend bygevoeg.

"Dit kom uit Chouxville, wat ons hoofstad is," het Daisy vir hulle verduidelik. Sy het probeer om alles wat sy van haar eie kortstondige skooldae onthou vir die kleintjies te vertel en het dikwels vir hulle beskryf hoe die stede wat hulle glad nie ken nie destyds gelyk het. Marta het dit ook geniet om van Suiwelstad, Baronsburg en Chouxville te hoor, want voordat sy in Ma Grommer se weeshuis beland het, het sy net die Moerasland geken waar sy grootgeword het.

Maar net mooi toe die tweeling die laaste krummels van hulle poffertjies ingesluk het, bars Paul Boelie by die vertrek in. Daisy probeer die bord waarop daar nog 'n bietjie room was verniet wegsteek, want Paul Boelie het dit reeds gesien.

"Lelike Paula!" bulder hy en storm met sy kierie bokant sy kop op Daisy af. "Jy het Ma Grommer weer besteel!" Hy wil haar met sy kierie slaan, maar sy kierie haak in die lug aan iets vas. Bert het die geskree gehoor en kom kyk wat aangaan. Toe hy sien hoe Paul Boelie 'n brandmaer meisie in 'n gelapte oorbroek in die hoek vaskeer, gryp Bert die kierie voor die boelie haar kan slaan.

"Moenie dit waag nie," grom Bert vir Paul Boelie. Dit is die eerste keer dat Daisy die nuwe seun se Chouxville-aksent hoor, maar hy lyk so anders as die Bert wat sy lank gelede geken het, soveel groter, so gehawend, dat sy hom nie herken nie. Bert onthou Daisy as 'n meisietjie met 'n olyfkleurige vel en bruin vlegsels, en besef glad nie dat hy die meisie met die brandende oë al ontmoet het nie.

Paul Boelie probeer om die kierie uit Bert se greep los te kry, maar Rod snel Bert te hulp. Daar is 'n kort geveg, en vir die eerste keer wat die weeskinders kan onthou, verloor Paul Boelie.

Hy sweer wraak en storm met 'n bloeiende lip by die vertrek uit, en die nuus dat die twee nuwe seuns Daisy en die tweeling gered het en dat Paul Boelie verneder die aftog geblaas het, versprei met 'n gefluister deur die weeshuis.

Later die aand, toe al die weeskinders gereed maak om

bed toe te gaan, loop Bert en Daisy in die trapportaal verby mekaar en steek effens ongemaklik vas om met mekaar te praat.

"Baie dankie," sê Daisy, "vir vroeër."

"Plesier," sê Bert. "Knou hy julle baie so af?"

"Nogal baie, ja," sê Daisy en trek haar skouers op. "Maar die tweeling het hulle poffertjies gekry. En dit maak my bly."

Bert besef skielik dat daar iets bekends aan die vorm van Daisy se gesig is, en hy hoor 'n effense Chouxville-aksent in haar stem. Toe kyk hy af na die stokou, gelapte oorbroek met die moue en pype wat Daisy met stukke lap langer gemaak het.

"Wat's jou naam?" vra hy.

Daisy kyk oor haar skouer om seker te maak dat hulle nie afgeluister word nie.

"Daisy," sê sy. "Maar jy moet onthou om my Paula te noem wanneer Paul Boelie naby is."

"Daisy," snak Bert. "Daisy – *dis ek! Bert Blinkenaar*!"

Daisy se mond val oop en toe die twee hulle kom kry, omhels en soen hulle mekaar asof hulle weer klein is soos in daardie sonskyndae destyds toe hulle in die paleis se binnehof gespeel het, voordat Daisy se ma dood is en Bert se pa doodgeskiet is, toe dit gevoel het of Kornukopië die gelukkigste plek op aarde was.

HOOFSTUK 49

Die ontsnapping uit die weeshuis

Kinders het gewoonlik in Ma Grommer se weeshuis gebly totdat sy hulle op straat uitgegooi het. Sy het nie geld gekry om na volwassenes te kyk nie, en het Paul Boelie net toegelaat om te bly omdat hy vir haar van nut was. Ma Grommer het seker gemaak dat niemand ontsnap nie deur al die deure te sluit en te grendel. Net Paul Boelie het sleutels gehad, en die laaste seun wat dit probeer steel het, het eers maande later van sy beserings herstel.

Daisy en Marta het albei geweet dat hulle binnekort uitgegooi gaan word, maar hulle was minder bekommerd oor hulself as oor wat van die kleintjies sal word wanneer hulle weg is. Bert en Rod het geweet hulle sou min of meer dan ook uitgesmyt word, indien nie vroeër nie. Hulle kon nie gaan kyk of daar nog *Gesoek*-plakkate met Bert se gesig teen al die mure in Jeroboam geplak was nie, maar dit was onwaarskynlik dat dit afgehaal is. Die vier het elke dag in vrees gelewe dat Ma Grommer en Paul Boelie sou besef dat daar 'n vlugteling onder hulle dak is wat meer as honderd dukate werd is.

Intussen het Bert, Daisy, Marta en Rod mekaar laat elke aand ontmoet wanneer die ander kinders geslaap het. Dan het hulle stories en kennis uitgeruil oor wat in Kornukopië aangaan. Hulle het hierdie vergaderings gehou in die enigste plek waar Paul Boelie nooit 'n voet gesit het nie: die yslike koolkas in die kombuis.

Rod, wat grootgemaak is om grappe oor die Moeraslanders te maak, het Marta die eerste paar keer uitgelag oor die vreemde aksent waarmee sy praat, maar Daisy het hom só ingevlieg dat hy dit nie weer gedoen het nie.

Gehurk rondom een kers asof dit 'n vuur is, tussen hope verlepte, vrot koolkoppe, het Daisy vir die seuns vertel hoe sy ontvoer is, en Bert het vertel van sy vermoede dat sy pa in 'n ongeluk dood is, en Rod het verduidelik hoe die Donkerpoters mense aanval en seker maak dat mense glo dat dit die Ickabog was. Hy vertel ook vir die ander hoe die pos onderskep word, hoe die twee lords wavragte vol goue munte steel en dat honderde mense doodgemaak is, of in die tronk gegooi word as lord Spoegmann hulle nog nodig het. Maar albei die seuns het iets weggesteek, en ek sal vir jou vertel wat dit is.

Rod het vermoed dat majoor Blinkenaar jare gelede per ongeluk by die moeras geskiet is, maar hy het dit nie vir Bert gesê nie, want hy was bang dat sy vriend hom sou kwalik neem omdat hy hom nie vroeër al vertel het nie.

Intussen was Bert doodseker dat meneer Duiwendyk die reusepote wat die Donkerpoters gebruik vir hulle gekerf het, maar hy het dit nie vir Daisy vertel nie. Jy sien, hy was bang dat meneer Duiwendyk doodgemaak is nadat die pote klaar was, en hy wou nie vir Daisy vals hoop gee dat hy nog lewe nie. Rod het nie geweet wie die pote vir die Donkerpoters gekerf het nie, daarom het Daisy glad nie eens vermoed dat haar pa 'n aandeel in die aanvalle gehad het nie.

"Maar wat van die soldate?" vra Daisy op die sesde aand wat hulle mekaar in die koolkas ontmoet vir Rod. "Die Ickabog-verdedigingsbrigade en die koninklike wag? Weet hulle wat regtig aangaan?"

"Ek dink so, ja," sê Rod, "maar net die mense heel bo weet alles – die twee lords en my – en wie ook al in my pa se plek gekom het," sê hy en bly vir 'n ruk stil.

"Die soldate moet weet dat die Ickabog nie bestaan nie," sê Bert, "want hulle bewaak die moeras al vir hoe lank."

"Maar daar ís 'n Ickabog," sê Marta. Rod lag nie, al sou hy as hy haar nou net ontmoet het. Daisy ignoreer Marta, soos sy gewoonlik maak wanneer hulle hieroor praat, maar Bert sê vriendelik: "Ek het ook so gedink, totdat ek agtergekom het wat regtig aangaan."

Voordat die vier die aand bed toe gaan, belowe hulle om mekaar die volgende aand weer te ontmoet. Elkeen het 'n brandende begeerte om die land te red, maar hulle besef elke keer net weer dat hulle nie sonder wapens teen lord Spoegmann en sy honderde soldate sal kan veg nie.

Maar toe die meisies op die sewende aand in die koolkas klim, kan Bert aan die uitdrukking op hulle gesigte sien dat daar iets ernstigs gebeur het.

"Hier kom moeilikheid," fluister Daisy nadat Marta die kasdeur toegemaak het. "Ons het Ma Grommer en Paul Boelie gehoor praat, net voordat ons bed toe is. Daar's 'n weeskind-inspekteur op pad. Hy gaan môre hier wees."

Die seuns kyk baie bekommerd na mekaar. Die laaste ding wat hulle wil hê, is dat iemand van buite af hulle as twee vlugtelinge moet herken.

"Ons moet padgee," sê Bert vir Rod. "Nou. Vanaand. As ons saamstaan, kan ons die sleutels by Paul Boelie afvat."

"Dis reg met my," sê Rod en bal sy vuiste.

"Wel, ek en Marta kom saam met julle," sê Daisy. "Ons het klaar 'n plan uitgedink."

"Wat's die plan?" vra Bert.

"Ons vier moet noord mik, na die soldate se kamp in die Moerasland," sê Daisy. "Marta ken die pad, sy kan ons lei. Wanneer ons daar kom, moet ons vir die soldate alles vertel wat Rod vir ons vertel het – van die Ickabog wat nie bestaan nie –"

"Maar hy bestáán," sê Marta, maar al drie ignoreer haar.

"– en van al die mense wat doodgemaak is en al die geld wat Spoegmann en Flapmann steel. Ons kan nie alleen teen Spoegmann baklei nie. Daar moet 'n paar goeie soldate wees wat sal ophou om na hom te luister en ons sal help om ons land te red!"

"Dit is 'n goeie plan," sê Bert stadig, "maar ek dink nie julle meisies moet saamkom nie. Dit kan gevaarlik wees. Ek en Rod sal dit doen."

"Nee, Bert," sê Daisy, en haar oë lyk amper koorsagtig. "As daar vier van ons is, kan ons met dubbeld soveel soldate praat. Moet asseblief nie stry nie. Iets moet nou vinnig verander, anders gaan die meeste kinders in hierdie weeshuis voor die einde van die winter in die begraafplaas hier agter lê."

Dit kos eers nog 'n bietjie mooi praat voordat Bert instem dat die meisies kan saamkom, want hy is in die stilligheid bekommerd dat Daisy en Marta te broos vir die reis is, maar uiteindelik gee hy kop.

"Nou goed. Gaan haal solank die komberse op julle beddens, want ons gaan ver stap, en dis yskoud. Ek en Rod sal met Paul Boelie afreken."

Bert en Rod sluip by die boelie se kamer in. Die geveg is kort en hewig. Gelukkig het Ma Grommer twee hele bottels wyn saam met haar aandete opgedrink, anders sou die gekap en geskree haar beslis wakker gemaak het. Die twee seuns sluit Paul Boelie in sy eie kamer toe en hardloop af na die voordeur, waar die meisies vir hulle wag. Ná vyf minute, wat soos 'n ewigheid voel, kry hulle al die slotte en al die grendels en kettings oop.

Uiteindelik tref die ysige lug die vier toe hulle die deur oopmaak. Daisy, Bert, Marta en Rod loer vir oulaas oor hulle skouers na die weeshuis. Toe glip hulle uit in die rigting van die straat en kies koers na die Moerasland terwyl die eerste sneeuvlokkies begin neersif.

HOOFSTUK 50

Die winterreis

In die hele geskiedenis van Kornukopië het niemand al ooit 'n moeiliker reis as hierdie vier jongmense na die Moerasland aangepak nie.

Dit was die bitterste winter in honderd jaar, en teen die tyd dat die donker buitelyne van Jeroboam agter hulle verdwyn het, het dit al so erg gesneeu dat hulle skaars voor hulle kon sien. Hulle dun, gelapte klere en geskeurde komberse het niks teen die vriesende lug beteken nie; dit was soos klein wolfies met vlymskerp tande wat hulle oral gebyt het.

As dit nie vir Marta was nie, sou hulle nooit die regte pad gekry het nie, maar sy het die gebied noord van Jeroboam geken, en al was al die landmerke toegesneeu, het sy ou bome waarin sy geklim het steeds herken, en rotse met vreemde vorms wat nog altyd daar gestaan het, en vervalle afdakke vir skape wat vroeër aan hulle bure behoort het. Maar terwyl hulle ál verder noord gestap het, het hulle nogtans al hoe meer in hul harte gewonder of hierdie reis hulle dood sou beteken, hoewel niemand dit hardop gesê het nie. Dit het gevoel asof hul liggame by hulle pleit om te stop, om in die gevriesde sneeu in 'n verlate skuur te gaan lê en moed op te gee.

Op die derde aand weet Marta hulle is naby, want sy herken die bekende reuk van die moeras se brak water en slik. Almal skep effens hoop. Hulle trek hul oë op skrefies soos hulle probeer sien of daar enige tekens van fakkels en vure in die soldate se kamp is, en verbeel hulle dat hulle mans hoor gesels, en perde se harnasse wat rinkel, al huil en fluit die wind. Hulle sien af en toe 'n glinstering in die verte, of hoor 'n geluid, maar dis elke keer net die maanlig wat op 'n gevriesde poel water weerkaats, of boomtakke wat in die hewige sneeustorm kraak.

Uiteindelik kom hulle aan die rand van 'n breë strook rotse, modder en moeraskruid en toe besef hulle dat daar nie 'n enkele soldaat is nie.

Hulle het vir die winterstorms padgegee. Die bevelvoerder, wat in sy enigheid seker was dat die Ickabog nie bestaan nie, het besluit dat hy sy manne nie gaan laat verkluim net om lord Spoegmann tevrede te stel nie. Daarom het hy hulle beveel om suidwaarts te wyk, en as die sneeu nie so dik was en so vinnig geval het nie, sou die vier vriende nog gesien het dat die soldate se voetspore van vyf dae gelede in die teenoorgestelde rigting beweeg.

"Kyk," sê Rod en beduie al bewend. "Hulle wás hier –"

'n Wa is net so gelos waar dit in die sneeu vasgeval het, want die soldate wou vinnig uit die storm wegkom. Die vier strompel tot by die wa en sien kos, kos soos wat Bert, Daisy en Rod dit in hulle drome onthou, maar wat Marta nog nooit gesien het nie. Die hope romerige kase uit Suiwelstad, stapels pasteie uit Chouxville, worse en wildpasteie uit Baronsburg is gestuur om die kampbevelvoerder en sy soldate gelukkig te hou, want daar is nêrens in die Moerasland kos te sien nie.

Bert steek sy vingers, wat al dom van die koue is, uit na 'n pastei, maar daar is so 'n dik laag ys op dat sy vingers eenvoudig afgly.

Hy draai radeloos om na Daisy, Marta en Rod, wie se lippe nou al blou is. Niemand sê 'n woord nie. Hulle weet dat hulle hier aan die rand van die Ickabog se moeras gaan doodgaan, en nie een van hulle gee eintlik meer om nie. Daisy kry só koud dat die gedagte aan 'n ewige slaap vir haar wonderlik klink. Terwyl sy stadig in die sneeu wegsak, voel sy die ekstra koue skaars. Bert buk en sit sy arms om haar, maar hy voel ook vaak en vreemd. Marta leun teen Rod, wat haar onder sy kombers probeer intrek. Die vier hurk in 'n bondel saam langs die wa en is oomblikke later bewusteloos en onbewus van die sneeu en ys wat al dieper om hulle liggame opkruip terwyl die maan begin opkom.

En toe gly 'n reusagtige skaduwee oor hulle. Twee enorme arms vol lang groen hare soos moeraskruid reik af na die vier vriende. So maklik asof hulle babas is, raap die Ickabog hulle op en dra hulle oor die moeras weg.

Die skaduwee in die sneeu.

Kate Heyns (12), Laerskool Jan van Riebeeck

HOOFSTUK 51

In die grot

'n Paar uur later word Daisy wakker, maar aan die begin maak sy nie haar oë oop nie. Sy het toe sy klein was laas so veilig en vertroetel gevoel, destyds toe sy geslaap het onder 'n laslappie-kwilt wat haar ma gemaak het en elke oggend met die geluid van 'n knetterende vuur in die kaggel in haar kamer wakker geword het. Sy hoor die vuur nou knetter, en ruik wildpasteie wat in die oond warm gemaak word, so sy weet dat sy droom van die dae toe sy en albei haar ouers gelukkig saam was.

Maar die geluid van die vlamme en die reuk van pastei is so werklik dat Daisy begin dink dat sy nie droom nie, maar dalk in die hemel is. Miskien het sy daar aan die rand van die moeras doodgevries? Sonder om haar liggaam te beweeg maak sy haar oë oop en sien flikkerende vlamme en die growwe mure van wat soos 'n baie groot grot lyk, en sy besef waarin sy en haar drie vriende lê: Dis 'n groot nes van wat soos ongespinde skaapwol lyk.

Langs die vuur is 'n reusagtige rots wat met digte groenbruin moeraskruid bedek is. Daisy staar op na die rots totdat haar oë aan die halfdonker gewoond is. Toe eers besef sy dat die rots, wat so groot soos twee perde is, na haar kyk.

Selfs al sê die ou stories dat die Ickabog soos 'n draak of 'n slang of 'n drywende lykverslinder lyk, weet Daisy dadelik dat dit hy is wat sy nou sien. Sy knyp haar oë weer paniekerig toe, steek haar hand uit, voel een van die ander wat in die sagte skaapwol lê se rug en stamp daaraan.

"Wat?" fluister Bert.

"Het jy dit gesien?" fluister Daisy met haar oë steeds styf toe.

"Ja," sê Bert hees. "Moenie soontoe kyk nie."

"My oë is toe," sê Daisy.

"Ek het julle mos gesê daar is 'n Ickabog," kom Marta se angsbevange fluisterstem.

"Ek dink hy bak pasteie," fluister Rod.

Al vier lê doodstil met hul oë toe totdat die reuk van wildpastei so heerlik oorweldigend word dat almal voel dit sal dalk die moeite werd wees om op te spring, 'n pastei te gryp en vinnig 'n paar happe te vat voordat die Ickabog hulle kan doodmaak.

Toe hoor hulle die monster beweeg. Sy lang, growwe hare ritsel en sy swaar pote maak harde, gedempte geluide. Daar is 'n geplof asof die monster iets swaars neergesit het. Toe sê 'n diep, bulderende stem:

"Eet dit."

Al vier maak hulle oë oop.

Jy dink dalk dat die vier hulle boeglam sal skrik omdat die Ickabog hulle taal kan praat, maar hulle is alreeds so verstom dat die monster werklik bestaan, dat hy weet hoe om vuur te maak en wildpasteie te bak, dat hulle skaars huiwer om daaroor na te dink. Die Ickabog het 'n grofafgewerkte houtbord langs hulle op die vloer neergesit, en hulle besef dat hy dit tussen die gevriesde kosvoorraad op die verlate wa moes gekry het.

Stadig en versigtig kom die vier vriende in sittende posisies, en staar op na die Ickabog se groot, weemoedige oë wat deur 'n gekoekte boskasie van lang, growwe groenerige hare wat hom van kop tot tone bedek, na hulle kyk. Hy het naastenby die vorm van 'n mens, met 'n werklik enorme maag en yslike, harige pote wat elkeen op 'n enkele skerp klou uitloop.

"Wat wil jy van ons hê?" vra Bert dapper.

Met sy diep, bulderende stem antwoord die Ickabog:

"Ek gaan julle opeet. Maar nog nie."

Die Ickabog draai weg, tel twee mandjies wat van stroke boombas gevleg is, op en stap weg na die mond van die grot. Toe, asof iets hom skielik bygeval het, draai die Ickabog terug na hulle en sê: "Brul."

Hy brul nie regtig nie. Hy sê net die woord. Die vier tieners staar na die Ickabog, wat sy oë knip en toe omdraai en met 'n mandjie in elke poot by die grot uitloop. Toe word 'n rotsblok so groot soos die grot se mond voor die ingang gerol om die gevangenes binne te hou. Hulle luister hoe die Ickabog se voetstappe buite op die sneeu knars, en dan wegsterf.

HOOFSTUK 52

Sampioene

Daisy en Marta sal nooit vergeet hoe hemels daardie pasteie uit Baronsburg gesmaak het nadat hulle jare lank van Ma Grommer se koolsop geleef het nie. Marta bars ná die eerste hap al in trane uit en sê sy het nie geweet dat kos so lekker kan wees nie. Terwyl hulle eet, vergeet die vier van die Ickabog. Toe die pasteie op is, voel hulle dapperder en staan op om die Ickabog se grot in die lig van die vuur te verken.

"Kyk," sê Daisy, wat tekeninge teen die muur ontdek het.

Honderde harige Ickabogs word deur stokmannetjies met spiese gejaag.

"Kom kyk na hierdie een!" sê Rod en wys na 'n tekening naby die mond van die grot.

In die lig van die Ickabog se vuur bekyk die vier 'n tekening van 'n Ickabog wat van aangesig tot aangesig staan met 'n stokmannetjie wat 'n gepluimde helm ophet en 'n swaard vashou.

"Dit lyk soos die koning," fluister Daisy en wys na die mannetjie. "Dink julle hy het die Ickabog *regtig* daardie aand gesien?"

Die ander kan natuurlik nie antwoord nie, maar ek kan. Ek sal nou vir jou die hele waarheid vertel, en ek hoop nie jy gaan kwaad wees dat ek dit nog nie gedoen het nie.

Koning Fred het die Ickabog daardie aand toe majoor Blinkenaar doodgeskiet is werklik vlugtig in die digte mis in die moeras gesien. Ek kan ook vir jou sê dat die ou skaapwagter wat gedink het dat die Ickabog sy hond verslind het, die volgende oggend 'n getjank en 'n gekrap aan sy deur gehoor het en besef het dat die getroue Slapoor huis toe gekom het, want lord Spoegmann het sy hond gehelp om uit die braambosse waarin hy vasgesit het, los te kom.

Voordat jy dink dit was verkeerd van die skaapwagter om nie vir die koning te laat weet dat die Ickabog nie vir Slapoor verslind het nie, moet jy onthou dat hy uitgeput was ná sy lang reis na Chouxville. Die koning sou in elk geval nie omgegee het nie. Nadat koning Fred die monster in die mis gesien het, sou niks of niemand hom oortuig het dat die ondier nie bestaan nie.

"Ek wonder," sê Marta, "hoekom die Ickabog die koning nie opgevreet het nie?"

"Miskien het hy nie regtig teen hom baklei soos wat die stories sê nie?" vra Rod onseker.

"Dis darem snaaks," sê Daisy en draai om en kyk na die Ickabog se grot. "As die Ickabog regtig mense eet, hoekom lê hier nêrens bene rond nie?"

"Hy eet natuurlik die bene ook," sê Bert. Sy stem bewe.

Toe besef Daisy dat hulle verkeerd was om te dink dat majoor Blinkenaar in 'n ongeluk in die moeras dood is. Dit is nou duidelik dat die Ickabog hom wel doodgemaak het. Sy steek haar hand uit om aan Bert s'n te vat en vir hom te wys dat sy verstaan dat dit verskriklik moet wees om hier in die monster wat sy pa doodgemaak het se grot vasgekeer te wees, maar skielik hoor hulle weer swaar voetstappe buite en weet die monster is terug. Al vier hardloop terug na die sagte hoop skaapwol en sak daarin weg asof hulle nooit 'n voet versit het nie.

Daar is 'n harde gedreun soos die Ickabog die rotsblok wegrol, en die ysige winterwind kom in. Dit sneeu nog baie buite en oral in die Ickabog se hare sit sneeu vas. In een van die mandjies is daar 'n stapel sampioene en hout om mee vuur te maak. In die ander een is daar gevriesde pasteie uit Chouxville.

Terwyl die tieners kyk, gooi die Ickabog hout op die vuur en sit die gevriesde blok pasteie op 'n plat klip langsaan neer, waar dit kan ontdooi. Toe, terwyl Daisy, Bert, Marta en Rod kyk, begin die Ickabog sampioene eet. Hy doen dit op 'n vreemde manier. Hy ryg 'n paar in op die een skerp punt waarop elke poot uitloop en eet dit dan versigtig een vir een en kou dit fyn terwyl hy straal van genot.

Ná 'n rukkie is dit asof hy bewus word van die vier mense wat hom dophou.

"Brul," sê hy weer en ignoreer hulle totdat hy al die sampioene opgeëet het, waarna hy die ontvriesde Chouxville-pasteie van die warm klip af optel en dit met sy enorme, harige pote aangee.

"Hy wil ons vet voer!" fluister Marta angsbevange, maar gryp nogtans 'n Feetjievlerkie en die volgende oomblik gaan haar oë toe van lekkerkry.

Nadat die Ickabog en die mense geëet het, sit die Ickabog die twee mandjies netjies in 'n hoek weg en beweeg na die mond van die grot, waar dit steeds sneeu en die son begin ondergaan. Met 'n eienaardige geluid wat jy sal herken as jy al gehoor het hoe 'n doedelsak vol lug geblaas word voordat iemand daarop begin speel, asem die Ickabog diep in en begin sing in 'n taal wat nie een van die mense verstaan nie. Die lied weergalm oor die moeras terwyl die donker neersak. Die vier tieners luister, en dis nie lank nie of hulle word vaak en sink een ná die ander dieper in die nes van skaapwol weg en raak aan die slaap.

Die regte Ickabog.

Ethan Oosthuizen (10)

HOOFSTUK 53

Die geheimsinnige monster

Dit neem 'n hele paar dae voordat Daisy, Bert, Marta en Rod die moed het om enigiets anders te doen as om die gevriesde kos wat die Ickabog vir hulle van die wa af bring te eet en te kyk hoe die monster sampioene eet. Elke keer wanneer die Ickabog uitgaan (en die enorme rotsblok altyd voor die grot se mond rol om te keer dat hulle ontsnap), gesels hulle oor sy vreemde gewoontes, maar met gedempte stemme, ingeval hy hulle aan die ander kant van die rotsblok staan en afluister.

Hulle verskil net oor een ding, en dis oor of die Ickabog 'n mannetjie of 'n wyfie is. Daisy, Bert en Rod dink almal dis net 'n mannetjie wat so 'n diep, bulderende stem kan hê, maar Marta, wat skape opgepas het voordat haar gesin van hongersnood dood is, dink die Ickabog is 'n wyfie.

"Die Ickabog se maag word ál groter," sê sy vir hulle. "Ek dink die dierasie gaan kleintjies kry."

Die ander ding wat die kinders bespreek, is natuurlik wanneer presies die Ickabog beplan om hulle te eet, en of hulle teen hom sal kan baklei of hom kan keer.

"Ek dink ons het nog 'n bietjie tyd," sê Bert, en kyk na Daisy en Marta, wat ná al die jare in die weeshuis steeds baie maer is. "Julle twee sal hom nie eers halfpad vol maak nie."

"As ek hom aan die nek beetkry," sê Rod en beduie hoe hy dit sal doen, "en Bert moker hom hard in die maag –"

"Ons sal die Ickabog nooit kan oorrompel nie," sê Daisy. "Hy stoot daai yslike groot rotsblok alleen heen en weer. Ons is nie naastenby sterk genoeg nie."

"As ons net 'n wapen gehad het," sê Bert en staan op en skop 'n klip dat dit tot aan die ander kant van die grot trek.

"Dink julle nie dit is vreemd dat ons die Ickabog net sampioene sien eet nie?" vra Daisy. "Kry julle nie die gevoel dat hy maak asof hy kwaaier is as wat hy regtig is nie?"

"Wel, die dierasie eet skape," sê Marta. "Waar kom al hierdie wol vandaan as hy nie skape eet nie?"

"Miskien het hy al die klossies wat aan die bosse vassit, bymekaargemaak?" stel Daisy voor en tel van die sagte wit dons op. "Ek kan nog steeds nie verstaan hoekom hier niks bene rondlê as hy regtig skape eet nie."

"Wat van daardie lied wat hy elke aand sing?" sê Bert. "Dit gee my hoendervleis. As julle my vra, is dit 'n oorlogslied."

"Dit maak my ook bang," stem Marta saam.

"Ek wonder wat dit beteken?" sê Daisy.

'n Paar minute later word die enorme rotsblok voor die grot se mond weer weggerol en die Ickabog verskyn weer eens met sy twee mandjies, een vol sampioene soos gewoonlik, en die ander een met gevriesde kase uit Suiwelstad.

Almal eet sonder om te praat, soos hulle altyd maak, en nadat die Ickabog sy mandjies weggepak en die vuur gestook het, beweeg hy soos wat die son begin ondergaan na die mond van die grot en maak gereed om sy vreemde lied te sing in die taal wat mense nie kan verstaan nie.

Daisy staan op.

"Wat doen jy?" fluister Bert en gryp haar enkel. "Sit!"

"Nee," sê Daisy en ruk los. "Ek wil met hom praat."

Sy stap dapper tot by die mond van die grot en gaan sit langs die Ickabog.

Die regte Ickabog.

Milla Joubert (10), Laerskool Jan van Riebeeck

HOOFSTUK 54

Die lied van die Ickabog

Die Ickabog het net mooi diep asemgehaal met die geluid wat klink soos 'n doedelsak wat vol lug geblaas word, toe sê Daisy:

"In watter taal sing jy, Ickabog?"

Die Ickabog kyk af na haar, en skrik toe hy Daisy so naby aan hom sien sit. Daisy dink eers hy gaan nie antwoord nie, maar uiteindelik sê hy met sy stadige, diep stem:

"Ickeraans."

"En waaroor gaan die lied?"

"Dis die storie van die Ickabogs – en van jou soort ook."

"Jy bedoel mense?" vra Daisy. "Ja, mense," sê die Ickabog. "Die twee stories is een storie, want mense is uit Ickabogs Geborene."

Hy haal weer diep asem, maar Daisy vra: "Wat beteken 'Geborene'? Is dit dieselfde as gebore?"

"Nee," sê die Ickabog en kyk af na haar, "Geborene is baie anders as om gebore te word. Dis hoe nuwe Ickabogs in die wêreld kom."

Daisy wil beleefd wees, aangesien die Ickabog so geweldig groot is, en sê versigtig:

"Dit klink 'n *bietjie* soos om gebore te word."

"Wel, dit is nie," sê die Ickabog met sy diep stem. "Gebore en Geborene is baie verskillende goed. Wanneer Ickabog-babas Geborene word, gaan ons wat hulle Geborene het dood."

"Altyd?" vra Daisy, wat sien hoe die Ickabog ingedagte oor sy maag vryf terwyl hy praat.

"Altyd," sê die Ickabog. "Dis hoe dit met Ickabogs werk. Om saam met jou kinders te lewe is een van die vreemdstehede van mense."

"Maar dis so hartseer," sê Daisy stadig. "Om dood te gaan wanneer jou kinders gebore word."

"Dis glad nie hartseer nie," sê die Ickabog. "Die Geborening is 'n wonderlike ding! Ons hele lewens lei tot die Geborening. Wat ons doen en wat ons voel wanneer ons babas Geborene word, gee vir ons kleintjies hulle geaardheid. Dis baie belangrik om 'n goeie Geborening te hê."

"Ek verstaan nie," sê Daisy.

"As ek hartseer en sonder hoop doodgaan," verduidelik die Ickabog, "sal my babas nie oorleef nie. Ek het gesien hoe my mede-Ickabogs een ná die ander in wanhoop sterf, en hulle babas het net 'n paar sekondes lank gelewe. 'n Ickabog kan nie sonder hoop lewe nie. Ek is die laaste Ickabog wat oor is, en my Geborening gaan die belangrikste Geborening in die geskiedenis wees, want as my Geborening goed afloop, sal ons spesie oorleef, en as dit nie gebeur nie, sal die Ickabogs vir ewig verdwyn –

"Jy weet, dis oor 'n slegte Geborening dat al ons moeilikheid begin het."

"Is dit waaroor jou lied gaan?" vra Daisy. "Daardie slegte Geborening?"

Die Ickabog knik met sy oë vasgenael op die witgesneeude moeras wat nou donker word. Toe neem hy weer 'n diep doedelsak-teug lug en begin sing, en hierdie keer sing hy die lied in woorde wat die mense kan verstaan.

"Doer met die daeraad van tyd
was daar Ickabogs wyd en syd.
Nêrens was daar 'n enk'le mens,
geen haat, geen oorlog en geen grens.
Doerie tyd was alles perfek,
daar was oorvloed en geen gebrek.

Ons was sonder vrees, ons was vry,
ons dae't sag verbygegly.

O Ickabogs, word weer Geborene,
word weer Geborene, my Ickabogs.
O Ickabogs, word weer Geborene,
word weer Geborene, my Ickervolk.

Maar een nag toe tref 'n ramp ons
terwyl 'n storm woed om ons.
Toe het Bitterheid verskyn,
Geborene uit venyn.
Sy stem was grof, sy hart hard,
en hy het ons uitgetart.
Toe verdryf ons Bitterheid
uit vrees vir sy andersheid.

O Ickabogs, word wys Geborene,
word wys Geborene, my Ickabogs.
O Ickabogs, word wys Geborene,
word wys Geborene, my Ickervolk.

Ver, ver weg en sonder koestering
kom sy tyd vir die Geborening:
Bitterheid sterf boos en wrewelrig
en Haat sien vurig die lewenslig.
Hy was haarloos en genadeloos,
hy wou wraak neem op almal, altoos.
Hy het gesmag na die reuk van bloed,
hy het gesweer hy sal ons laat boet.

O Ickabogs, word sagmoedig Geborene,
word sagmoedig Geborene, my Ickabogs.
O Ickabogs, word sagmoedig Geborene,
word sagmoedig Geborene, my Ickervolk.

Toe broei Haat hordes mensekinders uit.
Ja, uit ons, uit ons het hul voortgespruit.
Uit Bitterheid en Haat het hul ontstaan,
met een bose doel: om ons te verslaan.
Ickabogs is gejag en uitgedelg,
ons bloed is vergiet en ons is verswelg.
Ons voorsate is wreedaardig uitgewis,
en steeds sê mense dat ons die boses is.

O Ickabogs, word dapper Geborene,
word dapper Geborene, my Ickabogs.
O Ickabogs, word dapper Geborene,
word dapper Geborene, my Ickervolk.

Ons is verdryf uit ons huise van gras
na stink hole van modder en moeras.
En in die eindelose reën en mis
het die mens ons wreedaardig uitgewis.
Nou bly net een laaste van ons ras oor,
wat moet keer dat ons hierdie stryd verloor
met Geborenes wat ons volk moet wreek,
en die mens om genade moet laat smeek.

O Ickabogs, maak dood die wrede mens,
maak dood die wrede mens, my Ickabogs.
O Ickabogs, maak dood die wrede mens,
maak dood die wrede mens, my Ickervolk.

Nadat die Ickabog klaar gesing het, sit Daisy en die Ickabog vir 'n ruk in stilte. Die sterre begin nou uitkom. Daisy kyk op na die maan en sê:

"Hoeveel mense het jy al geëet, Ickabog?"

Die Ickabog sug.

"Sover nog nie een nie. Ickabogs hou van sampioene."

"Beplan jy dan om ons te eet wanneer dit tyd vir jou

Geborening word?" vra Daisy. "Sodat wanneer jou babas gebore word hulle moet glo dat Ickabogs mense eet? Jy wil hulle in mensmoordenaars verander, nè? Sodat hulle julle land kan terugvat?"

Die Ickabog kyk af na haar. Dit lyk nie asof hy wil antwoord nie, maar uiteindelik knik hy met sy yslike, harige kop. Agter Daisy en die Ickabog kyk Bert, Marta en Rod angstig vir mekaar in die lig van die vuur wat doodgaan.

"Ek weet hoe dit voel om die mense vir wie jy die liefste is te verloor," sê Daisy sag. "My ma is dood, en my pa het verdwyn. Nadat my pa weg is, het ek myself vir lank gedwing om te glo dat hy nog lewe, want ek moes, of ek dink ek sou ook doodgegaan het." Daisy staan op sodat sy in die Ickabog se hartseer oë kan kyk.

"Ek dink mense het amper net soveel soos Ickabogs nodig om te hoop. Maar," sê sy en sit haar hand op haar hart, "my ma en pa lewe nog altyd hier binne-in my, en hulle sal ook altyd. So wanneer jy my eet, Ickabog, moet jy my hart laaste eet. Ek wil my ouers graag so lank as wat ek kan nog aan die lewe hou."

Sy loop terug by die grot in, en die vier mense gaan sit weer op hulle hoop wol langs die vuur.

'n Rukkie later, toe Daisy amper al aan die slaap is, verbeel sy haar sy hoor die Ickabog snuif.

HOOFSTUK 55

Lord Spoegmann gee die koning aanstoot

Ná die ramp van die poskoets wat tot in die stad gekom het, het lord Spoegmann stappe geneem om seker te maak dat dit nooit weer sal gebeur nie. Sonder die koning se wete is 'n nuwe proklamasie uitgereik waarvolgens die hoofraadgewer briewe kon oopmaak om te kyk of daar iets verraderliks in staan. Die proklamasie het ewe behulpsaam ook 'n lys bevat van alles wat voortaan in Kornukopië as verraad beskou sou word. Dit was steeds verraad om te sê dat die Ickabog nie werklik bestaan nie, en dat koning Fred nie 'n goeie koning is nie. Dit was verraad om lord Spoegmann en lord Flapmann te kritiseer, dit was verraad om te sê dat die Ickabog-belasting te hoog is, en vir die eerste keer was dit verraad om te sê dat Kornukopië nie 'n koninkryk van geluk en oorvloed is nie.

Toe almal te bang was om die waarheid in hulle briewe te vertel, het daar byna geen pos en geen reisigers meer in die hoofstad aangekom nie. Dit was presies wat lord Spoegmann wou hê, en hy kon toe met fase twee van sy plan begin. Dit was om vir koning Fred hope bewonderaarspos te stuur. Omdat hierdie briewe nie almal in dieselfde handskrif kon wees nie, het lord Spoegmann 'n paar soldate in 'n vertrek met stapels papiere en veerpenne opgesluit en hulle beveel om te begin skryf.

"Onthou, prys die koning," het die hoofraadgewer gesê terwyl hy in sy ampsgewaad op en af voor die mans loop.

"Sê vir hom hy is die beste heerser wat die land nog ooit gehad het. Prys my ook. Sê dat julle nie weet wat van Kornukopië sal word sonder lord Spoegmann nie. En sê dat julle weet dat die Ickabog baie mense sou doodgemaak het as dit nie vir die Ickabog-verdedigingsbrigade was nie, en dat Kornukopië ryker as ooit is."

Daarna begin koning Fred briewe kry wat vir hom sê hoe wonderlik hy is, en dat die land nog nooit so gelukkig was nie, en dat die oorlog teen die Ickabog besonder goed verloop.

"Nou toe nou, dit lyk asof alles glad en voorspoedig verloop!" sê koning Fred stralend op 'n dag tydens middagete terwyl hy een van die briewe voor die twee lords waai. Hy is baie gelukkiger vandat hy die vervalste briewe begin kry het. Die grond is gevries van die ysige winter, wat dit gevaarlik maak om te gaan jag, maar koning Fred, wat 'n manjifieke nuwe kostuum van donkeroranje sy met topaasknope dra, voel vandag besonder aantreklik, wat hom selfs vroliker maak. Dis regtig heerlik om te kyk hoe die sneeu buite die venster neersif terwyl die vuur in sy kaggels knetter en sy tafel soos gewoonlik vol duur kosse gestapel is.

"Ek het glad nie besef dat daar al soveel Ickabogs doodgemaak is nie, Spoegmann! Om die waarheid te sê – noudat ek daaraan dink – het ek nie eers geweet dat daar meer as een Ickabog bestaan nie!"

"O ja, U Hoogheid," sê lord Spoegmann en gluur woedend onderlangs vir lord Flapmann, wat homself weer vol besonder heerlike roomkaas stop. Lord Spoegmann het soveel om te doen dat hy lord Flapmann opdrag gegee het om al die vervalste briewe na te gaan voordat dit na die koning gestuur word. "Ons wou u nie ontstel nie, maar ons het 'n ruk gelede uitgevind dat die monster eh –"

Hy gee 'n hoesie.

"– voortgeplant het."

"Ek sien," sê koning Fred. "Wel, dis goeie nuus dat julle hulle so vinnig uitroei. Ons moet eintlik een laat opstop en dit vir die mense uitstal!"

"Eh – ja, U Hoogheid, dis 'n uitstekende idee," sê lord Spoegmann en kners op sy tande.

"Daar is egter een ding wat ek nie verstaan nie," sê koning Fred en frons terwyl hy na die brief kyk. "Het professor Foppenfnuik nie gesê dat wanneer jy 'n Ickabog doodmaak daar dadelik twee nuwe Ickabogs verskyn nie? Verdubbel ons dan nie hulle getalle deur die Ickabogs dood te maak nie?"

"Eh – nee, U Hoogheid, nie regtig nie," sê lord Spoegmann terwyl sy slinkse brein verwoed werk. "Ons het gelukkig 'n manier gevind om te keer dat dit gebeur deur eh – deur –"

"Hulle eers oor die kop te slaan," stel lord Flapmann voor.

"Hulle eers oor die kop te slaan," herhaal lord Spoegmann, en knik. "Dis so eenvoudig. As jy naby genoeg aan 'n Ickabog kan kom en hom eers katswink kan slaan voordat jy hom doodmaak, dan eh, dan kan jy die dupliseringsproses – stopsit."

"Hoekom het jy my nooit van daardie wonderbaarlike ontdekking vertel nie, lord Spoegmann?" roep koning Fred uit. "Dit verander alles – al die Ickabogs in Kornukopië sal binnekort vir ewig uitgeroei wees!"

"Ja, U Hoogheid, dit ís goeie nuus, nie waar nie?" sê lord Spoegmann, wat wens hy kan die grynslag van lord Flapmann se bakkies afvee. "Daar is egter nog 'n hele paar Ickabogs oor –"

"Nietemin, dit lyk asof die einde uiteindelik in sig is!" sê koning Fred vrolik en sit die brief eenkant neer en tel sy mes en vurk weer op. "Dis darem baie hartseer dat majoor Rommel deur 'n Ickabog doodgemaak is net voordat ons die bordjies teen die monsters verhang het!"

"Ja, baie hartseer, U Hoogheid," stem lord Spoegmann saam. Hy het majoor Rommel se skielike verdwyning natuurlik verduidelik deur vir die koning te sê dat hy in die Moerasland gesterf het in 'n poging om te keer dat die Ickabog af suide toe kom.

"Dit verklaar ook iets waaroor ek lankal wonder," sê koning Fred. "Het julle al gehoor hoe die bediendes die hele tyd ons volkslied sing? Dit is regtig baie besielend en alles, al word dit 'n bietjie afgesaag. Maar dís natuurlik hoekom – hulle vier ons triomf oor die Ickabogs, is dit nie waar nie?"

"Dit moet wees, U Hoogheid," sê lord Spoegmann.

Die mense wat so sing, is in werklikheid natuurlik die gevangenes onder in die kerker, en nie die bediendes nie, maar koning Fred is onbewus van die feit dat daar vyftig of meer mense onder sy voete opgesluit gehou word.

"Ons moet 'n bal ter viering daarvan hou!" sê koning Fred. "Ons het regtig lanklaas 'n bal gehou. Dit voel asof ek 'n eeu gelede met lady Eslander gedans het."

"Nonne dans nie," sê lord Spoegmann kwaad. Hy spring onverwags op. "Flapmann, ons moet praat."

Die twee lords is al halfpad in die rigting van die deur toe beveel die koning:

"Wag."

Albei draai om. Koning Fred lyk skielik ontevrede.

"Nie een van julle het toestemming gevra om die koning se tafel te verlaat nie."

Die twee lords loer vir mekaar, toe buig lord Spoegmann, en lord Flapmann volg sy voorbeeld.

"Ek vra nederig om verskoning, U Majesteit," sê lord Spoegmann. "Ons is bloot haastig om werk te maak van u briljante voorstel om 'n dooie Ickabog te laat opstop, want anders mag die ongedierte dalk eh – verrot."

"Nietemin," sê koning Fred en voel-voel aan die goue medalje om sy nek met die uitbeelding van die koning wat teen 'n draakagtige monster veg, "ek bly steeds die koning, Spoegmann. *Jou* koning."

"Natuurlik, U Hoogheid," sê lord Spoegmann en buig weer laag. "Ek lewe slegs om u te dien."

"H'm," sê koning Fred. "Sorg dat jy dit in die vervolg onthou, en roer jou met die opstop van daardie Ickabog. Ek wil dit vir die mense uitstal. Daarna sal ons die bal ter viering van ons triomf oor die Ickabogs bespreek."

Koning Fred wat gelukkig lyk in sy donkeroranje kostuum.

Petri de Villiers (8), Laerskool Voorpos

HOOFSTUK 56

Die komplot in die kerker

Die oomblik toe lord Spoegmann en lord Flapmann buite hoorafstand van die koning is, vlieg lord Spoegmann vir lord Flapmann in.

"Jy was veronderstel om al daardie briewe na te gaan voordat dit by die koning afgelewer is! Waar is ek veronderstel om 'n dooie Ickabog te kry om op te stop?"

"Laat 'n naaldwerkster iets maak," stel lord Flapmann met 'n skouerophaling voor.

"'n Naaldwerkster? 'n *Naaldwerkster*?"

"Ja, wat anders kan jy doen?" sê lord Flapmann en vat 'n groot hap van die Hertoghappie wat hy op die koning se tafel gegaps het.

"Wat kan *ek* doen?" herhaal lord Spoegmann briesend. "Dink jy dis alles *my* probleem?"

"Dis jy wat die Ickabog opgemaak het," mompel lord Flapmann al kouend. Hy is lankal moeg daarvoor dat lord Spoegmann so op hom skree en oor hom baasspeel.

"En dis jy wat Blinkenaar doodgemaak het!" spoeg lord Spoegmann. "Wat sou van jou geword het as ek die monster nie blameer het nie?"

Sonder om te wag dat lord Flapmann hom antwoord, draai lord Spoegmann weg en stap af na die kerker toe. Ten minste kan hy die gevangenes se gedurige gesing stopsit sodat die koning kan dink dat hulle nie meer so goed in die oorlog teen die Ickabogs vaar nie.

"Stilte – STILTE!" bulder lord Spoegmann toe hy by die kerker instap, want die plek weerklink van die geraas.

Daar is 'n gesing en gelag terwyl Pester die lakei tussen die selle rondhardloop en kombuistoerusting by die verskillende gevangenes gaan haal en aflewer, en die geur van Dagdroompies wat vars uit mevrou Blinkenaar se oond kom die warm lug vul. Die gevangenes lyk almal baie gesonder en glad nie meer so maer soos die vorige keer toe lord Spoegmann hier onder was nie. Hy hou nie daarvan nie; hy hou niks daarvan nie. Hy hou veral niks daarvan om te sien dat kaptein Goedaard weer so fiks en sterk soos altyd lyk nie. Lord Spoegmann hou van sy vyande swak en hulpeloos. Dit lyk selfs of meneer Duiwendyk se lang grys baard netjies geknip is.

"Ek hoop jy hou telling," sê hy vir die hygende Pester, "van al hierdie potte en messe en wat ook al jy so uitdeel."

"Ja – ja, natuurlik," hyg die lakei, wat nie graag wil erken dat al die bevele wat mevrou Blinkenaar gee hom verwar en dat hy nie 'n benul het van wat by watter gevangene is nie. Pester moet maatbekers, klitsers, opskeplepels en bakpanne deur die tralies aanvat en aangee om by te hou met die aanvraag na mevrou Blinkenaar se fyngebak, en hy het al 'n keer of twee per ongeluk een van meneer Duiwendyk se beitels vir 'n ander gevangene gegee. Hy *dink* hy kry dit reg om alles weer elke aand terug te kry, maar hoe op aarde kan hy seker wees? En soms is Pester bekommerd dat die bewaarder onder in die kerker, wat baie lief vir wyn is, die gevangenes dalk nie sal hoor as hulle dit in hul koppe kry om saans nadat die kerse doodgeblaas is onder mekaar te fluister en bose planne te beraam nie. Maar Pester kan sien dat lord Spoegmann nie in die bui is om met nóg probleme opgesaal te word nie, daarom hou die lakei sy mond.

"Alle gesing is voortaan verbode!" skree lord Spoegmann, en sy stem weergalm deur die selle. "Die koning het hoofpyn!"

Om die waarheid te sê, begin lord Spoegmann se kop

ook al hoe meer klop. Die oomblik toe hy sy rug op die gevangenes draai, vergeet hy van hulle en begin wonder hoe op aarde hy iets kan laat opstop om soos 'n Ickabog te lyk. Miskien het lord Flapmann iets beet. Miskien kan hulle 'n bul se geraamte vat en 'n naaldwerkster ontvoer en haar dwing om dit met saagsels op te stop en dan oor te trek om soos 'n draak te lyk.

Leuens op leuens op leuens. Wanneer jy eers begin lieg, moet jy daarmee aanhou; dis soos om die kaptein van 'n lekkende skip te wees wat gedurig nóg gate in die romp moet toestop om te keer dat jy sink. Lord Spoegmann is so verlore in sy gedagtes oor geraamtes en saagsels dat hy sy rug draai op wat sy grootste probleem nóg gaan wees: 'n kerker vol gevangenes wat konkel, en almal messe en beitels onder hulle komberse en agter los stene in hulle mure wegsteek.

HOOFSTUK 57

Daisy se plan

Bo in die Moerasland waar die sneeu nou al dik op die grond lê, rol die Ickabog nie meer die rotsblok voor die grot se mond wanneer hy met sy mandjies uitgaan nie. Daisy, Bert, Marta en Rod help hom nou om die klein moerassampioene waarvoor hy so lief is te pluk, en gedurende hierdie uitstappies kry hulle ook sommer vir hulle nog gevriesde kos by die verlate wa.

Al vier die mense word by die dag sterker en gesonder. Die Ickabog word ook vetter en vetter, maar dis omdat die tyd vir die Geborening al nader kom. Omdat die Geborening is wanneer die Ickabog beplan om hulle te eet, is Bert, Marta en Rod nie baie gelukkig om te sien hoe die Ickabog se maag ál groter word nie. Veral Bert is seker dat die Ickabog beplan om hulle dood te maak. Hy glo nou hy was verkeerd toe hy gedink het dat sy pa in 'n ongeluk dood is. Die Ickabog bestaan werklik, so dis duidelik dat die Ickabog majoor Blinkenaar doodgemaak het.

Dikwels wanneer hulle sampioene gaan oes, stap die Ickabog en Daisy 'n entjie voor die ander uit sodat hulle privaat kan gesels.

"Waaroor dink julle praat hulle?" fluister Marta vir die twee seuns terwyl hulle in die modderige grond soek na die klein wit sampioene waarvan die Ickabog so baie hou.

"Ek dink sy probeer vriende met hom maak," sê Bert.

"Hoekom? Sodat hy vir ons in plaas van vir haar moet eet?" vra Rod.

"Hoe kan jy so lelik van haar praat?" hap Marta terug.

"Daisy het na almal in die weeshuis gekyk. Partykeer het sy selfs ander kinders se pak gevat."

Rod is uit die veld geslaan. Sy pa het hom geleer om altyd die ergste te verwag van almal wat hy ontmoet en dat daar net een manier is om iewers in die lewe te kom: Jy moet die grootste, die sterkste en die gemeenste in die groep wees. Dis moeilik om die slegte gewoontes wat hy by sy pa geleer het af te skud, maar sy pa is nou dood en sy ma en broers is ongetwyfeld in die tronk, en Rod wil graag hê sy drie nuwe vriende moet van hom hou.

"Jammer," brom hy, en Marta glimlag vir hom.

Net sodat jy weet, Bert was toe heeltemal reg. Daisy *is* besig om vriende met die Ickabog te maak, maar haar plan is nie om net haarself, of selfs net haar drie vriende, te red nie. Sy wil die hele Kornukopië red.

Terwyl sy en die monster hierdie spesifieke oggend 'n ent voor die ander deur die moeras loop, sien sy 'n kol sneeuklokkies wat dit al reggekry het om tussen die smeltende ys deur te beur. Die lente is op pad, wat beteken dat die soldate binnekort na die moeras sal terugkeer. Daisy het 'n nare hol kol op haar maag, want sy weet hoe belangrik dit is dat sy haar woorde nou reg kies:

"Ickabog, hoe goed ken jy die lied wat jy altyd sing?"

Die Ickabog, wat so pas 'n houtstomp opgelig het om te sien of daar sampioene onder wegkruip, sê:

"As ek dit nie goed ken nie sal ek dit mos nie sing nie?" Hy gee 'n heserige laggie.

"Maar weet jy hoe om dit te sing as jy wil hê jou kinders moet sagmoedig en wys en dapper wees?"

"Ja," sê die Ickabog, en pluk 'n silwergrys sampioentjie en wys dit vir Daisy. "Dis 'n lekker een. Jy kry nie baie van die silwer soort in die moeras nie."

"Wonderlik," sê Daisy terwyl die Ickabog die sampioen in sy mandjie sit. "En nog iets oor die lied," sê Daisy, "aan die einde sing jy vir jou babas om mense dood te maak."

"Ja," antwoord die Ickabog weer, en reik met een poot op na 'n gelerige swam wat aan 'n dooie boomtak groei en wys dit vir Daisy. "Dis giftig. Jy moet dié soort nooit eet nie."

"Ek sal nie," sê Daisy en haal diep asem en sê: "Maar dink jy regtig dat 'n sagmoedige, wyse en dapper Ickabog mense sal eet?"

Die Ickabog is besig om te buk sodat hy nog 'n silwer sampioen kan pluk, maar steek vas en kyk af na Daisy.

"Ek *wil* julle nie eet nie," sê hy, "maar ek moet, anders sal my kinders doodgaan."

"Jy't gesê dat 'n Ickabog nie sonder hoop kan lewe nie," sê Daisy. "Sê nou jou kinders word Geborene en sien dat hulle ma – of pa – ek's jammer, ek weet nie so mooi –"

"Ek sal hulle Icker wees," sê die Ickabog. "En hulle sal my Ickaboggels wees."

"Reg, nou sal dit nie wonderlik wees as jou – jou Ickaboggels sien dat hulle Icker omring is deur mense wat lief vir hom is en wil hê hy moet gelukkig wees en wat vriende met hulle wil wees nie? Sal dit hulle nie meer hoop gee as wat enigiets anders kan nie?"

Die Ickabog gaan sit op 'n boomstam wat omgeval het en sê vir lank nie 'n woord nie. Bert, Marta en Rod hou die twee op 'n afstand dop. Hulle kan sien dat daar iets baie belangriks tussen Daisy en die Ickabog aan die gang is, en al is hulle geweldig nuuskierig, waag hulle dit nie om nader te gaan nie.

Uiteindelik sê die Ickabog:

"Miskien – miskien sal dit beter wees as ek julle nie eet nie, Daisy."

Dis die eerste keer dat die Ickabog haar op haar naam noem. Daisy steek haar hand uit en sit dit in die Ickabog se poot, en vir 'n oomblik of twee glimlag hulle vir mekaar. Toe sê die Ickabog:

"Wanneer dit tyd vir my Geborening word, moet jy en

jou vriende rondom my kom staan, want dan sal my Ickaboggels wat Geborene word, sien dat julle ook hulle vriende is. En daarna moet julle vir ewig saam met my Ickaboggels hier in die moeras bly."

"Daar is net een probleem," sê Daisy versigtig terwyl sy die Ickabog se poot steeds vashou, "die kos op die wa gaan een van die dae op wees. Ek dink nie hier groei genoeg sampioene om ons vier én jou Ickaboggels aan die lewe te hou nie."

Dit voel vir Daisy vreemd om sommerso te praat oor 'n tyd wanneer die Ickabog nie meer sal lewe nie, maar dit lyk nie asof die Ickabog omgee nie.

"Wat kan ons dan doen?" vra hy vir haar, en sy groot oë is angstig.

"Ickabog," sê Daisy versigtig, "mense gaan oral in Kornukopië dood. Hulle gaan dood van honger of word vermoor omdat daar bose mense is wat almal laat glo dat jy mense wil doodmaak."

"Totdat ek julle vier ontmoet het, *wou* ek mense doodmaak," sê die Ickabog.

"Maar jy't nou verander," sê Daisy. Sy staan op en draai na die Ickabog terwyl sy albei sy hande vashou. "Jy verstaan nou dat mense – in elk geval, die meeste mense – nie wreed of boos is nie. Die meeste van hulle is hartseer en moeg, Ickabog. En as hulle jou leer ken – hoe sagmoedig jy is, hoe goedhartig, en dat jy net sampioene eet – sal hulle besef hoe dom dit is om bang vir jou te wees. Ek is seker hulle sal wil hê dat jy en jou Ickaboggels hier uit die moeras moet wegkom en weer teruggaan na die grasvelde waar julle voorvaders gebly het, na waar daar groter en lekkerder sampioene is, en dat jou nageslag ons vriende moet wees en in vrede saam met ons moet lewe."

"Wil jy hê ek moet uit die moeras padgee," vra die Ickabog, "om tussen mense met gewere en spiese te gaan bly?"

“Luister asseblief na my, Ickabog,” smeek Daisy. “As jou Ickaboggels Geborene word met honderde mense rondom hulle wat hulle wil liefhê en beskerm, sal dit nie vir hulle meer hoop gee as wat enige Ickaboggel nog ooit in die geskiedenis gehad het nie? Want sê nou ons vier bly hier in die moeras en gaan dood van die honger? Dan bly daar mos niks hoop vir jou Ickaboggels oor nie?”

Die monster staar na Daisy terwyl Bert, Marta en Rod hulle dophou en wonder wat op aarde aangaan. Uiteindelik wel daar yslike trane wat soos glasappels lyk in die Ickabog se oë op.

“Ek is bang om tussen die mense te gaan bly. Ek is bang hulle gaan my en my Ickaboggels doodmaak.”

“Hulle sal nie,” sê Daisy. Sy los die Ickabog se poot en sit haar hande aan weerskante van die Ickabog se yslike, harige gesig en begrawe haar vingers diep in sy lang hare wat soos moeraskruid lyk. “Ek sweer vir jou, Ickabog, ons sal jou beskerm. Jou Geborening sal die belangrikste een in die hele geskiedenis wees. Ons gaan die Ickabogs red – en Kornukopië ook.”

Yslike trane wat in die Ickabog se oë opwel.

Sophia Kriel (11)

HOOFSTUK 58

Hettie Hees

Toe Daisy vir die ander van haar plan vertel, weier Bert om deel daarvan te wees.

"Ek weier om daardie monster te beskerm," sê hy kwaai. "Ek het gesweer dat ek hom sal doodmaak, Daisy. Die Ickabog het my pa doodgemaak!"

"Nee, Bert, hy het nie," sê Daisy. "Hy het nog nooit *enigiemand* doodgemaak nie. Luister asseblief na wat hy te sê het!"

Daardie aand in die grot sit Bert, Marta en Rod die eerste keer naby die Ickabog, want hulle was voorheen te bang vir hom, en hy vertel vir die vier mense die storie van die nag jare gelede toe hy in die mis van aangesig tot aangesig met 'n man gekom het.

"– met geel gesighare," sê die Ickabog en beduie na sy eie bolip.

"'n Snor?" help Daisy.

"En 'n swaard met sterre bo-aan."

"Juwele," sê Daisy. "Dit *moes* die koning gewees het."

"En wie het jy nog raakgeloop?" vra Bert.

"Niemand nie," sê die Ickabog. "Ek het weggehardloop en agter 'n rots weggekruip. Mense het my voorvaders doodgemaak. Ek was bang."

"Nou hoe is my pa dan dood?" wil Bert weet.

"Was jou Icker die een wat met die groot geweer geskiet is?" vra die Ickabog.

"Geskiet?" herhaal Bert en word bleek. "Hoe weet jy daarvan as jy weggehardloop het?"

"Ek het agter die rots uitgeloer," sê die Ickabog. "Ickabogs kan goed in die mis sien. Ek was bang. Ek wou sien wat die mense in die moeras doen. Die een mens het 'n ander mens doodgeskiet."

"Flapmann!" blaker Rod dit uiteindelik uit. Hy was tot nou te bang om vir Bert die waarheid te vertel, maar hy kan dit nie langer wegsteek nie. "Bert, ek het eenkeer gehoor hoe my pa vir my ma sê dat dit danksy lord Flapmann en sy donderbus was dat hy bevorder is. Ek was nog baie jonk – Ek het nie toe besef wat hy bedoel het nie – Ek's jammer ek het jou nooit vertel nie, ek – ek was bang vir wat jy sou sê."

Bert sê vir 'n hele paar minute nie 'n woord nie. Hy onthou daardie verskriklike aand in die blou saal toe hy sy pa se koue, dooie hand onder die vlag van Kornukopië uitgehaal het sodat sy ma dit kon soen. Hy onthou hoe lord Spoegmann gesê het dat hulle nie sy pa se liggaam kon sien nie, en hy onthou hoe lord Flapmann hom en sy ma vol pasteikrummels gesproei het toe hy sê dat hy baie van majoor Blinkenaar gehou het. Bert steek sy hand in by sy bors, waar sy pa se medalje teenaan sy vel lê. Hy draai na Daisy en sê met 'n lae stem:

"Reg. Ek is saam met julle."

Die volgende dag het die vier mense en die Ickabog Daisy se plan in werking begin stel, want die sneeu was besig om vinnig te smelt en hulle was bang dat die soldate terug na die Moerasland toe gaan kom.

Eers het hulle vir Daisy die enorme, leë houtborde gegee waarop die kaas, pasteie en fyngebak was wat hulle reeds opgeëet het, en sy het woorde daarop gekerf. Daarna het die Ickabog die twee seuns gehelp om die wa uit die modder te sleep, terwyl Marta soveel sampioene as wat sy kon, bymekaargemaak het sodat hulle dit vir die Ickabog kon voer terwyl hulle op reis is.

Teen dagbreek die derde dag het hulle vertrek. Hulle

het alles haarfyn beplan. Die Ickabog het die wa, waarop al die origе gevriesde kos en mandjies vol sampioene gelaai is, getrek. Bert en Rod het voor die Ickabog gestap en elkeen het 'n bord met 'n boodskap gedra. Bert se boodskap was: DIE ICKABOG IS SKADELOOS. Rod s'n was: SPOEGMANN HET JULLE BELIEG. Daisy het op die Ickabog se skouers gery. Haar boodskap was: DIE ICKABOG EET NET SAMPIOENE. Marta het agter op die wa gery, saam met die kos en 'n groot bos sneeuklokkies, wat deel van Daisy se plan was. Marta se boodskap was: HOERA VIR DIE ICKABOG! WEG MET LORD SPOEGMANN!

Ná baie myle het hulle nog steeds niemand teëgekom nie, maar toe dit middag word, het hulle pad gekruis met twee verslonsde mense en 'n brandmaer skaap wat agter hulle aanloop. Die moeë en honger paartjie was niemand anders nie as Hettie Hees, die bediende wat haar twee kinders vir Ma Grommer gegee het, en haar man. Hulle het oral op die platteland na werk gesoek, maar niemand wou hulle in diens neem nie. Toe hulle die uitgeteerde skaap langs die pad kry, het hulle hom saam met hulle gebring, maar sy wol was so yl en toutjiesrig dat hy niks geld werd was nie.

Toe meneer Hees die Ickabog sien, val hy geskok op sy knieë neer, terwyl Hettie eenvoudig versteen en oopmond langs hom bly staan. Toe die groep naby genoeg kom sodat die man en sy vrou kon lees wat op al die borde staan, was hulle seker dat hulle van hulle verstand af geraak het.

Daisy het verwag dat mense só sou reageer en het af na hulle toe geroep:

"Julle droom nie! Dis die Ickabog, en hy's sagmoedig en vredeliewend! Hy't nog nooit iemand doodgemaak nie! Om die waarheid te sê, het hy ons lewens gered!"

Die Ickabog buig toe versigtig sodat Daisy nie moet afval nie en streel die maer skaap se kop. Die skaap skrik nie en hardloop nie weg nie; hy blêr mêêê en vreet dan verder aan 'n klossie droë gras.

"Sien julle?" sê Daisy. "Julle skaap weet hy is skadeloos! Kom saam met ons – julle kan op ons wa ry!"

Die Heese is só moeg en honger dat hulle op die wa by Marta klim en die skaap ook intel, al is hulle nog baie bang vir die Ickabog. En toe kruie die Ickabog, die ses mense en die skaap voort na Jeroboam.

HOOFSTUK 59

Terug in Jeroboam

Dit word al skemer toe die donkergrys buitelyne van Jeroboam sigbaar word. Die Ickabog se geselskap stop eers 'n rukkie op die heuwel wat oor die stad uitkyk. Marta gee vir die Ickabog die groot bos sneeuklokkies. Toe maak almal seker dat hulle die borde met die boodskappe met die regte kant na bo vashou en die vier vriende skud hand, want hulle het vir mekaar, en vir die Ickabog, gesweer dat hulle hom sal beskerm en hom nie in die steek sal laat nie, selfs al word hulle met gewere gedreig.

En toe stap die Ickabog stadig af na die stad van wynmakers, en die wagte by die stadspoorte sien hom aankom. Hulle lig hul gewere om te skiet, maar Daisy staan op die Ickabog se skouers en waai met haar arms, en Bert en Rod hou hulle borde in die lug op. Die wagte se gewere begin bewe terwyl hulle angsbevange kyk hoe die monster al nader en nader kom.

"Die Ickabog het nog nooit iemand doodgemaak nie!" skree Daisy.

"Hulle het vir julle gelieg!" skree Bert.

Die wagte weet nie wat om te doen nie, want hulle wil nie die vier jongmense skiet nie. Die Ickabog strompel steeds nader, en hy is skrikwekkend groot en vreemd. Maar daar is 'n vriendelike kyk in sy enorme oë, en hy hou sneeuklokkies in sy poot vas. Toe die Ickabog uiteindelik by die wagte kom, steek hy vas, buig af en gee vir elkeen 'n sneeuklokkie.

Die wagte neem die blomme, want hulle is te bang om

dit nie te doen nie. Toe streel die Ickabog elkeen van hulle sag oor die kop, nes hy met die skaap gedoen het, en stap by Jeroboam in.

Daar klink oral krete op: Mense vlug voor die Ickabog uit, of duik weg om wapens te gaan kry, maar Bert en Rod marsjeer vasberade voor die dierasie met hulle borde hoog in die lug, en die Ickabog bied vir elke verbyganger 'n sneeuklokkie aan, totdat 'n jong vrou uiteindelik dapper een aanvaar. Die Ickabog is so in sy noppies dat hy haar met sy bulderende stem bedank. Dit laat party mense skree en vlug, maar ander waag dit nader aan die Ickabog, en kort voor lank drom 'n klein skare mense om die monster saam en neem elkeen laggend 'n sneeuklokkie uit sy poot. En die Ickabog begin ook glimlag. Hy het nooit verwag dat mense hom sal toejuig of bedank nie.

"Ek het jou mos gesê hulle gaan lief wees vir jou as hulle jou leer ken!" fluister Daisy in die Ickabog se oor.

"Loop saam met ons!" skree Bert vir die skare. "Ons marsjeer suid om die koning te gaan sien!"

En nou hardloop die inwoners van Jeroboam, wat erg onder lord Spoegmann se heerskappy gely het, terug na hulle huise om fakkels, gaffels en gewere te gaan haal, nie om die Ickabog seer te maak nie, maar om hom te beskerm. Woedend oor die leuens wat vir hulle vertel is, drom hulle saam om die monster en marsjeer saam terwyl die donker toesak, met net een klein ompad.

Daisy dring daarop aan om by die weeshuis aan te gaan. Al is die deur soos altyd stewig gesluit en gegrendel, skop die Ickabog dit maklik oop. Die Ickabog help Daisy versigtig van sy skouers af en sy hardloop binnetoe om al die kinders te gaan haal. Die kleintjies klouter agter op die wa, die Hees-tweeling val in hulle ouers se arms en die groter kinders sluit by die skare aan terwyl Ma Grommer gil en skree en hulle probeer terugroep. Toe sien sy die Ickabog se yslike, harige gesig wat deur 'n venster vir haar loer en dis vir my lekker om vir jou te sê dat sy net daar flou op die vloer neerslaan.

Daarna stap die Ickabog verheug verder in Jeroboam se hoofstraat af en al hoe meer mense sluit langs die pad by hom aan, en niemand sien Paul Boelie wat van 'n straathoek af staan en kyk hoe die skare verbybeweeg nie. Paul Boelie, wat in 'n taverne daar naby gesit en drink het, het nie vergeet hoe Rod Rommel hom die aand toe die twee seuns sy sleutels gesteel het bloedneus geslaan het nie. Hy besef dadelik wat sal gebeur wanneer hierdie moeilikheidmakers met hulle kolossale moerasmonster by die hoofstad aankom: Wie ook al sakke vol geld uit die mite van die gevaarlike Ickabog gemaak het, gaan dan diep in die moeilikheid wees. Daarom gaan Paul Boelie nie terug na die weeshuis toe nie; hy steel 'n ander drinker se perd buitekant die taverne.

Anders as die Ickabog wat stadig beweeg, galop Paul Boelie vinnig suidwaarts om vir lord Spoegmann te gaan vertel van die gevaar wat na Chouxville toe aangestap kom.

Die skare wat met fakkels, gaffels en gewere loop.

Ethan Oosthuizen (10)

HOOFSTUK 60

Die rebellie

Somtyds – ek weet nie hoe nie – besef mense wat myle ver uitmekaar woon dat dit tyd geword het om op te tree. Miskien kan idees soos stuifmeel in die wind versprei. In elk geval, onder in die paleis se kerker is die gevangenes wat messe en beitels, swaar kastrolle en koekrollers onder hulle matrasse en agter stene in hulle selmure weggesteek het, uiteindelik gereed. Die dag toe die Ickabog se geselskap Suiwelstad nader, is kaptein Goedaard en meneer Duiwendyk, wie se selle oorkant mekaar is, teen dagbreek al wakker. Hulle sit bleek en gespanne op die rande van hulle beddens, want hulle het gesweer dat hulle vandag gaan ontsnap, of sterf.

'n Hele paar verdiepings bokant die gevangenes is lord Spoegmann ook reeds vroeg wakker. Totaal onbewus van die feit dat die gevangenes onder sy voete beplan om te ontsnap en dat 'n regte, lewende Ickabog op hierdie einste oomblik op pad is na Chouxville, omring deur 'n steeds groeiende skare Kornukopiërs, was en skeer lord Spoegmann, trek sy ampsgewaad aan en mik uit na die vleuel van die stalle wat die afgelope week al gesluit is en bewaak word.

"Staan opsy," sê lord Spoegmann vir die soldate wat wagstaan, en maak die deure se grendels los.

'n Span uitgeputte naaldwerksters en kleremakers hou lord Spoegmann angstig dop terwyl hy stadig om hulle skepping stap. Van naby kan jy die naaldwerkstekies sien, en dat die oë van glas is, dat die stekels eintlik spykers is wat van agter deur die leer gedruk is, en dat die kloue en tande niks anders as geverfde hout is nie. As jy met jou vinger aan die ding druk, lek daar saagsels by die nate uit. Maar in die dowwe beligting van die stalle is die resultaat heel oortuigend, en die naaldwerksters en kleremakers is dankbaar toe hulle lord Spoegmann sien glimlag.

"Dit sal werk, ten minste by kerslig," sê hy. "Ek sal net moet seker maak dat die koning 'n hele ent weg staan terwyl hy daarna kyk. Ons kan sê die stekels en tande is steeds giftig."

Die werkers kyk verlig onderlangs na mekaar. Hulle het 'n hele week lank dag en nag gewerk. Nou kan hulle uiteindelik terug huis toe na hulle gesinne gaan.

"Soldate," sê lord Spoegmann en draai om na die wagte wat in die binnehof wag, "neem hierdie mense weg. As julle skree," voeg hy lui by toe die jongste naaldwerkster haar mond oopmaak om dit te doen, "sal julle geskiet word."

Die soldate lei die span wat die opgestopte Ickabog gemaak het daar weg en lord Spoegmann loop fluitend op na die koning se kamers, waar hy hom aantref in sy pajamas van sy en met 'n haarnet oor sy welige snor, en ook vir lord Flapmann, wat 'n servet onder een van sy baie kenne indruk.

"Goeiemôre, U Majesteit!" sê lord Spoegmann met 'n buiging. "Ek vertrou u het goed geslaap? Ek het vandag vir U Majesteit 'n verrassing. Ons het daarin geslaag om een van die Ickabogs op te stop. Ek weet U Majesteit is gretig om die eindproduk te sien."

"Wonderlik, Spoegmann!" sê die koning. "Daarna kan ons dit oral in die koninkryk rondstuur om vir die mense te wys waarmee ons te kampe het."

"Ek sou dit nie aanbeveel nie, U Hoogheid," sê lord Spoegmann, wat bang is dat iemand wat in daglig na die opgestopte Ickabog kyk dadelik sal sien dat dit 'n namaaksel is. "Ons wil nie hê die gepeupel moet paniekerig raak nie. U Majesteit is so dapper dat u mans genoeg is om die gruwel in die gesig te staar –"

Maar voordat lord Spoegmann kan klaarmaak, vlieg die deure na die koning se private kamers oop en 'n natgeswete Paul Boelie, wat langs die pad vertraag is deur nie een nie maar twee groepe struikrowers, storm grootoog in. Nadat hy in 'n woud verdwaal en van sy perd afgeval het toe hy oor 'n sloot probeer spring het en die dier daarna nie weer kon vang nie, het Paul Boelie nie baie lank voor die Ickabog by die paleis aangekom nie. Hy het dit reggekry om skelm by die opwaskamer se venster in te glip, maar toe het twee soldate hom gesien en hom deur die paleis agtervolg, vasberade om hom met hulle swaarde te deurboor.

Koning Fred gee 'n gil en kruip agter lord Flapmann weg. Lord Spoegmann pluk sy dolk uit en spring op sy voete.

"Daar's – 'n – Ickabog," hyg Paul Boelie paniekerig en val op sy knieë neer. "'n Regte – lewende – Ickabog. Hy kom hiernatoe – met duisende mense – Die Ickabog – bestaan regtig."

Lord Spoegmann glo natuurlik nie 'n woord nie.

"Vat hom af na die kerker!" blaf hy vir die wagte wat die spartelende Paul Boelie by die vertrek uitsleep en die deure weer toemaak. "Ek vra om verskoning, U Hoogheid," sê lord Spoegmann, met die dolk steeds in sy hand. "Hy sal gegesel word, en so ook die wagte wat toegelaat het dat hy by die paleis –"

Maar voordat lord Spoegmann sy sin kan klaarmaak, bars nóg twee mans by die koning se private kamers in. Dis lord Spoegmann se spioene in Chouxville, wat gehoor het dat die Ickabog van die noorde af op pad is, maar omdat die koning hulle nog nooit gesien het nie, gil hy weer verskrik.

"My – heer," hyg die eerste spioen en buig vir lord Spoegmann, "daar's – 'n – Ickabog – op pad – hierheen!"

"En daar's – 'n skare mense – by hom," hyg die tweede een. "Die Ickabog bestaan *regtig*!"

"Maar natuurlik bestaan die Ickabog regtig!" sê lord Spoegmann, wat beswaarlik iets anders voor die koning kan sê. "Stel die Ickabog-verdedigingsbrigade in kennis – ek sal binnekort in die binnehof by hulle aansluit, en ons sal die ongedierte doodmaak!"

Lord Spoegmann boender die spioene by die deure uit gang toe terwyl hy hulle skor gefluister van "My heer, die ding bestaan regtig, en die mense hou van hom!" en "Ek het hom gesien, my heer, met my eie oë!" probeer verbloem.

"Ons gaan hierdie monster doodmaak net soos ons al die ander doodgemaak het!" bulder lord Spoegmann kliphard sodat die koning niks anders moet hoor nie, en voeg toe gedemp by: "*Gaan weg*!"

Lord Spoegmann maak die deure ferm agter die spioene toe en keer onthuts terug na die tafel, maar probeer om dit nie te wys nie. Lord Flapmann lê steeds weg aan 'n dik sny ham uit Baronsburg. Hy het so 'n vae vermoede dat lord Spoegmann iets te doen het met al die mense wat so instorm en kerm oor die Ickabog wat werklik bestaan, en daarom is hy glad nie bang nie. Koning Fred, aan die ander kant, bewe van kop tot tone.

"Verbeel jou, die monster verskyn nou selfs helder oordag, Spoegmann!" sê hy huilerig. "Ek het gedink hy kom net snags te voorskyn!"

"Ja, die dierasie word gans te vrypostig, of hoe, U Majesteit?" sê lord Spoegmann. Hy het nie die vaagste benul wat hierdie sogenaamde regte Ickabog kan wees nie. Al wat hy kan dink, is dat die gepeupel 'n soort vals monster geprakseer het, moontlik om kos te steel, of geld uit hulle bure te kry – maar dit moet natuurlik gou stopgesit word. Daar is slegs een ware Ickabog, en dit is die een wat lord

Spoegmann versin het. "Kom, Flapmann – ons moet keer dat die ongedierte by Chouxville inkom!"

"Jy's so dapper, Spoegmann," sê koning Fred met 'n bewende stem.

"Ag wat, U Majesteit," sê lord Spoegmann. "Ek sal my lewe vir Kornukopië opoffer. U weet dit mos!"

Lord Spoegmann se hand is al op die deur se handvatsel toe hulle weer hardlopende voetstappe hoor aankom, maar hierdie keer gaan dit gepaard met 'n geskree en gekletter, wat die vrede versteur. Lord Spoegmann maak die deur geskok oop om te sien wat aangaan.

'n Groep verflenterde gevangenes pyl op hom af. Vooraan is meneer Duiwendyk met sy grys kop en 'n byl in die hand, en die frisgeboude kaptein Goedaard, wat 'n geweer het wat hy duidelik uit 'n paleiswag se hande gegryp het. Reg agter hulle kom mevrou Blinkenaar, met hare wat agter haar opwaai soos sy 'n enorme kastrol rondswaai, en kort op haar hakke volg Millie, lady Eslander se bediende, met 'n koekroller in die hand.

Lord Spoegmann klap die deur net betyds toe en grendel dit. Binne sekondes bars meneer Duiwendyk se byl deur die hout.

"Kom, Flapmann!" skree lord Spoegmann, en die twee lords hardloop deur die vertrek na 'n ander deur wat lei na 'n trap wat tot onder in die binnehof lei.

Koning Fred, wat geen idee het wat aangaan nie en nooit eens besef het dat vyftig mense in sy paleis se kerker aangehou word nie, reageer stadig. Toe hy die woedende gevangenes se gesigte sien in die gat wat meneer Duiwendyk in die deur gekap het, spring hy op om agter die twee lords aan te hardloop, maar hulle stel net daarin belang om hul eie basse te red en het die deur van die ander kant af gegrendel. Koning Fred is vasgekeer en staan in sy pajamas met sy rug teen die muur en kyk hoe die gevangenes wat ontsnap het 'n pad tot in sy kamers oopkap.

Daisy wat op die Ickabog se skouers ry.

Ané Janse van Rensburg (8)

HOOFSTUK 61

Lord Flapmann vuur weer 'n skoot af

Die twee lords storm in by die paleis se binnehof, waar die Ickabog-verdedigingsbrigade reeds opgesaal en bewapen wag, soos lord Spoegmann beveel het. Majoor Porr (die man wat Daisy jare gelede ontvoer het, en wat bevorder is nadat lord Spoegmann majoor Rommel doodgeskiet het) lyk senuweeagtig.

"My heer," sê hy vir lord Spoegmann, wat haastig op sy perd klim, "daar is iets aan die gang in die paleis – ons het 'n rumoer gehoor –"

"Vergeet daarvan!" blaf lord Spoegmann.

Die geluid van glas wat breek, laat al die soldate opkyk.

"Daar's mense in die koning se slaapkamer!" roep majoor Porr uit. "Moet ons hom nie gaan help nie?"

"Vergeet van die koning!" skree lord Spoegmann.

Kaptein Goedaard verskyn in die koning se slaapkamervenster. Hy kyk ondertoe en brul:

"Jy gaan nie wegkom nie, lord Spoegmann!"

"O, nie?" snou lord Spoegmann en skop sy perd in die lies en jaag op 'n galop by die paleis se poorte uit. Majoor Porr is te bang vir lord Spoegmann om hom nie te volg nie, daarom storm hy en die res van die Ickabog-verdedigingsbrigade agterna. Lord Flapmann het nog gesukkel om op sy perd te kom toe lord Spoegmann daar wegjaag en kom al bonsend aan terwyl hy desperaat aan die perd se maanhare klou en sy voete in die stiebeuels probeer kry.

Party mense sal dink dis neusie verby, met die ontsnapte gevangenes wat die paleis oorneem en 'n kastige Ickabog wat deur die land aangestap kom en ál groter skares trek, maar nie lord Spoegmann nie. Hy het nog 'n afdeling goed opgeleide, goed gewapende soldate wat agter hom ry, en hope goue munte wat in sy herehuis op die platteland weggesteek is, en sy slinkse brein prakseer alreeds 'n plan. Om te begin gaan hy die spul wat vir hierdie nagemaakte Ickabog verantwoordelik is doodskiet en die mense só groot laat skrik dat hulle weer sal maak soos hy beveel. Dan gaan hy majoor Porr en sy soldate terug na die paleis stuur om al die gevangenes wat ontsnap het, dood te maak. Teen daardie tyd sal die gevangenes die koning dalk al doodgemaak het, maar om die waarheid te sê sal dit dalk makliker wees om die land sonder koning Fred te regeer. Terwyl hy verder galop, dink lord Spoegmann bitter daaraan dat as hy nie soveel moeite moes gedoen het om die koning te belieg nie hy dalk nie sekere foute sou gemaak het nie, soos om die dekselse fyngebaksjef van messe en kastrolle te voorsien. Hy is ook spyt dat hy nie meer spioene gehuur het nie, want dan sou hy dalk uitgevind het dat iemand 'n vervalste Ickabog maak – 'n vervalsing wat te oordeel aan wat hy gehoor het dalk baie meer oortuigend is as die een wat hy die oggend in die stalle gesien het.

Die Ickabog-verdedigingsbrigade jaag deur Chouxville se verbasende stil keisteenstrate en uit tot op die grootpad wat na Baronsburg lei. Tot lord Spoegmann se woede sien hy nou hoekom die strate in Chouxville so leeg is. Die stad se inwoners het die gerug gehoor dat 'n ware Ickabog saam met 'n groot skare op pad na die hoofstad is en het na die buitewyke van die stad gehardloop om die optog met hulle eie oë te sien.

"Uit ons pad uit! UIT ONS PAD UIT!" skree lord Spoegmann en verjaag die gepeupel voor hom, woedend om te sien dat hulle opgewonde lyk eerder as bang. Hy kap sy perd so hard in die lies dat dit later bloei, en lord Flapmann volg, nou groen in die gesig, want daar was nie tyd om sy ontbyt rustig te laat verteer nie.

Uiteindelik sien lord Spoegmann en die soldate 'n yslike skare in die verte aankom, en lord Spoegmann pluk so hard aan die arme dier se teuels dat hy glyend in die pad tot stilstand kom. Daar, tussen duisende laggende en singende Kornukopiërs, stap 'n reusagtige dierasie so groot soos twee perde. Sy oë gloei soos lampe en hy is met lang groenbruin hare soos moeraskruid oortrek. Op sy skouers ry 'n jong meisie, en voor die gedierte stap twee jong mans wat houtborde in die lug ophou. Die monster buk kort-kort af en – ja – dit lyk asof hy blomme uitdeel.

"Dit is 'n set," brom lord Spoegmann, wat so geskok en bang is dat hy skaars weet wat hy sê. "Dit moet 'n set wees!" sê hy harder en rek sy maer nek om te sien hoe dit gedoen word. "Dis duidelik mense wat op mekaar se skouers staan binne-in 'n kostuum van moeraskruid – Gewere gereed!"

Maar die soldate is traag om te gehoorsaam. Deur al die jare wat hulle veronderstel was om die land teen die Ickabog te beskerm, het die soldate nog nooit een gesien, of regtig verwag om een te sien nie, maar hulle is nogtans nie oortuig dat dit alles slegs 'n set is nie. Die dierasie lyk vir hulle beslis eg. Hy streel honde se koppe en deel vir kinders blomme uit en laat daardie meisie op sy skouers sit: Hy lyk glad nie gevaarlik nie. Die soldate is ook bang vir die skare van duisende wat saam met die Ickabog stap en lyk asof hulle van hom hou. Wat sal hulle doen as die Ickabog aangeval word?

Toe verloor een van die jongste soldate heeltemal kop.

"Dis nie 'n set nie. Ek gaan waai."

Voordat iemand hom kan keer, jaag hy op 'n galop weg.

Lord Flapmann het sy voete uiteindelik in die stiebeuels gekry en ry nou tot voor om sy plek langs lord Spoegmann in te neem.

"Wat doen ons nou?" vra lord Flapmann terwyl hy kyk hoe die Ickabog en die vrolike, singende skare ál nader en nader kom.

"Ek dink nog!" spoeg lord Spoegmann. "Ek dink nog!"

Maar dis asof die ratte in lord Spoegmann se besige brein uiteindelik vasgehaak het. Dis die vrolike gesigte wat hom die meeste ontstel. Hy het gedink om te lag het 'n luukse geword, soos Chouxville se fyngebak en sylakens, en om soveel verflenterde mense so uitbundig te sien maak hom banger as wat hy sou gewees het as hulle almal gewapen was.

"Ek gaan die ding skiet," sê lord Flapmann en lig sy donderbus en mik na die Ickabog.

"Nee," sê lord Spoegmann. "Deksels, man, kan jy nie sien ons is ver in die minderheid nie?"

Maar op daardie selfde oomblik gee die Ickabog 'n oorverdowende, bloedstollende gil. Die hordes wat styf teenaan hom was, skarrel weg en hulle gesigte lyk skielik bang. Baie mense laat val hulle blomme. Party hardloop weg.

Die Ickabog gee nóg 'n verskriklike kreet en val op sy knieë neer sodat Daisy amper afval, al hou sy styf aan hom vas.

En toe verskyn daar 'n yslike donker spleet soos die Ickabog se enorme, opgeswelde maag van bo tot onder oopskeur.

"Jy was reg, lord Spoegmann!" bulder lord Flapmann en lig sy donderbus. "Daar kruip mense binne-in weg!"

En terwyl mense in die skare begin skree en vlug, mik lord Flapmann na die Ickabog se maag, en vuur 'n skoot af.

Lord Flapmann.

Lara Pieterse (12), Laerskool Jan van Riebeeck

HOOFSTUK 62

Die Geborening

En nou gebeur daar verskeie dinge amper gelyktydig, so niemand wat daar is, kan by alles byhou nie, maar gelukkig kan ek vir jou vertel wat met almal gebeur.

Lord Flapmann se koeël vlieg na die Ickabog se maag wat oopskeur. Bert en Rod, wat albei gesweer het dat hulle die Ickabog ten alle koste sal beskerm, gooi hulself voor die koeël in. Dit tref Bert in die borskas en soos hy grond toe val, versplinter sy houtbord met die boodskap DIE ICKABOG IS SKADELOOS.

Toe kruip 'n Ickabog-baba, wat alreeds groter as 'n perd is, sukkelend by sy Icker se maag uit. Sy Geborening is skrikwekkend, want hy kom vol van sy ouer se vrees vir die geweer in die wêreld en die eerste ding wat hy sien, is iemand wat hom probeer doodmaak, daarom storm hy reguit af op lord Flapmann, wat probeer om sy wapen te herlaai.

Die soldate wat lord Flapmann sou kon help, skrik so groot vir die nuwe monster wat op hulle afpyl dat hulle skarrel om uit sy pad te kom sonder om eens te probeer om te skiet. Lord Spoegmann is een van dié wat die vinnigste wegjaag, en hy verdwyn buite sig. Die Ickabog-baba gee 'n skrikwekkende gil wat tot vandag nog in nagmerries spook by almal wat die toneel aanskou. Toe kry hy lord Flapmann beet en binne sekondes lê die lord dood op die grond.

Dit gebeur alles baie vinnig; mense skree en huil, en Daisy hou steeds vas aan die sterwende Ickabog wat in die pad langs Bert lê. Rod en Marta buk oor Bert, wat tot hulle verbasing sy oë oopmaak.

"Ek – ek dink ek's reg," fluister hy en voel onder sy hemp en haal sy pa se yslike medalje uit. Lord Flapmann se koeël is in die silwer ingebed. Die medalje het Bert se lewe gered.

Toe Daisy sien dat Bert lewe, begrawe sy haar hande weer in die hare aan weerskante van die Ickabog se gesig.

"Ek het nie my Ickaboggel gesien nie," fluister die sterwende Ickabog in wie se oë daar weer trane soos glas-appels is.

"Hy's pragtig," sê Daisy, wat ook begin huil. "Kyk – hier –"

'n Tweede Ickaboggel wriemel hom by die Ickabog se maag uit. Hierdie een het 'n vriendelike gesig en glimlag skaam, want hy is Geborene terwyl sy ouer na Daisy kyk en haar trane sien, en verstaan dat 'n mens 'n Ickabog ook so lief soos haar eie gesin kan hê. Die tweede Ickabog steur hom nie aan die geraas en gedrang rondom hulle nie en kniel langs Daisy in die pad en streel die groot Ickabog se gesig. Die Icker en sy Ickaboggel kyk na mekaar en glimlag, en toe gaan die groot Ickabog se oë stadig toe, en Daisy weet dat hy dood is. Sy begrawe haar gesig in sy gekoekte hare en snik van die huil.

"Jy moenie hartseer wees nie," sê 'n bekende, bulderende stem terwyl iets haar hare streel. "Moenie huil nie, Daisy. Dis die Geborening. Dis 'n wonderlike ding."

Daisy knip haar oë en kyk op na die baba, wat met presies dieselfde stem as sy Icker praat.

"Jy weet wat my naam is," sê sy.

"Natuurlik weet ek, ja," sê die Ickaboggel vriendelik. "Ek het die oomblik toe ek Geborene is alles van jou geweet. En nou moet ons my Ickabob soek en kry." Hieruit lei Daisy af dat dit is hoe Ickabogs hulle sibbe noem.

Daisy staan op en sien hoe lord Flapmann dood op die

grond lê, en hoe die Ickaboggel wat eerste gebore is deur mense met gaffels en gewere omring word.

"Klim saam met my op," sê Daisy dringend vir die tweede baba en die twee klim hand aan hand op die wa. Daisy skree vir die skare om na haar te luister. Omdat sy die meisie is wat van die noorde af op die Ickabog se skouers gery het, raai die mense wat die naaste aan haar is dat sy dalk dinge weet wat die moeite werd is om te hoor, en Daisy kry uiteindelik kans om te praat.

"Julle moenie die Ickabogs seermaak nie!" is die eerste woorde wat by haar mond uitkom toe die skare uiteindelik stilbly. "As julle wreed met hulle is, gaan hulle babas selfs nog wreder gebore word!"

"Wreed Geborene," help die Ickaboggel langs Daisy haar reg.

"Ja, wreed Geborene," sê Daisy. "Maar as hulle sagmoedigheid rondom hulle sien wanneer hulle Geborene word, sal hulle ook sagmoedig wees! Hulle eet net sampioene en hulle wil ons vriende wees!"

Die skare mompel onseker onder mekaar totdat Daisy verduidelik hoe majoor Blinkenaar by die moeras dood is, en dat lord Flapmann hom geskiet het en dat lord Spoegmann sy dood gebruik het om 'n storie op te maak van 'n moorddadige monster wat in die moeras bly.

Toe besluit die skare om met koning Fred te gaan praat, en die dooie Ickabog en lord Flapmann word op die wa gelaai en twintig sterk manne stem in om die wa te trek. Toe vertrek die hele optog na die paleis, met Daisy, Marta en die sagmoedige Ickaboggel hand aan hand heel voor, en dertig burgers met gewere wat die gevaarlike eersgebore Ickaboggel omring, anders sal hy nog mense doodmaak omdat hy vol vrees en haat Geborene is.

Maar nadat Bert en Rod vinnig gesels het, verdwyn die twee, en jy sal binnekort uitvind waarheen hulle is.

HOOFSTUK 63

Lord Spoegmann se laaste plan

Toe Daisy vooraan die optog by die paleis se binnehof instap, is sy verbaas om te sien hoe min dit verander het. Fonteine spuit vrolik en poue pronk trots, en al wat aan die voorkant van die paleis verander het, is dat daar 'n gebreekte venster op die tweede verdieping is.

Toe word die groot goue deure oopgegooi en die skare sien twee verslonsde mense wat hulle tegemoet loop: 'n man met 'n grys baard wat 'n byl vashou en 'n vrou met 'n yslike kastrol in die hand.

Daisy gaap die man met die grys baard aan en voel hoe haar knieë swik, en die sagmoedige Ickaboggel vang haar en hou haar regop. Meneer Duiwendyk strompel nader, en ek dink nie hy kom eers agter dat daar 'n regte, lewende Ickabog langs sy lang verlore dogter staan nie. Terwyl die twee mekaar snikkend omhels, sien Daisy mevrou Blinkenaar oor haar pa se skouer.

"Bert lewe!" skree sy vir die fyngebaksjef, wat koorsagtig na haar seun soek, "maar hy moes iets gaan doen – Hy sal netnou hier wees!"

Nóg gevangenes kom by die paleis uitgeskarrel, en krete van vreugde klink op soos geliefdes met geliefdes herenig word, en baie van die weeskinders weer die ouers vind wat hulle gedink het dood is.

Toe gebeur daar baie ander dinge, soos dat die dertig manne wat die boosaardige Ickaboggel nog omring hom wegsleep voordat hy nog iemand kan doodmaak, en dat Daisy vir meneer Duiwendyk vra of Marta by hulle kan kom bly, en dat kaptein Goedaard met die huilende koning Fred, wat steeds sy pajamas aanhet, op 'n balkon verskyn, en dat die skare juig toe kaptein Goedaard sê dat hy dink dit het tyd geword dat hulle sonder 'n koning probeer lewe.

Maar ons moet hierdie gelukkige toneel nou verlaat en die man opspoor wat verantwoordelik was vir al die verskriklike dinge wat met Kornukopië en sy mense gebeur het.

Lord Spoegmann jaag ure daarvandaan met sy perd by 'n verlate plaaspad af toe die dier skielik steeks raak. Lord Spoegmann probeer hom dwing om verder te gaan, maar die perd, wat lankal moeg is om so mishandel te word, steier regop en gooi lord Spoegmann op die grond af. Toe lord Spoegmann hom met sy sweep probeer slaan, skop die perd hom en hardloop by 'n woud in, en dis vir my lekker om te kan sê dat 'n vriendelike boer hom 'n rukkie later daar kry en na sy plaas neem en versorg totdat hy weer gesond is.

Nou moet lord Spoegmann noodgedwonge te voet verder deur die platteland tot by sy landgoed aansukkel. Die gewese hoofraadgewer dra nog steeds sy ampsgewaad en moet dit hoog oplig sodat dit hom nie pootjie nie en hy loer elke paar treë oor sy skouer uit vrees dat hy agtervolg word. Hy weet baie goed dat sy lewe in Kornukopië verby is, maar hy het nog daardie berg goue munte in sy wynkelder, en hy is van plan om soveel as moontlik dukate in sy koets te laai en dan oor die grens na Pluritanië te vlug.

Dis reeds nag teen die tyd dat lord Spoegmann by sy herehuis aankom, en sy voete is baie seer. Hy hinkepink binnetoe en bulder vir sy huiskneg, Skarrel, wat lank gelede voorgegee het om Knoppie Knopie se ma en professor Foppenfnuik te wees.

"Ek's hier onder, my heer!" roep 'n stem uit die kelder.

"Hoekom het jy nie die lampe aangesteek nie, Skarrel?" brul lord Spoegmann terwyl hy voel-voel die trap af loop.

"Ek't gedink dit sal beter wees as dit lyk asof niemand tuis is nie, my heer!" skree Skarrel.

"Aha," sê lord Spoegmann en sy gesig vertrek van die pyn soos hy ondertoe hink. "Jy het dus gehoor wat aan die gang is?"

"Ja, my heer," weergalm die stem. "Ek het aangeneem dat u die pad sal wil vat?"

"Ja, Skarrel," sê lord Spoegmann en mik mank na die flou lig van 'n kers in die verte, "ek wil beslis."

Hy stoot die deur oop na die kelder waarin hy sy goue munte al soveel jare stoor. Hy kan die huiskneg net vaagweg in die kerslig sien. Die man dra weer professor Foppenfnuik se kostuum: die sneeuwit hare en die bril wat so dik is dat sy oë amper heeltemal verdwyn.

"Ek het gedink dit sal veiliger wees as ons vermom is vir die reis," sê Skarrel en gee die ou weduwee Knopie se swart rok en gemmerkleurige pruik vir die lord.

"Goeie idee," sê lord Spoegmann. Hy trek sy ampsgewaad vinnig uit en trek die kostuum aan. "Het jy verkoue, Skarrel? Jou stem klink vreemd."

"Dis net die stof hier onder, my heer," sê die huiskneg en beweeg uit die kerslig. "En wat is my heer se plan met lady Eslander? Sy's nog in die biblioteek toegesluit."

"Ons los haar daar," sê lord Spoegmann nadat hy 'n oomblik nagedink het. "Dis haar verdiende loon; sy wou mos nie met my getrou het toe sy die kans gehad het nie."

"Dis goed so, my heer. Ek het die meeste van die geld reeds in die koets en op 'n paar perde gelaai. Miskien kan u my help om hierdie laaste trommel te dra?"

"Ek hoop nie jy't dit oorweeg om sonder my pad te gee nie, Skarrel," sê lord Spoegmann agterdogtig terwyl hy wonder of Skarrel dalk al weg sou gewees het as hy tien minute later hier opgedaag het.

"O nee, my heer," verseker Skarrel hom. "Ek sal nie daarvan droom om sonder u te vertrek nie. Voos die stalkneg sal die koets bestuur, my heer. Hy's gereed en wag in die binnehof."

"Uitstekend," sê lord Spoegmann en hulle dra die laaste trommel munte saam by die trap op, deur die verlate huis en tot in die binneplaas agter, waar lord Spoegmann se koets in die donker staan en wag. Die perde se saalsakke is vol munte gestop en trommels vol munte is op die koets se dak vasgebind.

Terwyl hy en Skarrel die laaste trommel op die dak tel, sê lord Spoegmann:

"Wat is daardie vreemde geluid?"

"Ek hoor niks nie, my heer," sê Skarrel.

"Dis 'n vreemde getjank," sê lord Spoegmann.

Terwyl hy daar in die donker staan, skiet 'n herinnering van jare gelede lord Spoegmann te binne: van hom wat in die digte, ysige mis in die moeras staan en 'n hond wat worstel om los te kom uit die braambosse waarin hy vassit. Dis dieselfde soort geluid, asof 'n dier iewers vassit en daar probeer uitkom, en dit maak lord Spoegmann net so gespanne soos die vorige keer toe dit natuurlik gelei het tot lord Flapmann wat 'n skoot met sy donderbus afvuur. Dit was die begin van hulle twee se pad na rykdom en die koninkryk se pad na ondergang.

"Skarrel, ek hou nie van daardie geluid nie."

"Ek kan dit verstaan, my heer."

Die maan gly agter 'n wolk uit en lord Spoegmann draai om na sy huiskneg, wie se stem skielik heeltemal anders klink, en staar hom vas in die loop van een van sy eie gewere.

Skarrel het professor Foppenfnuik se pruik en bril afgehaal en nou kan lord Spoegmann sien dat dit nie die huiskneg is nie, maar Bert Blinkenaar. En net vir 'n oomblik lyk die seun in die maanlig so baie soos sy pa dat lord

Spoegmann wonder of majoor Blinkenaar uit die dood opgestaan het om hom te straf.

Toe ruk hy hom reg en kyk vervaard rond en sien die koets se deur staan oop en die regte Skarrel lê vasgebind en met sy mond toegestop op die vloer, wat verduidelik waar die vreemde getjank vandaan kom – en lady Eslander sit glimlaggend daar en hou 'n tweede vuurwapen vas. Lord Spoegmann maak sy mond oop om vir Voos die stalkneg te vra hoekom hy nie iets doen nie, en besef skielik dis nie Voos nie, maar Rod Rommel. (Toe die regte stalkneg die twee seuns vroeër met die plaaspad aangejaag sien kom, het hy aangevoel dat dit moeilikheid beteken en sy gunstelingperd in lord Spoegmann se stalle gesteel en die nag in gery.)

"Hoe het julle so vinnig hier gekom?" is al wat lord Spoegmann kan dink om te sê.

"Ons het by 'n boer perde geleen," sê Bert.

Bert en Rod is baie beter ruiters as lord Spoegmann, en het gesorg dat hul perde nie oormoeg en steeks raak nie. Hulle het hom verbygesteek en vroeg genoeg hier aangekom om lady Eslander vry te laat, uit te vind waar die geld is, Skarrel die huiskneg vas te bind en hom te dwing om vir hulle die volle verhaal te vertel van hoe lord Spoegmann die land ingeloop het, asook hoe hy gemaak het asof hy professor Foppenfnuik en die weduwee Knopie was.

"Moenie dwaas wees nie, manne," sê lord Spoegmann flou. "Hier's hope geld. Ek sal dit met julle deel!"

"Dit is nie jou geld nie, so jy kan dit met niemand deel nie," sê Bert. "Ons gaan jou terug Chouxville toe vat sodat jy aangekla en verhoor kan word."

Lady Eslander wat 'n vuurwapen vashou.

Lika Claassens (9)

HOOFSTUK 64

Kornukopië herlewe

Eendag was daar 'n landjie genaamd Kornukopië, wat regeer is deur 'n span nuwe raadgewers en 'n eerste minister, wat gedurende die tyd waarvan ek skryf Gerard Goedaard was. Die mense van Kornukopië het Goedaard tot eerste minister verkies omdat hy 'n baie eerlike man was, en Kornukopië was 'n land wat geleer het hoe waardevol die waarheid is. Die hele land het feesgevier toe eerste minister Goedaard aangekondig het dat hy gaan trou met lady Eslander, die gawe en dapper vrou wat belangrike getuienis teen lord Spoegmann gelewer het.

Die koning wat toegelaat het dat sy vrolike en vooruitstrewende klein koninkryk verwoes en in wanhoop gedompel is, is ook verhoor, saam met die hoofraadgewer en 'n hele paar ander mense wat voordeel uit lord Spoegmann se leuens getrek het, insluitend Ma Grommer, Paul Boelie, Pester die lakei, en Org Skarrel.

Die koning het die hele tyd terwyl hy ondervra is bitterlik gehuil, maar lord Spoegmann het met 'n koue, trotse stem geantwoord en soveel leuens vertel en soveel ander mense vir sy boosheid probeer blameer dat dit sake vir hom baie erger gemaak het as wat dit sou wees as hy ook soos koning Fred liewer net gehuil het. Albei mans is saam met al die ander misdadigers in die selle onder in die paleis se kerker gegooi.

Terloops, ek kan dit verstaan as jy wens dat Bert en Rod die slinkse lord Spoegmann eerder doodgeskiet het. Hy het per slot van rekening honderde ander mense se dood veroorsaak. Maar dit behoort jou beter te laat voel as jy weet dat lord Spoegmann dit sou verkies het om dood te wees eerder as om dag en nag opgesluit te wees in die kerker, waar hy tronkkos gekry het en op verslete beddegoed moes slaap en ure aaneen na die gewese koning se gehuil moes luister.

Die goue munte wat lord Spoegmann en lord Flapmann gesteel het, is alles teruggekry en al die mense wat hulle kaaswinkels en hulle bakkerye, hulle melkerye en hulle varkplase, hulle slagterye en hulle wingerde verloor het, kon dit weer terugkry en Kornukopië het weer beroemd geraak vir sy kos en wyn.

Maar tydens die lang tydperk toe Kornukopië in armoede gedompel was, het baie mense die kans misgeloop om in die maak van kaas, wors, wyn en fyngebak opgelei te word. Party van hulle het bibliotekarisse geword, want lady Eslander het op die briljante idee gekom om al die weeshuise wat skielik leeg was in biblioteke te verander en vir hulle boeke te skenk. Maar daar was nog baie mense sonder werk. En dis hoe die vyfde groot stad in Kornukopië tot stand gekom het. Die stad se naam was Ickabië, en dit was tussen Baronsburg en Suiwelstad geleë, op die oewer van die Floemarivier.

Toe die Ickaboggel wat tweede gebore is, hoor van die probleem dat baie mense nooit 'n ambag geleer het nie, het hy skamerig voorgestel dat hy hulle kan leer om met sampioene te boer, aangesien hy soveel daarvan weet. Die sampioenkwekers het soveel sukses behaal dat die vooruitstrewende nuwe stad rondom hulle verrys het.

Jy dink dalk jy hou nie van sampioene nie, maar ek kan jou verseker, as jy Ickabië se romerige sampioensop proe, sal jy vir die res van jou lewe gek daaroor wees. Suiwelstad en Baronsburg het nuwe resepte uitgedink wat sampioene uit Ickabië insluit. Om die waarheid te sê, het die koning van Pluritanië kort voor eerste minister Goedaard en lady

Eslander se troue vir hom 'n keuse van enige van sy dogters aangebied in ruil vir 'n jaar se voorraad van Kornukopië se vark-en-sampioenwors. Eerste minister Goedaard het vir hom die wors as 'n geskenk gestuur, saam met 'n uitnodiging na die Goedaards se huwelik, en lady Eslander het 'n nota bygevoeg waarin sy voorgestel het dat koning Porfirio ophou om sy dogters in ruil vir kos aan te bied en hulle toelaat om self te kies met watter man hulle wil trou.

Ickabië was 'n ongewone stad, want anders as Chouxville, Suiwelstad, Baronsburg en Jeroboam was dit bekend vir drie produkte in plaas van een.

Eerstens was daar die sampioene, wat elke iedere een so pragtig soos 'n pêrel was.

Tweedens was daar die ongelooflike silwer salms en forelle wat vissermanne in die Floemarivier gevang het – en jy sal dalk daarvan hou om te weet dat daar 'n standbeeld op een van Ickabië se pleine opgerig is van die bejaarde dame wat geïllustreerde boeke oor die visse in die Floema geskryf het.

Derdens het Ickabië wol geproduseer.

Jy sien, eerste minister Goedaard het besluit dat die paar Moeraslanders wat die lang tydperk van hongerte oorleef het beter weivelde as dié in die noorde vir hulle skape verdien. Nadat die Moeraslanders se vee op die geil groen grasvelde aan die oewers van die Floema begin wei het, was daar geen keer aan die skaapboere nie. Spoedig was Kornukopië se wol die sagste en syerigste ter wêreld, en die truie en sokkies en serpe wat daaruit gemaak is, was mooier en gemakliker as enigiets anders op die mark. Hettie Hees en haar gesin se skaapplaas het uitstekende wol geproduseer, maar ek moet byvoeg dat die heel gesogste kledingstukke gespin is met die wol wat van Rod en Marta Rommel se florerende plaas net buitekant Ickabië gekom het. Ja, Rod en Marta is getroud, en dis vir my lekker om te sê dat hulle baie gelukkig was en vyf kinders gehad het, en dat Rod naderhand met 'n effense Moerasland-aksent begin praat het.

Jy sal baie bly wees om te hoor dat twee ander mense ook getroud is. Nadat hulle uit die kerker ontsnap het en nie meer noodgedwonge langs mekaar moes woon nie, het die twee ou vriende, mevrou Blinkenaar en meneer Duiwendyk, uitgevind dat hulle nie meer sonder mekaar wou lewe nie. Met Bert as strooijonker en Daisy as strooimeisie is die skrynwerker en die fyngebaksjef toe getroud, en Bert en Daisy was uiteindelik regtig broer en suster, soos dit al soveel jare vir hulle gevoel het. Mevrou Blinkenaar het haar eie, eksklusiewe fyngebakwinkel in die hartjie van Chouxville oopgemaak, en afgesien van Feetjievlerkies, Dagdroompies, Hertoghappies, Troeteltertjies en Hemelhartjies het sy ook Ickapoffertjies gemaak: Dit was die ligste, sysagste poffertjies wat jy jou kan voorstel, bestrooi met fyn sprinkeltjies pepermentsjokolade, wat dit laat lyk het asof dit in moeraskruid gerol is.

Bert het in sy pa se voetspore gevolg en by Kornukopië se weermag aangesluit. Hy was 'n regverdige en dapper man, en dit sal my nie verbaas as hy uiteindelik die weermag se bevelvoerder geword het nie.

Daisy het die wêreld se voorste Ickabog-kenner geword. Sy het baie boeke oor hulle fassinerende gedrag geskryf, en danksy Daisy het die Kornukopiërs die Ickabogs beskerm en liefgehad. In haar vrye tyd het sy haar pa gehelp met sy skrynwerkonderneming, en een van hulle gewildste produkte was Ickabog-speelgoed. Die Ickaboggel wat tweede gebore is, het gewoon in die gebied wat vroeër die koning se hertepark was. Dit was naby Daisy-hulle se werkswinkel, en die twee het steeds baie goeie vriende gebly.

'n Museum is in die hartjie van Chouxville opgerig en dit het elke jaar baie besoekers gelok. Hierdie museum is met Daisy, Bert, Marta en Rod se hulp deur eerste minister Goedaard en sy raadgewers tot stand gebring om seker te maak dat die mense van Kornukopië nie vergeet van die jare toe die hele land hulle deur lord Spoegmann se leuens laat mislei het nie. Besoekers aan die museum kon interessanthede besigtig: majoor Blinkenaar se silwer medalje, met lord Flapmann se koeël steeds daarin ingebed, en die standbeeld van manskap Knoppie Knopie, wat op Kornukopië se grootste plein vervang is met 'n standbeeld van daardie dapper Ickabog wat met 'n bossie sneeuklokkies in die hand by die Moerasland uitgestap het, en sodoende sy spesie én die hele land gered het. Besoekers kon ook die nagemaakte, opgestopte Ickabog wat lord Spoegmann met 'n bul se geraamte en spykers laat maak het daar sien, sowel as 'n yslike skildery van koning Fred wat veg teen die draakagtige Ickabog wat toe die hele tyd net in die kunstenaar se verbeelding bestaan het.

Maar daar is iets wat ek nog nie weer genoem het nie: die eersgebore Ickabog, die gevaarlike gedierte wat lord Flapmann doodgemaak het en wat laas toe ek van hom vertel het deur dertig sterk manne weggesleep is.

Om eerlik te wees was hierdie dierasie ietwat van 'n probleem. Daisy het vir almal verduidelik dat hulle die boosaardige Ickabog nie moes aanval of sleg behandel nie, anders sou hy mense meer haat as wat reeds die geval was. Dit sou beteken dat hy met sy Geborening selfs nóg boosaardiger Ickaboggels as hyself sou voortbring en dan kon Kornukopië dalk werklik met die probleem sit waarmee lord Spoegmann almal so bang gemaak het. Aan die begin moes die Ickaboggel in 'n spesiaal versterkte sel aangehou word om te keer dat hy mense doodmaak, en omdat hy so gevaarlik was, was daar min vrywilligers wat bereid was om vir hom sampioene te neem. Die enigste mense van wie hierdie Ickaboggel effens gehou het, was Bert en Rod, want toe hy Geborene is, het hulle probeer om sy Icker te beskerm. Die probleem was dat Bert in die weermag was en dat Rod 'n skaapboer geword het; nie een van hulle het tyd gehad om heeldag by 'n boosaardige Ickaboggel te sit en hom te probeer kalm hou nie.

'n Oplossing vir hierdie probleem het skielik uit 'n baie onverwagse oord gekom.

Fred het hom teen daardie tyd al half dood gehuil daar onder in die kerker. Al was die gewese koning beslis selfsugtig, verwaand en lafhartig, het hy nooit bedoel om enigiemand seer te maak nie – maar hy het, natuurlik, en ook baie seer. Nadat Fred van die troon afgesit is, was hy vir 'n hele jaar in 'n diep put van depressie, en al was een van die redes ongetwyfeld dat hy toe in 'n sel eerder as in 'n paleis moes bly, was hy ook bitterlik skaam.

Hy het intussen besef hoe 'n hopelose koning hy was en hoe sleg hy hom gedra het, en hy het meer as enigiets begeer om 'n beter man te wees. So, op 'n dag het Fred tot die verstomming van lord Spoegmann, wat suur in die sel oorkant syne gesit en tob het, vir die tronkbewaarder gesê dat hy sy dienste vrywillig wil aanbied om na die boosaardige Ickabog te kyk.

En dit is wat hy toe gedoen het. Al was hy die eerste oggend en nog baie oggende daarna doodsbleek en het sy knieë gebewe, het die gewese koning by die boosaardige Ickabog se hok ingegaan en met hom gepraat oor Kornukopië, en oor die verskriklike foute wat hy gemaak het, en oor hoe jy kan leer om 'n beter, goedhartiger mens te wees, as jy regtig een wil wees. Selfs al moes Fred saans terug na sy eie sel toe gaan, het hy gevra dat die Ickabog in 'n groen weiveld aangehou word in plaas van 'n sel, en tot almal se verbasing het dit goed gewerk, en die volgende oggend het die Ickabog Fred selfs met 'n growwe stem bedank.

Soos die maande en jare verbygegaan het, het Fred dapperder geword, en die Ickabog meer saggeaard, en uiteindelik, toe Fred al 'n taamlike ou man was, het dit tyd geword vir die Ickabog se Geborening, en die Ickaboggels wat uit hom Geborene is, was sagmoedig en goedhartig.

Fred, wat oor hulle Icker gehuil het soos oor 'n broer, is kort daarna dood. Alhoewel daar nêrens standbeelde ter ere van hulle laaste koning in die stede van Kornukopië opgerig is nie, het mense af en toe blomme op sy graf gaan sit, en as hy daarvan geweet het, sou hy bly gewees het.

Ek kan nie vir jou sê of mense werklik uit Ickabogs Geborene is nie. Miskien gaan ons deur 'n soort Geborening wanneer ons verander, ten goede of ten slegte. Al wat ek weet, is dat lande, net soos Ickabogs, met sagmoedigheid geleer kan word om groothartig te wees, want dit is hoekom almal in die koninkryk van Kornukopië daarna lank en gelukkig saam gelewe het.

Eerste minister Goedaard en lady Eslander se troue.

Rhodé van der Merwe (12)